TRAVEL & DATE

VERLIEBT IN IBIZA

Rike Stienen

Roman

www.rike-stienen.de
Lektorat: Susanne Hoffmann
Coverdesign: Dieter G. Hoffmann
Cover-Abbildung: www.fotolia.com
ISBN: 9781976804700
Independently published

Verliebt in Ibiza

♥

KAPITEL 1

Knallend fällt die Tür hinter Claire ins Schloss, als sie ihre Agenturräume betritt.
„Wie bist du denn drauf?“, fragt Elfie, die hinter dem Bildschirm aufblickt.
Claire wirft die Kontoauszüge quer über den Schreibtisch. „Drei Klienten haben trotz Mahnung wieder nicht bezahlt. Was denken die sich? Wir müssen auch unseren Verbindlichkeiten nachkommen.“ Mit wütender Miene plumpst Claire auf ihren Bürostuhl. „Genug andere Aufträge, um solche Außenstände zu überbrücken, haben wir nicht.“
„Wir müssen uns leider etwas einfallen lassen, wenn wir in der Branche bleiben wollen. Die Konkurrenz ist einfach zu groß. Wenn du ins Netz schaust, eröffnen täglich neue Digital-Dating-Agenturen. Unsere ist zu jung und noch nicht etabliert genug.“
Claires Miene entzerrt sich leicht, und sie sieht ihre Agenturpartnerin und Freundin erwartungsvoll an. „Du scheinst bereits eine Idee zu haben, oder täusche ich mich?“
Elfie schlürft genüsslich ihren Kaffee aus dem Becher, der ihren Namen trägt und mit einer Mickymaus verziert ist. „Ich denke bereits länger über eine Art Kooperation nach.“
„Kooperation? Was meinst du damit?“
„Wir schließen uns mit einer anderen Agentur zusammen.“
„Och, nein, das bringt bloß Ärger ein. Wir haben die Arbeit, und die gräbt uns die Provision ab. Tolle Idee.“ Lässig legt Claire die Beine auf den Schreibtisch und wippt mit dem Stuhl auf und ab. „Bin absolut dagegen.“
„Du solltest mich erst ganz anhören, bevor du die Flinte

vorzeitig ins Korn pfefferst."
„Okay, schieße los. Ich halte solange die Klappe", lenkt Claire ein.
„Ich meine natürlich nicht, dass wir uns mit einer x-beliebigen deutschen Agentur zusammentun."
„Sondern? Etwa mit einer im Urwald?"
Elfie stellt die Tasse energisch auf den Tisch. „Willst du nun meinen Vorschlag hören oder nicht?"
„Ja, entschuldige."
„Wir verbinden uns mit Agenturen in typischen Urlaubsgebieten. Frauen oder Männer, die zwar gerne allein verreisen, aber trotzdem in den Ferien einem Flirt oder gemeinsamen Unternehmungen nicht abgeneigt sind, können bei uns vor Antritt ihrer Reise bereits den entsprechenden Partner auswählen. Die beiden werden vor Ort von einer Agentur zusammengeführt, und diese organisiert gemeinsame Unternehmungen, wie zum Beispiel ein romantisches Candle-Light-Dinner am Strand oder eine Bootsfahrt." Elfie gerät ins Schwärmen. „Was gibt es Schöneres, als der Liebe ohne jeglichen Stress im Urlaub zu begegnen?"
„Hm ... klingt in der Tat nicht so übel", gibt Claire zu. „Wenn das erste Date aber in die Hose geht, was dann? Derjenige verlangt garantiert sein Geld zurück."
„Das müssten wir alles genau austüfteln. Es gibt verschiedene Pakete zu buchen, je nach Geldbeutel. Soweit sind meine Überlegungen aber noch nicht. Sie stecken bisher in den Kinderschuhen. Zunächst wollte ich dich dafür begeistern, und falls ich dich mit meiner Idee infiziert habe, müssten wir uns ein geeignetes Ziel und dort eine Partneragentur suchen. Am besten eröffnen wir eine zweite Plattform isoliert von unserer jetzigen für den Fall, dass es ein Flop wird."
„Ach, Elfie, wenn ich dich nicht hätte, wäre ich längst verzweifelt. Du gibst nie auf und bist immer bereit, dich auf ein neues, berufliches Abenteuer einzulassen."
„Glaube nicht, dass ich nie Sorgen hätte, wie es mit uns

weitergeht. Bevor wir jedoch untergehen, sollten wir uns neuen Dingen nicht versperren. Hast du einen Namen für unsere Zweitagentur parat?"

Claire überlegt. „Wie wäre es mit *Travel & Date*?"

„Hey, du landest gleich einen Treffer. Das klingt super."

„Und wie finden wir einen geeigneten Partner?" Claire kommen erneut Bedenken. „Wir müssten diesem blind vertrauen. Wenn er ein Date versemmelt, läuft uns das ans Bein. Unser Ruf hängt außerdem davon ab."

„Auch darüber habe ich mir Gedanken gemacht. Kannst du dich an das Event-Seminar im letzten Jahr erinnern, das ich allein besucht habe, weil du krank geworden bist?"

„Ja, wieso?"

„Ich habe dort eine sehr sympathische Kollegin aus Spanien kennengelernt."

„Wie könnte uns die nützen?"

„Carmen betreibt auf Ibiza eine Dating-Agentur. Wir könnten ihr unser Konzept einmal unverbindlich vorstellen."

„Warum nicht? Dazu sollten wir es aber zunächst einmal gründlich ausarbeiten. Traust du dieser Carmen denn? Schließlich könnte sie unsere Idee anderweitig verwerten, und wir schauen in die Röhre."

„Ich habe keinen Zweifel. Es wäre für sie ebenfalls ein zweites Standbein. Wir haben uns damals lange und ausführlich über unsere Geschäftsmodelle unterhalten. Es war ein Geben und ein Nehmen. Ich hatte keinen Moment das Gefühl, dass sie mich aushorchen will, um Profit für ihre eigene Agentur herauszuschlagen. Du hättest sie bestimmt auf Anhieb gemocht", beendet Elfie ihr Plädoyer für die spanische Kollegin.

Dennoch hakt Claire nach: „Arbeitet Carmen allein?"

„Nein, sie betreibt ihr Geschäft zusammen mit ihrem Mann, der Deutscher ist. Deshalb beherrscht Carmen unsere Sprache perfekt, was man von meinem Spanisch nicht behaupten kann. Folglich ein Idealfall, denn ihr Mario kennt unsere Mentalität, vor allem die der Männer."

Plötzlich keimt in Claire ein Verdacht auf. „Hast du etwa hinter meinem Rücken bereits diesbezüglich Kontakt mit den beiden aufgenommen?“
Elfies Mienenspiel verrät die Antwort schon. „Nicht direkt. Ich habe neulich mal mit Carmen telefoniert. Unsere Probleme existieren ja leider nicht erst seit gestern.“
Mit Schwung reißt Claire ihre Beine vom Schreibtisch und springt von Stuhl auf. „Das heißt aber nicht, dass du sie an völlig Fremde weitertratschen sollst, noch dazu an die Konkurrenz. Da habe ich wohl ein Wörtchen mitzureden.“
Elfie stöhnt. „Rege dich bitte nicht so auf. Von Problemen habe ich gar nichts gesagt. Ich habe Carmen ganz unverfänglich gefragt, wie ihre Agentur so läuft, und ob sie die Anregungen des Seminars umsetzen konnte. Sie hat sich total über mein Lebenszeichen gefreut und nicht damit hinter dem Berg gehalten, dass die Situation auf Ibiza nicht besser ist als hier. Auch dort sind einheimische Agenturen wie die Pilze aus dem Boden geschossen, und der Kampf ums Überleben wird immer schwieriger.“
„Du hast ihr also nichts von deiner Idee preisgegeben?“, vergewissert sich Claire und setzt sich zurück auf ihren Stuhl.
„Natürlich nicht. Bin ich bescheuert?“
„Nein, aber manchmal zu gutgläubig.“
„In Bezug auf Lover gebe ich dir recht, aber geschäftlich bin ich sehr vorsichtig.“
Claire kichert. „Was das angeht, sitzen wir im selben Boot. Ich werde den Tag nie vergessen, an dem wir uns kennengelernt haben.“
„Ich auch nicht“, fällt Elfie in ihr Gelächter ein. „Wie haben wir damals um die einzige übrig gebliebene Tafel Schokolade im Supermarkt gekämpft und an ihr gezerrt, bis sie durchgebrochen ist.“
„Genau. Beide hatten wir verheulte Gesichter und wollten uns den Liebeskummer mit Schokolade versüßen. Dass wir ausgerechnet auf die Kombination mit Nougat und Marzipan stehen, besiegelte unser Schicksal“, lässt Claire

die Erinnerung an ihre erste Begegnung Revue passieren und täuscht Empörung vor: „Tragischerweise hast du mir beim Grapschen nach der Tafel einen meiner sündhaft teuren, künstlichen Nägel abgebrochen. Ich hatte sie mir aus Frust kurz vorher gegönnt."
„Ja, das war zu komisch. Dennoch: Geteiltes Leid war damals wie heute halbes Leid. Wir haben die Tafel gemeinsam vor meinem Fernseher verputzt und uns eine Flasche Wein reingezogen. Nicht zu vergessen, dass wir uns gegenseitig unser ganzes bisheriges Leben in der Nacht erzählt haben", ergänzt Elfie.
„Im Grunde haben wir unsere Freundschaft und unser gemeinsames Geschäft unseren nichtsnutzigen Ex-Lovern zu verdanken." Nebenbei sammelt Claire die verstreuten Kontoauszüge auf und verbannt sie in die Schreibtischschublade, als wollte sie mit dem alten Geschäftsmodell abschließen.
„Nicht nur das, sondern andere Frauen profitieren inzwischen von unseren Erkenntnissen und Erfahrungen."
Claire rückt das Bild etwas zurecht. „Nicht immer sind sie mit unserer Agentur zufrieden, aber schließlich sind auch wir keine Hellseherinnen, wer zu wem hundertprozentig passt."
„Eben. Deshalb stelle ich mir die Erfolgsquote im Urlaub höher vor. Wir sollten den Schwerpunkt auf Hobbys legen, die die Dating-Partner verbindet. Auf diese Weise bildet die Gemeinsamkeit eine hoffnungsvolle Basis. Das können sportliche Aktivitäten sein."
„Oder kulturelle Vorlieben."
„Nicht zu vergessen kulinarische Genüsse." Elfie grinst, denn gutes Essen ist für sie die Voraussetzung für einen gelungenen Urlaub.
Gleich kommt Claire auf den Punkt. „Wir sollten keine Zeit verlieren. Am besten rufst du Carmen sofort an und fühlst vor, ob sie interessiert ist, mit uns neues Terrain zu betreten. Wenn nicht, müssen wir die Idee vorerst begraben, bis uns ein adäquater Agenturpartner über den

Weg läuft."
„Ich bin mir ziemlich sicher, dass Carmen und ihr Mann anbeißen. Was haben sie zu verlieren? Genauso wenig wie wir. Außerdem können sie für ihre Landsleute das gleiche Geschäftsmodell verwenden. Unsere Agentur sucht umgekehrt hier in München und Umgebung geeignete Flirtopfer." Nach einer kurzen Pause fügt Elfie hinzu: „Weißt du, was das Geilste an dem Plan ist?"
Claire schüttelt ihre Lockenpracht.
„Zum Vertragsabschluss mit den beiden fliegen wir nach Ibiza und setzen die Reise von der Steuer ab."
„Genial." Lachend klatschen sich Claire und ihre Freundin ab.

KAPITEL 2

„Ich kann es noch gar nicht glauben, dass wir heute die letzte Abiklausur geschrieben haben", meint Karin und lümmelt sich auf Simones Bett herum. Dabei streichelt sie instinktiv den Rüssel eines Elefantenkissens.
„Mathe habe ich auf alle Fälle verbockt", outet sich Simone. „Englisch fand ich dagegen mega easy."
„Mir ging es genau umgekehrt."
„Jetzt müssen wir die schlimme Wartezeit bis zu den Ergebnissen irgendwie überleben." Simone stöhnt leicht.
„Wenigstens hast du einen Urlaub in Aussicht, während ich im Geschäft meiner Eltern helfen muss. Ich hasse Baumärkte. Warum können meine Alten keine Boutique betreiben? Stell dir vor, was ich mir dann alles an Klamotten leisten könnte. Stattdessen darf ich Dübel und Schrauben einsortieren."
„Sollen wir tauschen?", schlägt Simone unvermutet vor.
„Bist du irre? Oder hat das mit Rob zu tun?"
„Ja, konnte ich ahnen, dass wir uns in den letzten Schulwochen ineinander verlieben, obwohl wir uns solange kennen."
„Das nennt man *spät gezündet*. Ich dachte, du hättest es deiner Mutter längst gebeichtet." Karin hält im Kuscheln des Stofftierelefanten inne.
„Wollte ich, aber habe es immer wieder verschoben. Meine Mutter hasst Amerikaner, und Rob hat seine Wurzeln in Arizona. Sie bringt mich um, wenn ich ihn als meinen Freund präsentiere."
„Warum mag sie keine Amis?", hakt Karin nach.
„Ihr Vater war einer und ist in ihrer Jugend von einem Tag

auf den anderen abgehauen. Deswegen hasst sie jetzt den ganzen Kontinent."
„Irgendwie kann ich sie verstehen. Hast du Kontakt zu deinem Opa?"
„Nein, seine Existenz wurde in der Familie lange verschwiegen, bis vor einigen Jahren aus Amerika seine Todesnachricht kam. Ich habe versucht, das Thema bei meiner Mum und meiner Oma anzuschneiden, aber vergeblich. Sie schweigen beide wie ein Grab. Sie meinten nur übereinstimmend, ich solle mich hüten, jemals einen Ami anzuschleppen."
„Das klingt nicht gerade hoffnungsvoll, dass Rob in deiner Familie mit offenen Armen empfangen wird", stellt Karin fest.
Simone nestelt an ihrem T-Shirt. „Ich habe ziemlichen Mist gebaut."
„Ich weiß, Mathe war nie deine Stärke."
„Nein, das meine ich nicht. Rob ... hat gestern auch einen Flug nach Ibiza gebucht." Simone verzieht das Gesicht. „Ich habe in einer schwachen Minute zugestimmt."
Abrupt setzt sich Karin auf und nimmt den Elefanten auf ihren Schoss, als wollte sie sich zur Sicherheit an ihm festhalten. „Du willst mir nicht erzählen, dass er zur gleichen Zeit wie deine Mutter und du am gleichen Ort ist?"
„Doch. Ich habe ein total schlechtes Gewissen, sowohl ihm als auch meiner Mum gegenüber. Sie hat seit Jahren keinen Urlaub mehr gemacht und will mir mit dieser Abifahrt eine Freude bereiten. Ibiza war nämlich zunächst nicht ihr Ding, in ihren Augen viel zu flippig und oberflächlich. Es war nicht leicht, sie umzustimmen. Deshalb kann ich ihr nicht sagen, dass ich lieber mit Rob verreisen möchte."
„Bist du total irre, ihn jetzt an der Backe zu haben?", braust Karin auf. „Wie willst du ein Aufeinandertreffen der beiden verhindern? Du kannst nicht parallel mit ihnen zusammen sein."
„Ich weiß", jammert Simone. „Ich bin so blöd. Jetzt freue

ich mich nicht mehr auf Ibiza, weil ich zwischen zwei Stühlen hocke."

„Kennt Rob wenigstens die Problematik?"

„Ja, ich habe ihm erzählt, was meine Mum von Amerikanern hält, und er versteht es sogar. Rob hat den Plan, meiner Mutter auf Ibiza unverfänglich zu begegnen. Wir werden so tun, als hätten wir uns dort erst nach einigen Tagen kennengelernt. Da Rob akzentfrei deutsch spricht, werden wir seine amerikanische Herkunft erst einmal verschweigen. Wenn sie ihn dann sympathisch findet, spielt seine Abstammung hoffentlich keine Rolle mehr."

„Oh nein, ich möchte nicht in deiner Haut stecken. Das klingt kompliziert. Deine Mutter geht außerdem davon aus, die Zeit mit dir allein zu verbringen. Mit Rob will sie dich bestimmt nicht teilen." Leider hat Karin recht.

Simone fühlt sich deswegen überhaupt nicht wohl in ihrer Haut.

„Seit Tagen zerbreche ich mir den Kopf, wie sich meine Mum allein beschäftigen könnte, damit ich mit Rob zusammen sein kann."

„Wie wäre es mit einem Surfkurs?", wirft Karin ein.

„Das kannst du knicken. Als Wassersport mag sie nur Segeln."

„Malkurs?"

„Hm ... schon eher, aber auch dabei habe ich meine Bedenken, ob ihr so etwas gefällt."

„Wie wäre es mit einem Date am Urlaubsort?", schlägt Karin plötzlich vor, was bei Simone ein Stirnrunzeln bewirkt.

„Wie sollte ich das denn organisieren?"

„Nicht du, sondern eine Agentur. Warte." Karin kramt in ihrer Hosentasche und zieht ihr Smartphone hervor. „Mich nervt die ständige Werbung, aber eine habe ich mir tatsächlich gemerkt. Schon mal etwas von *Travel & Date* gehört?"

„Was soll das sein?" Simone blickt verständnislos.

„Die bieten Dates am Urlaubsort an. Du meldest einen

Account an, in dem du angibst, wann du zu welchem Zeitpunkt deinen Urlaub planst und wen du suchst: Angefangen vom Tennispartner bis hin zum Traummann fürs Leben."

„Das ist doch nichts für meine Mum", murrt Simone. „Die will von Männern nichts wissen. Durch das Verhalten meines Großvaters ist sie dauerhaft beziehungsgeschädigt. Sie glaubt, dass jeder Mann über kurz oder lang seine Frau sitzen lässt. Deshalb hat sie meinem Vater erst gar keine Chance gegeben und ihm meine Existenz verschwiegen. Als sie schwanger wurde, hat sie ihn einfach von heute auf morgen abserviert und in einer Nacht-und-Nebel-Aktion den Studienort gewechselt."

„Deine Mutter ist wirklich außergewöhnlich. Wie hat sie das alles allein geschafft? Ihr Medizinstudium, dich aufzuziehen, ein Haus zu bauen?"

„Ohne die Hilfe meiner Oma wäre das sicher kaum möglich gewesen. Die beiden halten zusammen wie Pech und Schwefel."

„Wolltest du deinen Vater denn nie kennenlernen?", hinterfragt Karin und tippt währenddessen die Adresse einer Website in ihr Smartphone ein.

„Irgendwann hatte ich keinen Bock mehr nachzubohren, aber mittlerweile bin ich ihm auf der Spur."

Karin blickt sofort von ihrem Smartphone auf. „Hey, das klingt spannend. Wo hast du ihn denn aufgetrieben?"

„Bei Facebook. Ich weiß, dass er mit meiner Mum zusammen Medizin studiert hat, und rate mal, wo er praktiziert?"

Karin zuckt mit den Schultern. „In Deutschland?"

„Nein."

„Nun sag's schon. Ich mag solche Spielchen nicht."

„Womöglich wohnt und arbeitet er auf Ibiza." Simone genießt den Moment, als Karin vor Staunen die Augen aufreißt. „Deshalb hast du dir die Insel als Ziel ausgesucht? Und deine Mutter spannt nichts?"

„Nein, die hat null Ahnung und nichts gepeilt. Das soll

auch so bleiben. Ich weiß nicht sicher, ob es sich bei diesem besagten Dr. Helmut König wirklich um meinen Vater handelt."
„Eher unwahrscheinlich. Den Namen gibt es zuhauf", raubt Karin Simone die Illusion. „Da hast du gleich mehrere Probleme an der Backe. Nun beneide ich dich nicht mehr um deine Reise."
„Danke, du machst mir Mut. Was ist mit dieser Agentur? Hast du sie gefunden?", fragt Simone und setzt sich neben ihre Freundin aufs Bett.
„Ja." Karin reicht Simone das Smartphone. „Am besten liest du dir die Bedingungen einmal durch, und dann überlegen wir uns ein Profil für deine Mutter."
Es dauert eine Weile, bis Simone fertig ist und Karin das Smartphone zurückreicht. „Ich fürchte, das ist tatsächlich die einzige Möglichkeit, meine Mum abzulenken. Hilfst du mir, sie cool wirken zu lassen?" Ohne eine Antwort abzuwarten, begibt sich Simone zu ihrem Schreibtisch und fährt ihren Computer hoch.
„Als Erstes benötigst du ein Top-Foto von deiner Mutter. Hast du eins?" Karin scheint sich als Profi für solche Angelegenheiten zu outen.
„Sie hat sich neulich für die Homepage ihrer Arztpraxis fotografieren lassen."
„Etwa im Arztkittel? Das kannst du vergessen. Ich würde auf keinen Fall in ihrem Profil angeben, dass sie Ärztin ist. Akademikerinnen wirken auf Männer eher abschreckend."
„Woher weißt du das?", erkundigt sich Simone.
„Reine Intuition. Wollen Männer den Frauen nicht lieber geistig überlegen sein?"
„Also Rob denkt nicht so. Er betont immer, wie wichtig ihm eine ebenbürtige Freundin ist."
„Ausnahmen bestätigen die Regel, aber im Urlaub will man entspannen, und dabei ist kluges Gelabere fehl am Platz." Karin schnappt sich einen Klappstuhl aus der Sitzecke und stellt ihn neben Simone vor den PC. „Existiert kein sexy Foto von deiner Mutter?"

Simone überlegt, während sie ihre Bilddatei aufruft. „Auf ihrem letzten Geburtstag habe ich einige geschossen."
„Okay, zeige her. Notfalls bearbeitest du eins. Das kriegen wir gemeinsam hin."
Bild für Bild gehen sie durch, aber keines ist optimal.
„Halt, klicke bitte mal zurück", meint Karin, und ihr Wunsch ist Simone Befehl.
„Aber darauf sind meine Oma und die Nachbarin im Weg", bezweifelt Simone die Eignung dieses Schnappschusses.
„Das macht gar nichts. Lasse uns mal die Plätze tauschen. Ich schneide den Kopf deiner Mutter aus. Sie hat außerdem wundervolle Augen, die herausstechen sollten. Ich bearbeite das Bild."
Nach einer halben Stunde sind Simone und Karin mit dem Ergebnis zufrieden. Gemeinsam richten sie einen Account auf der Plattform *Travel & Date* ein und vervollständigen anschließend die Angaben zu Simones Mutter: Deckname (Orkan), Alter (zwei Jahre jünger), Größe (drei Zentimeter kleiner), Hobbys (Sport, Gourmetessen, Lesen). Bei einigen Punkten zum Persönlichkeitsprofil diskutieren sie hin und her. Was sollen sie für einen Beruf angeben?
„Ich bin für Ehrlichkeit. Kinderärztin hört sich doch nett an", beharrt Simone. „Kinderliebe Frauen sind wieder im Trend."
„Ja, nett, aber nett ist nicht herausragend. Deine Mutter konkurriert mit vielen anderen Frauen. Ihr Profil muss interessant und geheimnisvoll klingen, sonst beißt niemand an. Im Urlaub will man Abenteuer erleben und mal etwas riskieren, auch in der Partnerschaft." Karin tippt sich an die Stirn. „Ich hab's. Wie wäre es mit Segellehrerin?"
„Wie kommst du denn auf diese absurde Idee?"
„Du hast mal erzählt, dass deine Mutter alle möglichen Segelscheine in der Jugend erworben hat. Sie sollte von ihrem angeblichen Beruf natürlich etwas verstehen, sonst wirkt sie nicht authentisch."
Simone hat plötzlich den Cursor auf dem Button *Account*

löschen positioniert.
„Hey, stop“, kreischt Karin. „Willst du etwa kneifen?“
„Das funktioniert so nicht. Damit sich meine Mum mit einem Kerl tatsächlich trifft, müsste ich sie vor Ort vor vollendete Tatsachen stellen und zugeben, heimlich in ihrem Namen gehandelt zu haben. Das verzeiht sie mir nie. Ich würde ihr sofort das Gefühl vermitteln, sie loswerden zu wollen.“
„Was auch stimmt“, entspringt es Karins Mund.
„Das hat sie nicht verdient.“ Trotzdem entfernt Simone den Cursor vorläufig von dem Lösch-Button.
„Es muss eine Notlüge her. Du behauptest einfach, für dich ebenfalls solch einen Account angelegt zu haben, sozusagen als Spaßfaktor für euch beide. Dein erstes Date hast du bereits am nächsten Tag eurer Ankunft und rate mal, mit wem du verabredet bist?“
„Keine Ahnung.“ Simone steht auf dem Schlauch.
„Mensch, mit Rob natürlich. Auf diese Weise kannst du ihn deiner Mutter ganz unverbindlich vorstellen.“
Simones skeptischer Gesichtsausdruck weicht einem Grinsen. „Du bist genial, meine Liebe. Ich tarne das Ganze als besondere Überraschung. Eine Spielverderberin ist meine Mum nämlich nicht. Dass ich als ihren Beruf Segellehrerin angebe, passt sogar, denn das wäre sie als Jugendliche gerne geworden, und ihren Decknamen *Orkan* habe ich intuitiv gewählt.“ Spontan umarmt Simone ihre Freundin. „Du bist meine Rettung. Zum Glück chattet man über die Plattform, und ich muss keine Handynummer angeben.“
Sie ergänzt die Reisedaten, und nun heißt es abzuwarten, bis die Agentur geeignete Männerbekanntschaften vorschlägt. Bis dahin vertreiben sich Simone und Karin die Zeit mit Kuchenessen und Lästern über Hinz und Kunz.
Plötzlich kündigt ein einzelner Klingelton auf dem Computer eine Nachricht an. Sofort stürzt Simone hin, gefolgt von Karin.
„Gleich drei Typen hat die Agentur vorgeschlagen, die sich zum gleichen Zeitpunkt auf Ibiza aufhalten. Schau mal.“

Auf dem ersten Bild ist ein Mann mit weißem Vollbart zu sehen, der dem Kapitän von der Werbung für Fischstäbchen ähnelt. Karin schüttelt sofort den Kopf. „Der taugt nichts. Weiter."
Simone klickt auf das nächste Foto. König Dickbauch ist hier zu betrachten. Würde der Computer Düfte übermitteln, wäre der Geruch nach Schweiß garantiert. „Oh, nein, eine männliche Katastrophe nach der anderen. Das wird nichts."
Der dritte Anlauf entpuppt sich als Spargeltarzan und etliche Jahre zu alt. Seine schulterlangen Haare verleihen ihm das Aussehen, aus einer längst vergangenen Epoche zu stammen.
„Das ist ja widerlich", meint Karin und trinkt ihr Glas mit Limo in einem Zug leer, als wollte sie sich den Frust hinunterspülen.
In diesem Moment erklingt erneut ein Ton. Die Nachricht ist ebenfalls von *Travel & Date*. Dieses Mal erscheint ein sympathisch lächelnder Mann mit Vollbart auf dem Foto, der auch die übrigen Attribute erfüllt. Er ist angeblich an Sport und gutem Essen interessiert.
Karin schlägt sich auf den Oberschenkel. „Supi, das ist er. Nenne der Agentur den Abend, an dem deine Mutter ihn daten soll. Die arrangieren dann alles und teilen dir mit, wo und wann das Treffen stattfindet."
„Ich weiß nicht." Allmählich kriechen wieder Zweifel in Simone hoch, ob ihre Mutter das Szenario mitspielen wird. Wenn sie sich weigert, verlangt die Agentur trotzdem ihr Geld. Simone muss einen großen Teil ihres Ersparten dafür opfern, um mit Rob einige Stunden auf der Insel allein zu verbringen. Ist es das wert? Dummerweise hat Rob die Reise längst gebucht und kann sie nicht mehr kostenfrei stornieren. Was hat sich Simone bloß dabei gedacht? Freude auf den Urlaub sieht anders aus. Das Chaos hat sich ausgebreitet, ohne das Abi überhaupt in der Tasche zu haben.
An die Möglichkeit, durchgefallen zu sein, hat Simone

bisher gar keinen Gedanken verschwendet. Das wäre die absolute Katastrophe. Nachher fliegt Rob allein nach Ibiza und lacht sich dort eine spanische Schönheit an.
„Simone, träumst du?“, beendet Karin ihre Grübeleien.
„Ich traue mich nicht.“ Ehe sich Simone versieht, übernimmt die Freundin die Initiative, gibt Datum und Uhrzeit des ersten Dates für Thea Junger, alias *Orkan*, ein und schickt die Nachricht ab. „Dich muss man einfach zu deinem Glück zwingen.“
Ein Stöhnen ist Simones Antwort. „Hoffentlich geht das gut.“

♥

KAPITEL 3

Das Wartezimmer ist extrem voll. Die Frühsommergrippe grassiert. Kinder schreien, und Mütter oder Väter fragen ungeduldig am Empfang, wann sie endlich an der Reihe sind.
Thea Junger kämpft gegen die eigenen Symptome an, aber an Bettruhe ist nicht zu denken. Ihre kleinen Patienten müssen versorgt werden, und am Abend warten möglicherweise einige Hausbesuche für ganz schlimme Fälle mit hohem Fieber auf sie. Obwohl Thea zunächst gar keine Lust auf Ibiza hatte, freut sie sich inzwischen auf die Auszeit mit ihrer Tochter und ein bisschen Erholung von ihrem stressigen Alltag.
Seit Jahren fährt Simone mit einer Jugendfreizeit allein in den Urlaub, weil Thea es nicht schafft, eine Vertretung für ihre Praxis zu organisieren. Insgeheim gesteht sie sich ein, ungern einer fremden Person ihre Patienten anzuvertrauen. Außerdem gibt es kaum Kollegen, die temporär und kurzfristig einspringen. Die Praxis für zwei Wochen ganz zu schließen, behagt Thea nicht. Die Gefahr, dass Patienten in dieser Zeit für immer zu einem anderen Kinderarzt abwandern, ist ihr zu groß.
Das Abitur von Simone ist allerdings etwas ganz Besonderes im Leben von Thea. Bisher waren sie beide eine eingeschworene Gemeinschaft und bis auf wenige Ausnahmen täglich zusammen. Das wird sich zwangsläufig ändern, sollte ihre Tochter keinen Studienplatz in München erhalten. Diese Möglichkeit verursacht bei Thea Bauchschmerzen. Das Loslassen will erst erlernt sein. Zuvor möchte sie Simones Wunsch, eine gemeinsame

Reise zum Abschluss ihrer Schulzeit zu unternehmen, erfüllen. Bereits vor Monaten hat sie deshalb eine Anzeige in diversen Fachblättern geschaltet, um eine geeignete Vertretung zu finden. In den ersten Wochen meldete sich niemand. Fast hat sich Thea deshalb die Reise wieder aus dem Kopf geschlagen. Eines Abends rief plötzlich eine Kollegin an, ob besagte Stelle noch zu haben wäre. Vorsichtig hat Thea die potenzielle Kandidatin in einem Telefongespräch abgeklopft und dann um ihre schriftliche Bewerbung gebeten. Schließlich hat es bereits Fälle gegeben, bei denen Scharlatane praktiziert haben. So einen Albtraum gilt es zu verhindern.

Die junge Ärztin erschien eine Woche später persönlich und stellte sich bei Thea vor. Sie wirkte auf Anhieb sympathisch, und so wurden sie sich schnell über die Bedingungen einig. Zwei Tage vor dem Abflug nach Ibiza wird Thea ihre Vertretung zusammen mit ihrer langjährigen Sprechstundenhilfe Claudia in die Gepflogenheiten des Praxisalltags einweihen und ihr auf die Finger schauen. Hoffentlich entspricht ihre Wahl ihren Erwartungen. Falls nicht, ist der Zug abgefahren, um Ibiza zu stornieren. Dann würde es heißen: Augen zu und durch. Manchmal geht Thea ihre ständige Skepsis auf die Nerven. Ihr fehlt die Eigenschaft, sich auf andere Menschen zu verlassen. Nur ihre Mutter Marie und Simone genießen ihr uneingeschränktes Vertrauen. Ihrer Tochter gegenüber hat Thea immer mal wieder ein schlechtes Gewissen, weil sie ihr den leiblichen Vater vorenthält. Sie war während des Studiums in Helmut König verliebt, aber konnte sich damals keine dauerhafte Partnerschaft mit ihm ausmalen. Allerdings kam ein Abbruch der Schwangerschaft für Thea niemals infrage. Durch die Liebe zu ihrem Kind keimte sogar der Wunsch auf, nach dem Studium die Fachausbildung zur Kinderärztin zu absolvieren. Ohne die Hilfe von ihrer Mutter Marie wäre diese nicht möglich gewesen. Teilweise ist Simone bei ihr aufgewachsen, damit Thea sich in Ruhe auf ihre Prüfungen vorbereiten konnte. Als ihre Tochter klein war, kam sie öfter in Versuchung, Kontakt zu Helmut aufzunehmen. Die Entscheidung fiel immer dagegen aus, weil Thea Simone nicht mit ihm teilen wollte. Das ewige Hin und Her zwischen getrennt lebenden Eltern kannte sie von Freunden und Bekannten, die außerdem von nervenaufreibenden Gerichtsverfahren ums Umgangsrecht berichtet hatten. Das wollte sie sich und ihrer Tochter ersparen. Die Art, wie Thea Helmut damals abservierte, war alles andere als der feinen englischen Gesellschaft entsprechend. Sie nutzte die erste Gelegenheit, um ihren Studienort Hamburg zurück in die Heimat nach München zu verlegen, und verschwand bei Nacht und Nebel aus Helmuts Dunstkreis. Eine Freundin übergab ihm von ihr einen Abschiedsbrief ohne Absenderadresse. Ob Helmut irgendwelche Nachforschungen hinsichtlich ihres Verbleibs anstellte, weiß Thea nicht. Sie hat nie wieder etwas von ihm gehört. Was wohl aus ihm geworden ist? Sein Herzenswunsch war, einmal Kardiologe zu werden. Natürlich könnte Thea im Netz nach ihm forschen. Vielleicht taucht sein Name auf der Homepage einer Klinik auf. Die Vernunft siegt jedes Mal, wenn sie in Versuchung kommt. Garantiert ist er glücklich verheiratet und hat eine Familie gegründet. Längst ist es zu spät, ihn aus heiterem Himmel mit seiner unbekannten Tochter zu konfrontieren. Simone hat es ohnehin offenbar aufgegeben, nach ihrem Vater zu fragen, worüber Thea sehr erleichtert ist. Ihre Entscheidung, ihn nicht in ihr Leben und das ihrer Tochter mit einzubeziehen, hält Thea auch heute noch für richtig.

Ihre Mutter Marie hat es ihr schließlich vorgelebt, wie man ohne Mann ein Kind aufzieht und trotzdem im Beruf Karriere machen kann. Nachdem Theas Vater James nach Amerika zurückgekehrt war, ohne seine Familie mitzunehmen, fing Marie aus der finanziellen Not heraus das Schneidern wieder an. Aus dieser Tätigkeit entstanden ein eigenes Label und eine kleine, aber feine Textilmanufaktur. Weil Thea nicht in diese Fußstapfen treten wollte, hat

Marie ihre Firma vor einigen Jahren verkauft und führt mit dem Erlös ein angenehmes Rentnerdasein. Jetzt, wo Simone nicht mehr ihrer großmütterlichen Fürsorge bedarf, verreist sie häufig und frönt ihrer Begeisterung für außergewöhnliche Gartenanlagen. Besonders Cornwall hat es ihr diesbezüglich angetan.
Ursprünglich war es Theas Plan, ihre Mutter auf die Abiturfahrt von Simone mitzunehmen. Schließlich ist es auch ihr Verdienst, dass aus ihrer Tochter eine liebenswerte, junge Frau geworden ist. Eine Reise zu dritt wäre ein würdiger Abschluss für Maries jahrelange Unterstützung. Außerdem sympathisiert ihre Mutter auch heute noch mit der Hippie-Bewegung und hätte deswegen Ibiza gerne besucht. Leider hat sie bereits im letzten Jahr eine Fahrt in die Toskana mit dem Gartenbauverein gebucht, deren Organisation sie übernommen hat. Daher kann sie diesen Trip schlecht gegen Ibiza eintauschen. Vielleicht schenkt Thea ihrer Mutter ein gemeinsames Wellness-Wochenende im Herbst, bei dem Simone ebenfalls mitfährt. Kein wirklicher Ersatz für einen zweiwöchigen Urlaub auf der Insel, aber besser als gar nichts.
Thea zwingt sich, die Erinnerungen in eine Gehirnschublade zu stecken und sich auf die Untersuchung eines kleinen Jungen zu konzentrieren, der in einer Tour herumzappelt, schreit und sich nicht mit dem Stethoskop untersuchen lassen will. Das Gummibärchen-Glas muss es richten. Thea hält es ihm unter die Nase, und sofort herrscht Ruhe. Ihr Patient bedient sich erst einmal großzügig und kann die Beute kaum in seinen kleinen Patschhändchen festhalten. Während er sich Bärchen für Bärchen einverleibt, waltet Thea ihres Amtes. Auch ihn hat die Grippe erwischt, und seine Mutter stellt gefühlte tausend Fragen, wie sie ihren Sohn kurieren soll. Mit Routine beantwortet Thea alles und beruhigt sie.
„Ihr Max ist robust. Der steckt das Fieber schnell weg." Sie überreicht der Frau ein Rezept und bestellt sie zur Kontrolle wieder ein.

„Gute Besserung, Max", wünscht sie zum Schluss. Bevor der nächste Patient zu ihr ins Zimmer kommt, trinkt Thea ein ganzes Glas voll Wasser aus. Ist es heute so heiß oder hat sie Fieber? Ein Griff an ihre Stirn bestätigt ihre Vermutung. Das zwingt sie, einen Mundschutz zu tragen, um nicht gesunde Besucher anzustecken. Über die Sprechanlage bittet sie ihre Assistentin zu sich, die nach einigen Sekunden erscheint.
„Was kann ich für Sie tun, Frau Dr. Junger?", erkundigt sie sich.
„Wie viele Patienten sitzen noch im Wartezimmer?"
„Es sind drei. Ein kleines Mädchen soll die U3 erhalten, ein Teenager die Gebärmutterhalsimpfung, und ein kleiner Junge hat ein blutendes Knie."
„Danke, Claudia. Irgendwelche Hausbesuche nach Sprechstundenschluss?"
„Bisher nicht."
„Super, dann haben wir hoffentlich bald Feierabend. Bitte schicken Sie mir den Jungen mit dem Knie zuerst rein."
Claudia hat schon die Türklinke in der Hand, als sie sich noch einmal umdreht. „Soll ich Ihnen eine Aspirin bringen? Sie sehen angeschlagen aus."
„Mir geht es tatsächlich nicht besonders. Ich glaube, ich brauche etwas Stärkeres. Ich habe hier eine entsprechende Tablette im Medizinschrank. Aber vielen Dank für Ihre Fürsorge." Thea schenkt Claudia ein Lächeln. Sie ist eine Perle in dieser Branche und unbezahlbar. Seit Praxiseröffnung schmeißt Claudia den Laden und ist vielseitig einsetzbar. Wenn Simone früher eher aus der Schule kam, hat sie das Mädchen nebenbei mit Malen beschäftigt, ihr zwischendurch einen Kakao gekocht oder sie getröstet, wenn die Mathearbeitet mit einer 5 benotet war. Für Thea hat Claudia oft in der Mittagspause eingekauft oder Fertigessen besorgt, wenn die Sprechstunde mal wieder überzogen wurde. Ihr gehört wirklich ein Denkmal gesetzt. Daher ist Thea auch einigermaßen zuversichtlich, dass der Betrieb mit der Urlaubsvertretung funktioniert. Claudia

wird alles managen.
Thea blickt vom Schreibtisch auf, als der kleine Patient mit dem blutenden Bein an der Hand eines Mannes den Raum betritt. Verängstigt drängt sich der Junge dicht an seinen Begleiter und schnieft. Offenbar schluckt er tapfer die Tränen hinunter.
Thea begrüßt die beiden und schaut zunächst auf den Bildschirm ihres PCs. Der Verunglückte ist ein Neuzugang und nicht direkt aus München, wie seine Chipkarte verraten hat.
„Sind Sie der Vater?", fragt sie den sportlich aussehenden Mann, der etwa in ihrem Alter sein müsste.
„Nein. Florian Sommer, mein Name. Ich bin der Onkel von Carsten. Er ist bei mir für einige Tage zu Besuch. Wir haben im Garten Fußball gespielt, und dabei ist mein Neffe unglücklich auf einen Stein gestürzt."
„Darf ich mir mal dein Knie ansehen?", tastet sich Thea vor. Sofort versteckt sich Carsten hinter seinem Onkel.
„Hast du Angst vor meinem Mundschutz? Ich habe Fieber und will dich nicht anstecken", erläutert Thea ihr befremdliches Aussehen.
Carsten reagiert nicht, während sein Onkel die Augen verdreht, offenbar als Zeichen, dass er das Verhalten seines Neffen ätzend findet.
Sie sehnt sich nach ihrem Sofa und hat nicht die geringste Lust, einen schwierigen Patienten zu behandeln, der sich nicht helfen lassen will. Trotzdem reißt sie sich zusammen und greift nach dem Gummibärchen-Glas.
„Mag ich nicht", lehnt Carsten das Angebot ab.
„Komm, zeige der Frau Doktor dein Knie", versucht Florian Sommer sein Glück. Seine Stimme klingt ungeduldig. „Danach bestelle ich uns eine Pizza."
„Nein, ich will nicht."
Für besonders schwere Fälle hat Thea eine extra Schublade mit allen möglichen Utensilien, die sie nun aufzieht. „Hast du einen Lieblingsfußballspieler?", fragt sie.
Carstens Mimik erhellt sich. „Luca Waldschmidt."

Der Name sagt Thea gar nichts. Trotzdem stöbert sie in den Fußballbildchen, die sie für Problem-Patienten sammelt. „Ist das ein bekannter Spieler?"
„Klar, Abwehrspieler beim HSV."
Oh je, Thea hat nur Fußballbilder von Münchner Vereinsspielern. Jetzt wird es eng. Wie kommt sie aus der Nummer wieder heraus?
Der Onkel scheint das Debakel zu erahnen, eilt ihr verbal zur Hilfe und wendet sich an seinen Neffen. „Den Jogi Löw findest du doch auch klasse." Hoffnungsvoll schaut er zu Thea herüber.
„Mit Jogi kann ich vielleicht dienen." Tatsächlich hält Thea nach einigem Suchen den Richtigen in Händen und überreicht ihn Carsten. „Wenn du einmal ein berühmter Kicker werden willst, solltest du gesunde Knie haben."
Das überzeugt den Kleinen, und Thea darf die Wunde säubern und verbinden. Eine Naht ist glücklicherweise nicht notwendig.
Florian Sommer strahlt sie an. „Sie können gut mit Kindern umgehen. Carsten kann sehr stur sein, wenn ihm etwas nicht in den Kram passt."
„Wir vertrauen ja auch nicht gleich jedem. Das steht Kindern genauso zu. Bitte kommen Sie zur Kontrolle wieder vorbei. Der Heilungsprozess sollte beobachtet werden", schlägt Thea vor. „Allerdings bin ich nächste Woche in Urlaub, und eine Vertretung wird meine Praxis solange weiterführen."
„Darf ich wissen, wohin Sie reisen?"
Einen kurzen Moment zögert Thea mit der Antwort. Was gehen einen Fremden ihre Ferien an? Trotzdem nennt sie ihm ihr Ziel.
„Ibiza? So ein Zufall. In einigen Tagen fliege ich ebenfalls dorthin, sobald meine Schwester Carsten abgeholt hat. Ich habe beruflich auf der Insel zu tun."
Zu gerne würde Thea wissen, was genau Florian Sommer auf die Balearen verschlägt, aber sie käme sich zu aufdringlich vor nachzuhaken.

Bereits im Gehen greift Florian in seine Jackentasche, zieht eine Visitenkarte hervor und legt sie vor Thea auf den Schreibtisch. „Darf ich Sie einen Abend auf Ibiza ausführen? Ich kenne alle Lokalitäten, die zurzeit in Mode sind.“

Vor Überraschung fehlen Thea zunächst die Worte, bis sie stottert: „Ich ... bin nicht allein auf Ibiza.“ Wenn Thea gedacht hat, das würde Florian schocken, wird sie eines Besseren belehrt.

„Dann lade ich Ihre Begleitung gleich mit ein. Hauptsache, ich darf mich für die tolle Behandlung meines Neffen erkenntlich zeigen. Rufen Sie mich einfach an.“ Ohne einen Kommentar von Thea abzuwarten, nimmt er Carsten an der Hand und verschwindet aus dem Raum.

Gedankenverloren inspiziert Thea die Visitenkarte. Leider verrät sie nichts über Florian Sommers Beruf, sondern nur seine mobile Telefonnummer. Wie dem auch sei, sie wird sich bestimmt nicht bei ihm melden. Warum sollte sie sich mit ihm treffen? Simone dürfte ebenso wenig daran interessiert sein. Aus einem unerfindlichen Grund steckt Thea dennoch die Karte in ihre Handtasche und vergisst sie zunächst. Ein ruhiger Abend auf der Couch erwartet sie, da Simone mit den anderen Abiturienten in einer Kneipe feiert und wider Erwarten keine Hausbesuche anstehen.

Gestern war die prunkvolle Zeugnisverleihung im Rahmen eines Balles. Wie stolz waren Marie und Thea, als Simone auf die Bühne gerufen wurde, um ihre Urkunde in Empfang zu nehmen. Ihr Abischnitt ist gar nicht so schlecht wie befürchtet, denn selbst die Matheklausur hatte zehn Punkte. Für ein Medizinstudium reicht der Numerus Clausus leider nicht. Insgeheim hat sich Thea immer gewünscht, dass Simone eines Tages in ihre Fußstapfen tritt. Wofür hat sie sonst die Praxis aufgebaut? Diese Illusion muss sie allerdings begraben, denn ihre Tochter liebäugelt mit einem Anglistikstudium. Weiß der Geier, was man damit einmal anfangen kann. Thea mag im

Moment nicht darüber nachdenken. Kommt Zeit, kommt Rat. Jetzt muss sie sich erst einmal um ihren Infekt kümmern, um den Urlaub antreten zu können. Krank in einem verdunkelten Hotelzimmer zu liegen, ist keine prickelnde Vorstellung.

Das Praktische an ihrer Praxis ist die Tatsache, dass sie in ihrem Wohnhaus untergebracht ist. Thea muss lediglich eine Treppe hochsteigen, um in ihre Privaträume zu gelangen. Sie staunt nicht schlecht, einen Blumenstrauß vor ihrer Wohnungstür zu finden. Wie gelangt dieser hierher? Claudia hat bereits vor einer halben Stunde unten abgeschlossen. Thea bückt sich und entdeckt einen Gruß von Florian Sommer.

Liebe Frau Dr. Junger,
vorab ein kleines Dankeschön für die Behandlung meines Neffen, verbunden mit der Hoffnung, Sie auf Ibiza wiederzusehen.
Ihr Florian Sommer

Seltsam, plötzlich einen Verehrer zu haben. Thea hat völlig vergessen, wie sich das anfühlt. Gar nicht so unangenehm. Schade, dass sie wegen ihrer Abreise nicht viel von dem Strauß haben wird. Vielleicht freut sich Claudia darüber. Trotz ihres Unwohlseins genießt Thea den Abend auf dem Sofa bei romantischer Musik und in Gedanken an Florian Sommer. Soll sie ihn auf Ibiza treffen?

♥

KAPITEL 4

Sitzt ihr schon im Flieger?, schreibt Rob über WhatsApp.

Simone antwortet:
Nein, erst im Taxi. Mum hatte ihre Handtasche vergessen, sodass sich unsere Abfahrt verzögert hat. Sie ist wirklich urlaubsreif.

Simone hat sich extra auf die Rücksitzbank verkrochen, damit sie in Ruhe auf ihrem Smartphone mit Rob und Karin kommunizieren kann.

Rob:
Ich komme morgen am späten Nachmittag an und schlage erst einmal in der Jugendherberge auf. Wäre schön, wenn wir uns später sehen könnten. Meinst du, das klappt?

Simone:
Zunächst muss ich meiner Mum das Blind Date beichten und sie überreden, sich tatsächlich mit dem ausgewählten Typen zu treffen. Glücklicherweise hat sie ihren Infekt inzwischen überstanden. Allerdings wird mir ganz übel, wenn ich daran denke, dass sie mich killt und für übergeschnappt erklärt. Hoffentlich gehen meine Pläne alle auf, sonst können wir einpacken.

Es bilden sich Schweißperlen auf Simones Stirn. Ist sie zu weit gegangen? Ihre Mutter freut sich offenbar über ihre gemeinsame Zeit auf der Insel, und sie will sie mit aller Macht loswerden, um mit Rob zusammen zu sein. Richtig schäbig fühlt sich Simone. Ob sie mal in der Agentur von ihrem Hotel aus anrufen soll, um alles zu canceln? Zwar würde sie einen Batzen Geld in den Sand setzen, hätte aber wieder ein reines Gewissen. Allerdings wäre es andersherum Rob gegenüber unfair. Er hat die letzten Wochen extra Nachtschichten in einem Fastfood-Restaurant geschoben, um das Flugticket und die Unterkunft zu bezahlen. Dabei wird die Jugendherberge alles andere als komfortabel sein. Rob nimmt das alles für Simone auf sich.

Sie schreibt zum Abschluss:
Ich melde mich später vom Hotel aus. Wir erreichen gerade das Flughafenportal. Kuss von Simone

Es ist eine Notlüge, aber sie braucht etwas Zeit, um genau zu überlegen, wie sie die bevorstehenden Probleme löst. Als hätten Rob und Karin sich abgesprochen, meldet sich die Freundin ebenfalls per WhatsApp.

Hey, alles okay? Habt ihr schon eingecheckt?

Simones Antwort:
Bald. Ich weiß nicht, ob das mit der Agentur so cool von uns war.

Karin:
Quatsch. Deine Mutter wird die meiste Zeit der Ferien beschäftigt sein, und du wirst einen Termin mit ihr vereinbaren müssen, um sie zu sehen.

Widerwillig lacht Simone, sodass sich Thea vom Vordersitz nach hinten umdreht und die Stirn runzelt. Simone weiß, wie sehr ihre Mutter der ständige Nachrichtenaustausch auf dem Smartphone nervt. Um sie nicht unnötig zu verärgern, schreibt Simone an Karin zurück:

Ich werde dir alles berichten. Die nächsten drei Stunden hörst du nichts von mir. Halte bitte die Daumen, dass alles wie geplant funktioniert. Tschüssi

Vorsichtshalber schaltet sie ihr Smartphone ganz aus, um nicht in Versuchung zu geraten, eine neu eingehende Nachricht zu öffnen und sofort zu beantworten.
Endlich stoppt das Taxi vor dem Abflugportal. Wenn Simone gedacht hat, der Fahrer würde ihr Gepäck aus dem Kofferraum hieven, hat sie sich geirrt.
Auch Thea ist über die mangelnde Hilfsbereitschaft des Kerls erbost. „Hätte ich ihm doch nicht so ein üppiges Trinkgeld gegeben. Das hat der Faulpelz wirklich nicht verdient."
„Du bist meistens zu großzügig mit den Trinkgeldern. Ich gebe nur etwas, wenn der Service besonders gut war", stellt Simone klar.
„Von einer jungen Frau wie dir erwartet das niemand, aber in der Regel sind Taxifahrer durchaus höflich. Wir haben heute ausgerechnet einen Muffel erwischt."
„Hoffentlich ist das kein schlechtes Omen." Simone ächzt unter der Last ihres Koffers, obwohl er Rollen hat.
„Wie meinst du das?", hakt ihre Mutter nach.
„Ach, nichts. Das habe ich einfach so daher gesagt." Simone beißt sich auf die Lippen. Sie sollte mehr positive Urlaubslaune an den Tag legen, statt einen miesepetrigen Gesichtsausdruck aufzusetzen.
Da die Zeit bis zum Abflug bereits fortschreitet, ist die Schlange am Schalter kurz. Sie müssen ohnehin nur das Gepäck aufgeben, denn Simone hat ihre Mutter und sich online eingecheckt. Leider hat sich das Gate geändert, und damit verlängert sich der Weg bis dorthin erheblich. Ihr Flug wird bereits aufgerufen, und sie müssen die Beine in die Hand nehmen. Keuchend erreichen sie den Abflugschalter und plumpsen zehn Minuten später auf ihre Sitze.
Simone hat extra einen Fensterplatz ausgewählt, bietet ihn aber ihrer Mutter an, um sie zu erheitern.
„Danke, aber ich werde ohnehin ein bisschen schlafen. Die endgültige Übergabe der Praxis hat gestern Abend länger gedauert, und ich bin erst sehr spät ins Bett."
„Taugt deine Kollegin denn etwas?"

„Sie macht einen sehr kompetenten Eindruck. Ich vertraue außerdem auf Claudia, die sich mit allen Praxisbelangen auskennt. Allmählich entspanne ich mich und fange an, mich auf die Reise mit dir zu freuen. Wir beide lassen es krachen."

Wahrscheinlich versteht ihre Mutter etwas völlig anderes darunter als Simone.

Die Stewardess hat bereits alle Gepäckklappen geschlossen, als plötzlich ein Mann auftaucht und sich neben Thea platziert. Offenbar hat er es auf den letzten Drücker geschafft, die Maschine zu erwischen. Er hält es anscheinend nicht für nötig zu grüßen.

Simone und ihre Mutter werfen sich einen vielsagenden Blick zu. Mit dem Typen werden sie keine Konversation beginnen.

Nach dem Abflug bittet Thea die Stewardess um ein Kopfkissen und schläft kurz darauf, an die Schulter von Simone gelehnt, ein.

Der Blick auf die Schweizer Alpen ist fantastisch. Einige Gipfel sind noch immer mit Schnee verzuckert, der in der Sonne glitzert. Wie ruhig und friedlich die Bergwelt von so weit oben aussieht. Dabei denkt Simone an all das Leid, das Lawinen im letzten Winter angerichtet haben. Vor Kurzem gab es wegen starker Regenfälle einen Murenabgang, der ein ganzes Dorf unter sich begraben hat. Soll Simone etwas in Richtung Umweltschutz studieren statt Anglistik? Nach ihrer Rückkehr von Ibiza will sie sich mit den diversen Möglichkeiten beschäftigen. Vielleicht findet sie mit Rob einen gemeinsamen Studiengang, und sie können in einer anderen Stadt zusammenziehen. Soweit traut sich Simone fast nicht zu denken, denn ihre Mutter muss erst einmal von Robs Qualitäten überzeugt werden.

Die obligatorischen, pappigen Sandwiches werden durch den Gang gereicht. Simone braucht nicht zu wählen, denn es gibt nur Käse als Belag. Das Austeilen erinnert sie mehr an die Abfütterung von Tieren als an den Bordservice für Passagiere. Für ihre Mutter nimmt sie ebenfalls eines in

Empfang und steckt es mit einer Serviette umhüllt in ihre Tasche. Wer weiß, ob Thea nicht nach dem Schlaf Hunger hat.
Nach zwei Stunden Flugzeit leuchten die Zeichen auf, die Gurte für die Landung anzuschnallen. Kurz zuvor lag die Insel Mallorca zur Linken. Dorthin wollte Thea ursprünglich fliegen, weil die Pauschalangebote besser klangen. Sanft stupst Simone ihre Mutter an, die zusammenzuckt.
„Habe ich lange geschlafen?“
Simone schmunzelt. „Fast die ganze Zeit. Wir müssen uns für die Landung anschnallen.“
„Ich habe meinen Gurt erst gar nicht gelöst.“
Eine halbe Stunde später heißt es, am Gepäckband zu warten. Zwar hat Simone recht schnell ihren Koffer, aber ihre Mutter erhält ihn als Letzte.
„Wie gut, dass der Transfer zum Hotel gleich mitgebucht ist“, meint Thea. „Von Taxifahrern habe ich die Nase voll.“
Die Ankunftshalle ist beinahe leer, als Simone und ihre Mutter sie durchschreiten. Niemand hält ein Schild mit ihrem Hotelnamen hoch.
„Wahrscheinlich müssen wir nach dem passenden Bus draußen Ausschau halten“, zieht Simone die Schlussfolgerung.
Ihre Mutter trabt hinter ihr her durch die Drehtür. Eine trockene Hitze schlägt ihnen entgegen, sodass der Schweiß sofort seine Produktion beginnt.
„Was freue ich mich auf ein klimatisiertes Zimmer und eine kalte Dusche.“ Thea verzieht die Mundwinkel nach unten und bleibt stehen. „Siehst du irgendeinen Hinweis auf unseren Bus?“
„Nö, aber warte, ich frage mal da hinten den Mann. Passe du solange auf unser Gepäck auf.“
Thea lässt sich nicht zwei Mal bitten und hockt sich auf ihren Koffer. Es ist ihr anzusehen, wie ihr die Wärme zusetzt.
Simone beeilt sich, den Mann mit einigen Brocken auf

Spanisch zu befragen.
Er zuckt jedoch mit den Schultern und deutet in einiger Entfernung auf einen Parkplatz für Busse.
Es bleibt Simone keine andere Wahl, als sich dorthin zu schleppen und nach ihrem Hoteltransfer zu suchen. Sie klappert alle Busse ab. Keiner fährt zu ihrem Hotel. Verzweiflung macht sich breit. Müdigkeit, Hunger, Durst und der Wunsch nach kühleren Temperaturen treiben Simone zurück zu ihrer Mutter, die sich die Schweißperlen mit dem Handrücken von der Stirn wischt.
„Hast du ihn gefunden?"
„Nein, offensichtlich ist er ohne uns abgedüst. Das haben wir der lahmen Gepäckausgabe zu verdanken."
„Also doch ein Taxi."
„Wohl oder übel. Dazu müssen wir erst einmal wieder zurücklaufen."
Wie zwei angeschossene Enten schlürfen sie, die Koffer hinter sich her rollend, zum Taxistand.
Die ersten drei Wagen enttarnen sich als vorbestellt. Der Fahrer des Vierten macht Mittagspause und kaut genüsslich an einem Brot. Sogar als Thea ihm einen Zuschlag anbietet, schüttelt er sein Haupt.
„Was sollen wir tun?" Simones Stimme klingt verzagt.
„Hätte ich nur einen Mietwagen direkt mitgebucht, aber es hieß, dass es hier günstiger ist. Wir müssen auf ein weiteres Vehikel warten. Etwas anderes bleibt uns ohnehin nicht übrig." Thea scheint sich in ihr Schicksal zu ergeben und sucht ein schattiges Plätzchen unter einer Palme.
Simone setzt sich daneben und starrt auf den Boden, wo sich eine Ameisenstraße den Weg zum überquellenden Mülleimer bahnt. Den Viechern macht die Hitze offensichtlich nichts aus.
„Hola", spricht plötzlich ein Mann zu ihnen. „Warten Sie auf jemanden?", fragt er in passablem Deutsch.
Simones Mutter reagiert ungehalten: „Ich glaube kaum, dass Sie das etwas angeht."
Der Mann redet unbeirrt weiter: „Haben Sie im *Hotel*

Florida gebucht?“
Simone trennt sich vom Anblick der Ameisen und schaut auf.
„Ja, warum? Kennen Sie das Hotel? Der Transfer hat uns vergessen.“
„Deshalb bin ich hier. Der Fahrer hat die Liste nicht kontrolliert und ist ohne Sie abgefahren. Ich bin Ihr Reiseleiter und heiße José.“
„Junger“, stellt sich Thea vor und deutet auf Simone. „Das ist meine Tochter Simone.“
„Freut mich, Sie beide kennenzulernen. Darf ich Ihr Gepäck nehmen? Mein Auto steht dort drüben.“ Er führt sie zu einem offenen Jeep.
Dieses Mal verkrümelt sich Thea nach hinten. Wie Simone vermutet, will sie mehr Fahrtwind erhaschen und sich abkühlen.
Darum bleibt der Smalltalk mit José an Simone hängen, die seine bewundernden Blicke auf ihre nackten Beine gleich registriert. Nur kein Verehrer. Sie hat bereits genug Probleme am Hals. Prompt bietet José ihr eine Privatführung durch die Top-Diskotheken Ibizas an.
„Meine Tochter hasst das Gehopse“, funkt Thea dazwischen. „Wir sind zur Erholung hier und nicht, um unser Gehör zu verlieren.“
José verzieht keine Miene. Wahrscheinlich ist er hartgesotten und zähnefletschende Mütter, die auf ihre Küken achten, gewohnt.
Vorsichtig blinzelt Simone zur Seite und entdeckt ein angedeutetes Lächeln. Sie interpretiert es dahingehend, dass José sich durch den Einwand ihrer Mutter nicht abschrecken lässt, und sie behält recht.
„Kein Problem. Ich bin außerdem Experte für die geheimsten Buchten der Insel. Die kann ich dir in meiner Freizeit zeigen.“
Wie schön wäre es, wenn Simone nun erwidern könnte: *Spare dir die Mühe. Ich bin mit meinem Freund hier.* In Gegenwart ihrer Mutter muss sie Robs Existenz jedoch

verschweigen. Fieberhaft überlegt sie sich eine Ausrede. „Gehört es zu deinem Job, den Gästen auch privat deine Dienste anzubieten?“
„Wie man’s nimmt. Ich suche mir die Leute natürlich aus, für die ich meine Freizeit opfere.“
Simone stellt sich lebhaft vor, was José unter *opfern* versteht.
Ein Kommentar von der Rücksitzbank beendet das Thema vorerst. „Ihre Angebote wissen wir zu schätzen und kommen gegebenenfalls auf Ihre Ortskenntnisse zurück, aber in erster Linie möchten wir entspannen.“
Danach wagt José offenbar nicht erneut, sich weiter aufzudrängen.
Inzwischen fahren sie durch Ibiza-Stadt, in der das Hotel in unmittelbarer Nähe zum Jachthafen liegen soll.
Zu Simones Verwunderung biegt der Reiseleiter in eine enge Seitenstraße ab und hält vor einem grauen Gebäude, bei dem an einigen Stellen der Fassade der Putz abgebröckelt ist. „Da sind wir. Ich bitte die Damen auszusteigen.“
José hält galant die Autotüren auf und reicht Simone und Thea nacheinander die Hand.
„Dieses Hotel soll vier Sterne haben?“, bezweifelt Thea mit kritischer Miene, als sie die marode Häuserfront begutachtet.
„Nein, es hat drei“, berichtigt José, während er das Gepäck auslädt. „Genau genommen, zweieinhalb.“ Er lacht.
„Dann sind wir falsch. Ich habe ein Hotel mit vier Sternen unweit des Hafens gebucht. Da bin ich mir ganz sicher“, beharrt Thea.
„Am besten klären wir das drinnen an der Rezeption“, schlägt José vor und schnappt sich die Koffer.
„Hier bleiben wir auf keinen Fall“, flüstert Thea Simone zu.
Die Eingangshalle präsentiert sich düster, und ihre Augen müssen sich zunächst an das schummrige Ambiente gewöhnen. Zwei verschlissene Ledersofas laden kaum zum Verweilen ein. Klimaanlage? Fehlanzeige. Lediglich ein

Ventilator müht sich unter der Decke mit abgebrochenen und angerosteten Rotorblättern ab.
Simones Laune sinkt auf den Nullpunkt. Sie braucht ihre Mutter nur zu betrachten, um zu wissen, dass die am liebsten sofort wieder nach Hause fliegen würde.
„Bitte setzen Sie sich einen Moment", fordert José auf. „Ich versuche, die Angelegenheit mit der Rezeptionistin zu klären." Wenigstens lässt er zwei Gläser mit eiskaltem Wasser servieren, das Simone und Thea fast synchron in einem Zug ausleeren.
Nach einer Weile kehrt José zurück. „Also, die Buchungen sind alle okay und über die Online-Plattform *Reise mit uns* getätigt worden. Sie haben zwei ruhige Einzelzimmer bestellt. In diese wird Eliza Sie nun führen. Ich wünsche angenehmen Aufenthalt. Falls Sie meine Dienste benötigen, rufen Sie mich gerne an. Er überreicht Simone seine Karte."
Ehe Thea oder Simone reagieren, ist der Reiseleiter verschwunden.
Thea ergreift die Initiative. „Lasse uns erst einmal auf die Zimmer gehen. Dort sehe ich unsere Unterlagen durch. Vielleicht sind die Räume netter, als es den Anschein hat, und wir haben eine hübsche Aussicht auf das Meer."
Einen Hotelpagen gibt es nicht, und besagte Eliza macht sich die Finger an den Koffern nicht schmutzig. Stattdessen drückt sie Simone zwei Schlüssel in die Hand. „Dritter Stock, rechts."
Da es keinen Aufzug gibt, ächzen sie mit dem Gepäck die Treppen hinauf und legen auf jeder Etage eine Pause ein.
„Es tut mir so leid", jammert Simone. „Das ist niemals das Hotel, das wir uns ausgesucht haben."
„Wir werden sehen. Jedenfalls mutet der Kasten eher wie eine Ruine an. Hierher verirren sich höchstens Mäuse und Ungeziefer."
„Und so Touris wie wir."
Simone schließt das erste Zimmer auf. Die Tür knarrt verdächtig und droht, aus den Angel zu fallen.

Die Vorhänge sind zugezogen, die sie sofort beiseiteschiebt. Statt des erwarteten Balkons mit Hafenblick präsentiert sich ein Fenster mit nahezu blinder Scheibe, das zu einem Hinterhof ausgerichtet ist. Dieser mutet wie ein Gefängnishof an.
Thea stöhnt auf. „Hast du das Bad schon gesichtet?"
Vergeblich sucht Simone nach einer entsprechenden Tür. „Es kann sich nur um ein Missverständnis handeln. Schaue am besten gleich mal in die Buchungsbestätigung, Mum."
Eine genauere Betrachtung ergibt, dass Thea tatsächlich einen zweiwöchigen Urlaub im *Hotel Florida* gebucht hat.
Plötzlich tippt sich Simone an die Stirn. „Hieß das Hotel, das wir uns ausgewählt hatten, nicht *Hotel Florinda*?"
„Oh, nein, das könnte sein. Ich habe das Falsche genommen." Thea wirft sich aufs Bett, was eine Staubwolke auslöst. Hier hat offenbar schon lange niemand mehr residiert. Kein Wunder. In dieser Bruchbude hält es kein Urlauber aus.
Simone will die Katastrophe nicht glauben. „Hast du dich denn nicht über das äußerst günstige Angebot gewundert? Ein Vier-Sterne-Schuppen kostet bestimmt wesentlich mehr."
„Ich habe ewig keine Pauschalreise mehr gebucht, dass ich gar keine Preisvorstellung hatte."
Simone ist zum Heulen zumute. In diesem Moment klatscht ihr geplantes Kartenhaus endgültig zusammen. Sie werden am nächsten Tag damit beschäftigt sein, ein anderes Hotel zu finden, und sie muss der Agentur das Date für ihre Mutter unbedingt absagen. So eine Pleite.

♥

KAPITEL 5

Nach dem ersten Schrecken ruft Thea den Reiseleiter José an und erklärt ihm die vertrackte Situation mit der Namensverwechslung des Hotels. „Ich zahle die Mehrkosten selbstverständlich, wenn wir sofort umsiedeln können“, erläutert sie ihm.

„Gute Frau, so einfach funktioniert das nicht. Das *Hotel Florinda* betreue ich nicht. Das macht ein Kollege, den ich aber heute nicht mehr erreiche. Ich bitte Sie daher um Geduld. Ihre Nummer habe ich auf dem Display und werde Sie anrufen, sobald ich Näheres weiß.“ Josés Stimme klingt zwar höflich, aber keineswegs begeistert.

Wie Thea sich vorstellen kann, sind solche Klagen wie ihre für ihn Routine. Deshalb beendet sie das Gespräch mit Zuversicht.

„Was meint der Typ?“, fragt Simone.

„Heute müssen wir in dem Schuppen hier ausharren. Das werden wir irgendwie überleben. Morgen sehen wir weiter.“

„Das heißt, unser Abendessen findet in diesem lausigen Etablissement statt?“

Thea merkt ihrer Tochter an, dass sie die Tränen zurückhält. Sie legt den Arm um Simones Schulter. „Alles wird gut. Wir quartieren uns morgen in dem anderen Hotel ein und werden dann über das Erlebnis lachen. Ich schlage vor, wir duschen und ziehen uns etwas Hübsches zum Abendessen an.“

„Meinst du, das lohnt sich?“ Simone scheint ihre Zweifel zu haben.

„Wir tun es gegenseitig für uns“, antwortet Thea.

„Zunächst müssen wir allerdings das Badezimmer finden.“
Das entpuppt sich als Gemeinschaftsbad ein Stockwerk tiefer. Von Wasserstrahl kann keine Rede sein. Ein rostfarbenes Rinnsal tropft aus dem Duschkopf auf Theas Rücken. Ihre Nerven liegen allmählich blank. Die Hitze verträgt sie schlecht. Keine Klimaanlage bietet Linderung, und sogar eine Abkühlung unter der kalten Brause wird ihr verweigert. Wäre es keine Reise zu Simones Abitur, Thea würde wieder nach Hause fliegen. Auch auf das andere Hotel hat sie keine Lust mehr. Stattdessen muss sie ihrer Tochter zuliebe gute Miene zum bösen Spiel machen. Dabei ist ihr durchaus bewusst, an der Situation schuld zu sein. In irgendeinem von Hektik geprägten Moment in der Mittagspause hat sie diese Reise gebucht und den fatalen Fehler begangen, beim Hotelnamen ein *n* zu vergessen. Was für ein blöder Zufall. Wie Simone richtig festgestellt hat, hätte ihr der billige Preis zu denken geben müssen. Jetzt ist das Kind in den Brunnen gefallen, und José soll es richten.
Thea stellt das Getröpfel ab und stülpt sich den Bademantel über. Danach erklimmt sie die Treppe zu ihrer Etage, huscht durch den Flur und klopft an die Zimmertür von Simone. „Du bist dran, aber erhoffe dir keine normale Dusche wie bei uns. Wenn du fertig bist, hole mich bitte ab, okay?“, spricht sie durch die Tür.
„Mache ich, Mum.“

In Wahrheit hat Simone nicht vor, das Bad in Anspruch zu nehmen. Sie will dringend mit Rob telefonieren, der bestimmt längst ein Lebenszeichen von ihr erhofft.
Gleich nach dem ersten Klingelton meldet er sich. „Das hat aber eine Ewigkeit gedauert. Ich bin schon total nervös. Hatte euer Flieger Verspätung?“
„Nein.“ In wenigen Sätzen schildert Simone die Situation.
„Heißt das, wir können uns morgen nicht sehen?“ Robs Stimme überschlägt sich fast.
„Die Nerven meiner Mum hängen an einem seidenen

Faden. Das spüre ich. Wenn ich ihr dieses Date vorschlage, bringt sie mich in die Insel-Klappsmühle. Ihr wird kaum der Kopf nach einem Treffen mit einem wildfremden Mann stehen."
„Und ich soll in der Jugendherberge verrecken? Das kannst du mir nicht antun. Dann sage deiner Mutter ehrlich, dass wir zusammen sind, und ich auch meinen Urlaub auf Ibiza verbringe."
Simone ist der Verzweiflung nahe. „Ach, Rob, sei bitte vernünftig. Ich darf nicht mit der Tür ins Haus fallen. Meine Mutter vor vollendete Tatsachen zu stellen, wäre ein riesiger Fehler. Es ist viel geschickter, wenn sie dich ganz unverfänglich kennenlernt, als netten, jungen Mann, nicht als meinen Freund."
„Warum müsst ihr Frauen immer alles so kompliziert gestalten? Entweder mag sie mich oder nicht. Folglich ist es egal, wie und wo sie mir begegnet."
„Ist es nicht." Eine Weile diskutiert Simone mit ihrem Freund hin und her, bis ihr einfällt, überfällig fürs Abendessen zu sein. „Ich melde mich morgen wieder bei dir."
Eilig tätigt sie am Waschbecken im Zimmer eine Katzenwäsche, wirft sich ein dünnes Sommerkleid ohne Ärmel über und fasst ihre Haare zu einem Pferdeschwanz zusammen, der von einem Gummiband festgehalten wird. Ein Paar silberne Sandaletten vervollständigen ihr Outfit.
Auch Thea hat sich herausgeputzt und trägt einen rosafarbenen Rock mit passendem Oberteil.
„Wir sind viel zu schick für den Laden", befindet Simone und hakt ihre Mutter unter.
„Ich bin gespannt auf den Speisesaal und das Essen."
„Simone kichert. „Hoffentlich wird es nicht im Gefängnishof serviert."
„Male bitte den Teufel nicht an die Wand."
Sie stolpern die Treppe hinunter und erkundigen sich bei Eliza an der Rezeption nach dem Weg zum Restaurant. Die öffnet erst gar nicht den Mund, sondern zeigt auf ein

Schild an der Tür mit einem Pfeil nach rechts.
Der Speisesaal präsentiert sich in einem plüschigen Rot, wie man es eher bei gewissen Einrichtungen erwartet, mit verschlissenem Teppich und antiquiertem Mobiliar, das bereits bessere Zeiten gesehen hat und man eher auf einem Dachboden vermuten würde, wo ausrangierte Dinge ihr verstaubtes Dasein fristen und auf ihre Entrümpelung warten.
Thea schaut sich irritiert um, weil sich niemand von dem zweiköpfigen Personal bemüßigt fühlt, ihnen einen Tisch zuzuweisen. Es sind allerdings nur zwei belegt, an denen jeweils ein älteres Paar sitzt.
„Wahrscheinlich herrscht hier freie Platzwahl", mutmaßt Simone und steuert auf einen Tisch am Fenster zur Straße zu.
Als sie sich gerade hinhocken wollen, erscheint eine Kellnerin und deutet auf einen Tisch mitten im Raum.
Simone will aufbegehren, aber Thea beschwichtigt sie. „Es lohnt nicht, sich für einen Abend aufzubäumen. Wir essen schnell und nehmen danach einen Drink am Hafen."
Anscheinend weiß Thea nicht, was in Spanien *schnell* heißt. Allein auf das georderte Wasser und den Wein warten sie eine halbe Stunde, sodass sie den Salat vom Buffet trocken konsumieren müssen.
„Ist dein Dressing auch so sauer?" Simone verzieht das Gesicht zu einer entsprechenden Grimasse.
„Sauer ist gar kein Ausdruck. Es schmeckt wie reiner Essig. Wenn ich nicht bald etwas zum Hinunterspülen bekomme, verätze ich mir die Kehle."
Simone kichert wider Willen.
Endlich landet eine Karaffe mit Wasser auf dem Tisch, auf die sie sich sofort stürzen. Der Wein fehlt weiterhin.
Der Kellner erinnert Simone stark an den Butler James aus dem Sketch *Dinner for One,* der jedes Jahr zu Silvester im Fernsehen gesendet wird. In ihm feiert Miss Sophie ihren 90. Geburtstag. Dazu hat sie wie immer ihre engsten vier Freunde eingeladen, die jedoch bereits alle verstorben sind.

Deshalb muss James ihre Rollen übernehmen. Beim Nachahmen des jeweiligen Gastes trinkt er dessen Glas Wein aus und wird immer betrunkener, sodass er nach und nach seine Etikette als Butler verliert und immer über einen Tigerkopf stolpert. In Gedanken daran kichert Simone.
„Lasse mich bitte mitlachen“, meint Thea. „Was ist denn so lustig?“
Simone weist ihre Mutter auf die Ähnlichkeit des Kellners mit dem Schauspieler aus *Dinner for One* hin.
„Jetzt, wo du es sagst, fällt es mir auch auf. Nichtsdestotrotz handelt es sich hier um einen Saftladen“, entfährt es Theas Mund. „Hätte ich die leiseste Ahnung von diesem miesen Service gehabt, wären wir auswärts zum Essen gegangen. Jede Hafenkneipe ist bestimmt empfehlenswerter.“
Die Suppe wird serviert. Undefinierbare Klößchen schwimmen in ihr, und nicht nur die.
Simone entdeckt trotz des schummrigen Lichts ein Haar und fischt es angewidert heraus. „Ich packe hier nichts mehr an“, jammert sie und wirft die löchrige Serviette auf den Tisch, in die offenbar die Motten ein Muster gefressen haben. „Ich kotze gleich.“
„Komm, wir gehen“, meint Thea. „Es hat keinen Zweck, sich weiter zu ärgern. Morgen hat dieser Irrsinn ein Ende. Den ersten Abend im Urlaub habe ich mir anders gedacht.“
Ohne jemandem vom Personal Bescheid zu geben, verlassen Simone und ihre Mutter fluchtartig den Ort des kulinarischen Grauens. Sie sparen es sich, Eliza nach der nächsten Pizzeria zu fragen, und stürzen auf die Straße.
Zu Simones Verwunderung bekommt Thea einen Lachanfall. Handelt es sich um Hysterie oder wirkliche Erheiterung? Sie weiß das Verhalten ihrer Mutter in diesem Moment nicht einzuschätzen.
„Sind wir gerade einem Gruselkabinett entkommen?“ Wieder kichert Thea.

„Sieht so aus.“ Simone kann sich der plötzlichen Fröhlichkeit ihrer Mutter nicht entziehen und fängt ebenfalls an zu lachen. „Das war reif für eine Comedy, aber ich hätte wirklich keinen Bissen mehr hinunterwürgen können.“
„Ich auch nicht.“
Arm in Arm schlendern sie in Richtung Hafen und fühlen sich mit jedem Meter Entfernung von ihrem Hotel befreiter.
In einem sauber aussehenden Fischrestaurant ergattern sie einen kleinen Tisch, von dem aus sie einerseits einen Blick auf die Bucht haben und andererseits auf die erhöht liegende Festung von Ibiza-Stadt. Beide Attraktionen erstrahlen im Lichterglanz.
Nach dem Studium der Speisekarte serviert ein Kellner innerhalb weniger Minuten den Wein und das Wasser und nimmt ihre Bestellung auf.
Thea ordert eine Platte mit diversen Fischsorten, während Simone Calamari bevorzugt.
Beide Gerichte sind kräftig mit Knoblauch gewürzt.
„Wie gut, dass wir niemanden küssen müssen“, bemerkt Thea. „Es schmeckt himmlisch.“
Unweigerlich denkt Simone an Rob, der Knoblauch nicht ausstehen kann. Bis morgen ist der Geruch hoffentlich wieder verflogen. Soll Simone die gute Laune ihrer Mutter ausnutzen und von dem Date berichten? Wenn sie die Sache nicht bald in Angriff nimmt, ist sie gezwungen, der Agentur abzusagen. Auf der anderen Seite wäre es vielleicht günstiger, erst einmal den Umzug ins Vier-Sterne-Hotel zu bewältigen. Das entspannt die Lage, und ihre Mutter ist eher bereit, sich auf ein Abenteuer einzulassen. Jetzt hat sie sich gerade ein wenig von dem Schrecken des Horrorpalastes erholt und beginnt, dem Fehlgriff mit Humor zu begegnen.
„Ich bin heilfroh, dass Oma das nicht miterlebt. Die würde sonst heute Nacht lieber unter der Brücke schlafen, als einen Fuß zurück in dieses grässliche Hotel zu setzen.“
„Darauf trinken wir, Mum.“ Simone hebt ihr Weinglas und

stößt mit ihrer Mutter an. „Danke, dass du mir die Reise geschenkt hast, obwohl der erste Eindruck nicht der beste ist. Trotzdem freue ich mich auf unsere gemeinsame Zeit.“ Insgeheim regt sich bei Simone erneut das schlechte Gewissen, denn diese Zeit will mit Rob geteilt werden.
„Prost, mein Kind, ab morgen wird alles gut.“

♥

KAPITEL 6

Leicht angeheitert vom Alkohol spazieren Thea und Simone nach dem Essen am Hafen entlang. Die Luft ist angenehm lau, und der Sternenhimmel gigantisch. Ab und zu huscht eine Sternschnuppe übers Firmament, und Simone verschickt gleich einen Wunsch. Möge der Urlaub kein Desaster werden und der Umzug ins Hotel Florinda problemlos verlaufen. Was sich ihre Mutter wohl erträumt?
„Was hast du dir gewünscht, Mum?"
„Das verrate ich nicht. Sonst geht es ja nicht in Erfüllung."
„Stimmt. Wenn er tatsächlich Wirklichkeit wird, erzählst du ihn mir dann?"
„Klar, aber von dir möchte ich ihn umgekehrt auch wissen."
„Mal sehen", weicht Simone aus, denn in ihren Wunsch ist das Beisammensein mit Rob eingeschlossen.
Plötzlich bleibt Thea stehen und dreht sich um.
„Was ist?", erkundigt sich Simone. „Bist du müde und willst lieber umkehren?"
„Nein, gar nicht, aber schaue mal." Thea deutet hinter ihnen auf etwas Bewegliches. „Ich glaube, wir werden verfolgt."
„Wieso? Ich sehe niemanden", stellt Simone fest. Ihr Blick fällt einzig auf einen Vierbeiner, der gerade an einen Laternenpfahl pinkelt. Im faden Schein der Lampe wirkt das Tier stark ausgehungert und ungepflegt.
„Na, die Töle dort drüben läuft bereits seit dem Fischrestaurant hinter uns her. Dort habe ich sie beobachtet, weil sie sich einmal auf ein Stückchen Brot gestürzt hat, das einem Gast von Tisch gefallen ist. Wahrscheinlich

handelt es sich um einen der zahlreichen, herrenlosen Hunde hier auf der Insel."

„Die armen Viecher." Sofort regt sich Simones Mitleid. „Haben wir nichts für ihn?"

„Bloß nicht, sonst werden wir den Kerl nicht mehr los. Wenn man die Tiere einmal füttert, kleben sie dir am Bein."

„Wir könnten ihn in ein Tierheim bringen", schlägt Simone vor.

„Um diese Uhrzeit? Ich wette, dass er dort wegen Überfüllung sowieso nicht unterkommt", äußert Thea ihre Bedenken. „Am besten lässt man die Tiere in Ruhe und kümmert sich nicht um sie."

„Sei nicht so herzlos, Mum. Wenn ich ihn mir frisch gewaschen vorstelle, sieht er total niedlich aus, eine Art Terrier."

„Haben wir nicht genug andere Probleme?" Thea packt Simone energisch am Arm und zieht sie weiter.

„Du hast recht", gibt Simone kleinlaut zu und fügt sich in ihr Schicksal. Ab und zu wendet sie den Kopf nach hinten. Der Hund bleibt ihnen in gebührendem Abstand auf den Fersen. Ganz so einfach, wie sich ihre Mutter das gedacht hat, lässt sich der Verfolger nicht abschütteln.

Nach einer Weile erreichen sie den Jachthafen.

Simone staunt über die Luxusschiffe, auf denen teilweise fröhlich an Deck gefeiert wird. Da werden Träume geweckt. Womit kann man bloß so reich werden, um sich Derartiges leisten zu können?

Thea scheint Simones Überlegungen zu erahnen. „Ich kann dich zwar nicht auf eine solche Jacht einladen, aber auf einen weiteren Drink in einer der Schickimicki-Bars. Hast du Lust?"

„Klar, womöglich entdecken wir sogar einen Promi."

Für die nächste Stunde gerät der räudige Hund in Vergessenheit, und Simone genießt kurze Zeit später mit ihrer Mutter das feudale Ambiente einer der zahlreichen Bars, die sich um den Hafen schlängeln. Draußen ist jeder

Stuhl besetzt, und drinnen müssen sie zunächst warten, bis ein kleiner Tisch frei wird. Simones Blick schweift umher und staunt über die herausgeputzten Tussis, die wahrscheinlich tagsüber auf den Schiffsdecks ihrer Gönner auf dem Grill braten. Manche sind so braungebrannt, dass sie fast verkohlt wirken. Das sieht nicht mal attraktiv aus. Etliche mögen ab und zu unter dem Messer eines Schönheitschirurgen liegen. Ihre Hautstraffungen sind nicht zu leugnen. Das Klientel dieser Bar bewegt sich eher jenseits der Dreißig. Thea dürfte eher auf ihre Kosten kommen als Simone.

„Und, wie findest du es hier?", fragt ihre Mutter prompt.

Simone druckst herum. „Nun, es ist hauptsächlich deine Altersklasse vertreten. Meine kann sich die Preise für die Cocktails nicht leisten."

„Stimmt. Darum bestelle dir, was du gerne möchtest, egal, was es kostet."

„Das ist total süß von dir, Mum, aber am liebsten würde ich eine Cola-Light trinken. Wie du weißt, mache ich mir nicht viel aus Alkohol, und wir hatten schon Wein."

„Du könntest einen Fruchtcocktail nehmen."

„Der hat zu viele Kalorien. Ich möchte im Urlaub nicht an Gewicht zulegen."

Thea stöhnt leise. „Bitte klammern wir das Diät-Thema bis nach den Ferien einmal aus. Ich möchte die Zeit kulinarisch schlemmen und nicht wie zuhause jede Erbse zählen."

„Das kannst du halten, wie du möchtest, aber ich verzichte auf flüssige Kalorien und investiere sie lieber ab und zu in ein Eis."

Damit findet die Diskussion ein vorläufiges Ende, denn der Kellner erscheint und fragt nach ihren Wünschen. Für Simone bleibt es bei Cola-Light und Thea bestellt einen Aperol-Spritz.

Eine Unterhaltung will nicht richtig aufkommen, und so besprechen sie ihre Vorgehensweise für die nächsten Tage.

„Wenn wir ins *Hotel Florinda* umgezogen sind, mieten wir

uns ein Auto. Dann sind wir unabhängig von öffentlichen Verkehrsmitteln und können die Insel besser erkunden", beginnt Thea den Dialog.
„Meinetwegen", stimmt Simone einsilbig zu und nippt an ihrem Glas. Seit einigen Minuten spürt sie den feisten Blick eines alternden Playboys auf sich ruhen. Als sie unvorsichtigerweise zu ihm hinüberschaut, hebt er sein Gls und prostet ihr grinsend zu. Angewidert wendet Simone ihren Kopf ab. „Ich bin müde und möchte gehen."
„So schnell? Ich kann den Drink nicht einfach hinunterkippen", protestiert Thea.
Ohne zu fragen, greift Simone nach dem Glas ihrer Mutter und leert es in einem Zug. Danach schüttelt sie sich vor Abscheu.
„Was war das denn?" Thea zieht die Augenbrauen erstaunt hoch.
„Bitte bezahle. Mir ist übel. Ich muss an die frische Luft."
Bevor ihre Mutter reagieren kann, ist Simone aus der Bar verschwunden. Vor der Tür atmet sie erst einmal durch. Ob ihr von dem Alkohol plötzlich schlecht geworden ist oder von den gierigen Blicken des alten Mannes, vermag sie nicht zu beurteilen. Wie sehr sehnt sie sich in Robs Arme. Dem Problem, mit ihm auf der Insel die Ferien zu verleben, ist sie an diesem Abend keinen Zentimeter näher gekommen. Fühlt sie sich deshalb so elend? Sie hat keine Muße, darüber großartig nachzudenken, denn etwas Feuchtes an ihrem Bein erregt ihre Aufmerksamkeit. Eine Zunge schleckt über ihre nackte Haut. „Igitt, lasse das", faucht Simone ihren vierbeinigen Verfolger an, der offenbar vor der Bar ausgeharrt hat. Treuherzig schaut das Tier zu ihr herauf. Sofort schmilzt Simone dahin. „Entschuldige, du kannst nichts für meine miese Laune, du armes Tier." Sie bückt sich und streichelt den ungebetenen Kurschatten. Das Fell fühlt sich verklebt an und ist wahrscheinlich schon lange weder mit Wasser, geschweige denn mit Seife, in Berührung gekommen. Soweit Simone das feststellen kann, handelt es sich um einen jungen

Hund, höchstens ein Jahr alt. „Du hast sicher großen Hunger, aber ich habe nichts für dich. Nicht mal eine Scheibe Wurst kann ich dir kaufen, weil die Geschäfte bereits geschlossen sind."
„Mit wem redest du da?", fragt Thea, die auf die Straße tritt und den Hund anscheinend noch nicht entdeckt hat, weil Simone ihn mit ihrem Körper verdeckt.
„Unser Spion hat uns aufgelauert", klärt sie ihre Mutter auf.
„Oh, nein. Jetzt haben wir ihn endgültig an der Backe. Musstest du ihn streicheln? Ich denke, dir ist schlecht."
„Die Luft in der Bar war so stickig. Mir geht es wieder gut." Von den feisten Blicken des Playboys verrät Simone nichts. Womöglich hat sie sich das Interesse des Mannes ohnehin eingebildet. Viel wichtiger ist der Hund, in den sie sich verguckt hat und den sie nicht seinem traurigen Schicksal überlassen möchte.
„Komm, wir gehen in unseren Luxusschuppen", schlägt Thea vor. „Wenn die Töle hinter uns hertrottet, werden wir sie spätestens an unserem Hotel los."
Das gibt Simone Zeit zum Nachdenken. Sie könnte José anrufen und ihn fragen, ob und wo man einen Straßenhund abliefern kann. Dem Reiseleiter ist solch ein Ansinnen garantiert von anderen mitleidigen Touristen bekannt. Diese Idee erscheint Simone vielversprechend.
Tatsächlich lässt sich der Hund nicht abschütteln. Inzwischen hält er keinen Abstand mehr, sondern geht neben Simone bei Fuß, als würde er das immer tun und sie wäre sein Frauchen. Er knurrt sogar zwei junge Männer an, die auf der Mole sitzen und Simone und Thea auf Spanisch anquatschen. Als der Hund die Zähne fletscht, verstummen sie sofort.
„Gut gemacht", lobt Simone ihn. „Hast du gesehen, Mum? Er beschützt uns."
„Nett von ihm, aber darauf müssen wir zukünftig verzichten. Was hast du mit ihm angestellt? Er hängt ja wie eine Klette an uns."

Simone verteidigt sich. „Ich habe einfach Mitleid mit ihm. Er hat sich uns ausgesucht, um nicht mehr allein zu sein."
„Simone, jetzt sei vernünftig. Morgen taucht der nächste Hund auf und schließt sich uns an. Willst du unseren Urlaub damit vergeuden, alle streunenden Tiere zu bemuttern? Überlasse das dem spanischen Tierschutzverein."
„Aber dieser Hund ist so niedlich und schlau. Ich habe mir als Kind immer so einen Beschützer gewünscht."
„Ja, das weiß ich. Es ging leider nicht. So ein vierbeiniges Familienmitglied benötigt Auslauf und Pflege. Die Zeit dafür hatte ich nie. Dafür bekamst du *Amanda*."
„Ja, ich habe sie geliebt, aber mit einer Schildkröte kann man nicht herumtollen und richtig mit ihr zu schmusen, ging auch nicht. Ich will diesen Hund ja nicht mit nach Hause nehmen, nur hier in geordneten Verhältnissen wissen", begehrt Simone auf. „Ich rufe José an und frage ihn, was wir tun können." Ohne eine Reaktion ihrer Mutter abzuwarten, kramt sie ihr Smartphone und die Visitenkarte des Reiseleiters aus ihrer Handtasche.
„Es ist viel zu spät, um diesen José zu belästigen. Das kannst du nicht bringen."
Simone bleibt stur. „Es handelt sich um einen Notfall." Sie tippt die Nummer ein und lässt es läuten, bis sich die Mailbox meldet. „Mist, der Kerl geht nicht mehr dran."
„Das war nicht anders zu erwarten. Auch Reiseleiter haben mal Feierabend."
Missmutig steckt Simone Smartphone und Karte wieder zurück in die Tasche und setzt sich in Bewegung. Die Mission *Hund retten* droht zu scheitern.
Als sie das Hotel betreten wollen, versucht der Vierbeiner, sich an ihnen vorbei durch die Tür zu schmuggeln.
„Halt", schreit Thea. „Du bleibst draußen."
Unerwartet gehorcht das Tier und setzt sich hin.
Simone bricht sein trauriger Ausdruck fast das Herz. „Ich frage bei Eliza nach, ob sie weiß, wohin er gehört." Gesagt, getan.

Die Rezeptionistin scheint ihren Ohren nicht zu trauen. „Ganze Insel voll von diesen Kreaturen. Bloß nicht füttern oder anfassen", wettert sie in gebrochenem Deutsch.
Simone kapiert rasch, dass sie bei Eliza nicht auf Kooperation hoffen darf. Es muss eine andere Lösung gefunden werden. Sie steigt mit Thea die Stiegen zur dritten Etage hoch und verabschiedet sich von ihrer Mutter. „Schlaf gut, soweit das in den durchgelegenen Matratzen möglich ist", meint sie mit Ironie in der Stimme.
„Wird nicht so schlimm werden. Ich bin hundemüde und penne bestimmt wie ein Stein."
Simone täuscht vor, weiter zu ihrem Zimmer zu gehen und wartet ab, bis ihre Mutter in ihrem verschwunden ist. Dann schleicht sie zurück die Treppe hinunter. Leider wurschtelt Eliza am PC herum. Wann sie wohl Dienstschluss hat? Darauf kann Simone nicht hoffen. Wie kann sie Eliza ablenken, um nach dem Hund zu sehen? Es kommt ihr eine Idee. Sie huscht zum Tresen. „Haben Sie bitte eine Rolle Toilettenpapier für mich? Es reicht nicht mehr bis morgen. Ich habe leider Durchfall von dem ungewohnten Essen hier."
Eliza mustert Simone mit skeptischem Blick, steht aber tatsächlich auf. „Einen Moment, ich hole Ihnen eine."
Kaum ist sie in dem hinteren Gang verschwunden, nutzt Simone die Gelegenheit und rennt zur Ausgangstür. Wie ersehnt, sitzt der Hund noch dort, wie sie ihn vor wenigen Minuten verlassen haben. „Komm schnell rein", fordert Simone ihn auf und muss nicht zwei Mal bitten. Wie ein Pfeil schießt er in die Eingangshalle, wo Simone sich umblickt. Keine Eliza zu sehen. Sie treibt den Rüden an, hinter ihr herzulaufen.
Keuchend stolpert sie die Etagen hinauf. Im Gegensatz zu ihr fliegt der Hund mit einer Leichtigkeit nach oben, was Simone aufgrund seiner Magerkeit wundert. Woher nimmt er die Energie?
In Windeseile schließt sie die Tür zu ihrem Zimmer auf. Ihr Puls rast. Zum einen ist das dem rasanten Aufstieg

geschuldet, zum anderen der Erkenntnis, nun ein weiteres Problem zu haben. „Bin ich verrückt geworden? Was mache ich jetzt mit dir?“
Als Erstes dreht Simone im Waschbecken den Wasserhahn auf. Anschließend rückt sie einen Stuhl davor, nimmt den Hund auf den Schoß, damit er es trinken kann. Gierig säuft er das Becken aus, sodass Simone noch einmal für Nachschub sorgt. „Schlürfe nicht so laut“, ermahnt sie ihn. „Nicht, dass dich meine Mutter nebenan hört.“ Seine Schlabbergeräusche bringen Simone auf die Idee, ihn *Schlürfer* zu nennen. Fieberhaft denkt sie über Nahrungsbeschaffung nach. Ob sie etwas aus der Restaurantküche klauen soll? Diese Überlegung verwirft sie sofort. Wahrscheinlich ist die ohnehin abgeschlossen und das Risiko zu groß. In diesem Moment fährt sie erschrocken zusammen, denn es klopft an der Tür. Ihre Mutter? Hat sie ihren blinden Passagier im Zimmer mitbekommen? Im Flüsterton befiehlt Simone *Schlürfer*, unters Bett zu kriechen, was dieser befolgt, als wüsste er, dass es ihm sonst an den Kragen geht.
Vorsichtig öffnet Simone die Tür einen Spalt und staunt. Es handelt sich nicht um Thea.
„Hier, Ihre Toilettenrolle. Sie sind einfach abgehauen“, beschwert sich Eliza.
„Oh, tut mir leid. Ich musste leider wieder schleunigst aufs Klo. Danke.“ Hektisch reißt Simone Eliza das Papier aus der Hand und schließt die Tür. Ihr Herz schlägt bis zum Hals. Das ist gerade noch einmal gutgegangen.
„Schlürfer, kannst wieder rauskommen.“
Einer plötzlichen Eingebung zufolge erhält der Hund einen kleinen Leckerbissen, denn Simone erinnert sich an das in eine Serviette eingewickelte Käsesandwich aus dem Flugzeug. Sie hat völlig vergessen, es ihrer Mutter anzubieten. Glück für Schlürfer. Zwar ist es ziemlich zermatscht, aber in winzige Stücke teilbar, mit denen sie den Rüden füttert, der nicht einmal danach schnappt, sondern Simone behutsam aus der Hand frisst. Dass dieses

pappige Brot für einen vierbeinigen Freund eine Delikatesse bedeuten könnte, hätte Simone nie für möglich gehalten.
Schlürfer dankt es ihr, indem er ihr nach dem Verzehr die Hand leckt. Da der Kleine unglaublich schmutzig ist, beschließt Simone, ihn im Waschbecken notdürftig zu reinigen. Sie bereitet darin eine Lauge aus ihrem Duschgel und Wasser vor. Inständig hofft sie, dass Schlürfer die Prozedur lautlos erduldet. Sollte er bellen, ist alles aus, und Thea wird kurzfristig bei ihr anklopfen. Deshalb redet Simone auf das Tier ein. Ob es bei ihren leisen Worten versteht, um was es geht? Jedenfalls schaut Schlürfer sie treuherzig an und bewegt sich nicht, als sie ihn unter Aufbringung ihrer ganzen Kraft in das Waschbecken setzt. Die Angelegenheit entpuppt sich als heikel, denn Schlürfers Pfoten rutschen leicht auf dem Keramikboden aus. Mit einer Hand umklammert Simone das Tier, mit der anderen gießt sie immer wieder aus ihrem Zahnputzbecher Wasser über seinen Rücken und schrubbt ihn vorsichtig ab. Die Wasserbrühe verfärbt sich sofort braun. Ganz wird Schlürfer auf diese Weise nicht sauber, aber fürs Erste ist zumindest eine Verbesserung seines Aussehens festzustellen.
Um keinen Lärm zu veranstalten, verzichtet Simone darauf, den Hund zu föhnen. Stattdessen rubbelt sie ihn mit einem Hotelhandtuch halbwegs trocken, was er zu genießen scheint. Er bleibt brav stehen und schaut Simone zu. Anschließend legt er sich auf die Stelle, die sie ihm zeigt, und putzt sich die Pfoten trocken.
Simone ist überwältigt von seiner Dankbarkeit und nimmt sich vor, einen Weg zu finden, Schlürfer bei einer netten Familie unterzubringen.
Zum Schlafen ist sie viel zu aufgewühlt. Deshalb greift sie zum Smartphone. Ob Rob über WhatsApp eine Nachricht geschickt hat? Fehlanzeige. Soll sie ihn anrufen und um Rat fragen? Nein, das Problem mit Schlürfer darf sie ihm nicht aufbürden. Das hat sie sich ganz allein eingebrockt.

Womöglich ist das Netz hilfreich. Sie tippt in die Suchfunktion bei google ein: *Hund auf Ibiza gefunden, was tun?* Unerwarteterweise stößt sie dabei auf einen Link, der zu einer Tierauffangstation auf Ibiza führt. Erstaunt erfährt Simone, dass sie den Fund von Schlürfer der Polizei oder dieser Station hätte melden müssen. Dazu ist es bereits zu spät. Sie beschließt, dies am nächsten Tag nachzuholen. Unter dem Link steht weiter, dass die Station überprüft, ob der Hund gechipt ist. Dadurch kann gegebenenfalls der rechtmäßige Besitzer ermittelt werden. Wird er nicht festgestellt, wird das Tier registriert, bleibt eine Weile in Verwahrung und siedelt erst danach in einen ortsansässigen Tierschutzverein um. Folglich darf ein Urlauber nicht einfach einen Schützling mit nach Hause nehmen. Aufgrund dieser Maßnahmen soll verhindert werden, dass vermeintlich herrenlose Tiere voreilig an Fremde abgegeben werden, obwohl die Besitzer möglicherweise verzweifelt auf der Suche nach ihrem entlaufenen Hund sind.

Simone steht die Enttäuschung ins Gesicht geschrieben. Demnach hat sie keinen Einfluss, wo Schlürfer einmal landet. Ob er vor einem bösartigen Herrchen geflüchtet ist? Seinem mageren Aussehen nach muss das arme Tier bereits länger unterwegs und ohne Futter sein.

Jedenfalls sieht Simone ein, ihre Mutter am nächsten Tag bezüglich Schlürfer einweihen zu müssen. Ohne ihre Kenntnis schafft sie es nicht, den Hund den Behörden zu übergeben. Thea wird kaum begeistert sein, statt sich um den Hotelumzug der Unterbringung von Schlürfer zu widmen. Wie Simone ihre Mutter jedoch einschätzt, wird sie es letztendlich mit Humor nehmen und außerdem froh sein, den Hund in professionellen Händen zu wissen. Trotzdem tut Simone allein der Gedanke weh, sich wieder von Schlürfer zu trennen. Sie spürt eine Verbindung zwischen sich und dem Tier, die sich nicht nur temporär anfühlt. Dabei ist ihr klar, den Hund nicht behalten zu können. Sie weiß nicht, wie ihr Leben weitergeht, wohin das Studium sie verschlägt und wo sie einmal wohnen wird. Da wäre ein Hund im Gepäck Ballast und eine hohe Verantwortung. Eventuell kann sie mit der Tierauffangstation aushandeln, dass sie Schlürfer während ihres Aufenthalts auf Ibiza ab und zu besuchen darf und ihr mitgeteilt wird, wenn sich sein potenzieller Besitzer meldet. Mit diesen tröstenden Gedanken schläft Simone endlich ein.

♥

KAPITEL 7

Träumt Simone gerade, dass jemand sie in die Seite stupst? Sie fährt senkrecht hoch und blinzelt. Trotz der zugezogenen Vorhänge ist alles im Raum zu erkennen.
Schlürfer entpuppt sich als der Wecker. Er läuft immer wieder zur Tür und zu Simone zurück. Natürlich, der arme Kerl muss Gassi. Schließlich hat er am Abend reichlich Wasser geschluckt. Ein Wunder, dass er sich nicht eher bemerkbar gemacht hat.
Simones Armbanduhr zeigt kurz vor sieben an. Verdammt früh für einen Ferientag. Sie reckt und streckt sich zunächst ausgiebig. Dann kommt ihr die Erleuchtung. Wenn sie Schlürfer sowieso nach draußen schleusen muss, kann sie ihn auch gleich zur Auffangstation bringen. Zum Frühstück um neun Uhr mit ihrer Mutter wäre sie pünktlich zurück und müsste Thea erst gar nicht mit dem Problem konfrontieren. Warum ist ihr diese sensationelle Idee nicht bereits am Abend eingefallen? Dann hätte sie bestimmt besser geschlafen und nicht so wild von bösen Hundefängern geträumt, die ihr Schlürfer abjagen wollten.
Schnell zieht sie eine Jeans, ein T-Shirt und Turnschuhe an und schnappt sich ihr Smartphone und Portemonnaie.
Schlürfer hockt schwanzwedelnd vor der Tür und saust hinaus, als Simone sie öffnet. „Hey, langsam“, zischt sie. Auf keinen Fall soll ihre Mutter auf den Plan gerufen werden. Mit Mühe hechtet sie hinter Schlürfer her, der an der verschlossenen Hoteltür ausgebremst wird. Glücklicherweise hält sich niemand in der Eingangshalle auf, und auch die Rezeption ist nicht besetzt. Elizas Dienst fängt

wohl etwas später an.
Simone nutzt die Gunst der frühen Stunde und lässt Schlürfer ins Freie. Er hat es nicht weit bis zum nächsten Baum und erleichtert sich. Dann kehrt er zurück zu Simone und umtanzt sie. Wie unschwer zu erraten ist, hat der Hund Hunger und Durst.
Mal sehen, ob bereits ein Laden offen hat. In der Regel ist das in Spanien jedoch nicht der Fall.
Wieder läuft Schlürfer genau neben ihr und scheint jede ihrer Bewegungen zu beobachten. Leider findet Simone kein Geschäft, das Schlürfers Hunger stillen könnte. Es ist einfach zu früh.
Am Hafen steht wenigstens ein einziges Taxi. Hoffentlich ist Schlürfer fahrtauglich und macht keine Probleme beim Einsteigen.
Nicht der Hund bereitet ihr kurz danach Kopfzerbrechen, sondern der Taxifahrer, der Simone und Schlürfer offenbar bereits vorher im Visier hatte. „No, el perro se queda aqui."
Da Simone zwei Spanischkurse an der Volkshochschule absolviert hat, versteht sie, dass der Typ den Hund nicht mitnehmen will. Alles Betteln und Flehen nützt ihr nichts. Der Mann duldet keine Inselköter in seinem Wagen, wie er sich ausdrückt. Wütend wirft Simone ihm ein paar spanische Brocken an den Kopf, die nicht gerade ladylike sind. Was tun? Simone hat zwar die Adresse der Auffangstation, jedoch keine Ahnung, ob sie diese mit einem öffentlichen Verkehrsmittel erreichen kann. Wahrscheinlich ist es dafür ohnehin viel zu früh. Verzweifelt sackt sie auf eine Bank, vor die sich Schlürfer setzt und ihr einen treuherzigen Blick schenkt. „Mein toller Plan funktioniert nicht." Liebevoll krault Simone dem Hund den Kopf und bemerkt nicht, dass ein Auto in einigen Metern Entfernung anhält.
„Hallo, hast du dir einen ungebetenen Verehrer angelacht, der dich aus dem Bett geworfen hat?" Aus dem geöffneten Seitenfenster grinst ihr José entgegen. Ihn scheint ein guter

Geist geschickt zu haben.
„Guten Morgen, darf ich dir Schlürfer vorstellen? Er verfolgt meine Mutter und mich seit gestern. Ich will ihn zur Tierauffangstation bringen, aber das Taxi dort drüben verweigert seinen Transport", schildert Simone die verzwickte Situation.
„Kann man es dem Fahrer verdenken? Er will sein Auto sauber halten."
„So ein Blödmann. Wie gelange ich zu der Station? Gibt es einen Bus?", versucht sich Simone, einer brauchbaren Lösung zu nähern.
„Wohl kaum. Sie liegt im Landesinneren und sehr abseits, aber ich fahre in die Richtung und kann euch beide dort absetzen. Zurück müsstest du allerdings ein Taxi bestellen, denn ich habe keine Zeit zu warten, bis du die Formalitäten erledigt hast."
Simone strahlt. „Du bist unsere Rettung." Sie fordert Schlürfer auf, in Josés Auto auf die Rücksitzbank zu springen, was er brav befolgt.
José startet den Wagen und biegt sofort in eine schmale Gasse in Richtung Landesinnere ab. Nebenbei beginnt er Smalltalk. „Warum habt ihr den Hund nicht einfach ignoriert? Wir haben auf der Insel eine Plage, die die Tierschutzvereine kaum in den Griff kriegen."
„Weil Schlürfer so süß und schlau ist. Ich würde ihn gerne behalten, wenn ich genügend Zeit in Deutschland für ihn hätte."
José räuspert sich. „Viele Urlauber bilden sich ein, die Tiere retten zu müssen. Hier entdecken sie plötzlich ein Herz für sie. Zuhause wäre ihnen das nie eingefallen."
„Was ist daran schlimm?", entgegnet Simone und blickt sich nach Schlürfer um, der seine Ohren spitzt, als würde er verstehen, dass sich das Gespräch um ihn und seine Artgenossen dreht.
„Weil es sich um falsch verstandene Tierliebe handelt. Besser wäre es, die Besitzer würden ihre Hunde oder Katzen erst gar nicht aussetzen."

„Kann ich denn gar nichts für Schlürfer tun? Ich wüsste gerne, ob er in eine nette Familie kommt."
„Vermutlich ist er weggelaufen, und der Besitzer oder die Besitzerin sucht ihn bereits. Zerbrich dir nicht den Kopf. Man wird sich um den Hund kümmern. Hauptsache, er ist erst einmal von der Straße weg und belästigt keine Touristen mehr. Tagtäglich höre ich mir Beschwerden darüber an."
Es hat offenbar keinen Zweck, sich weiter mit José über dieses Problem zu unterhalten. Deshalb wechselt Simone abrupt das Thema.
„Bist du in deinem Job immer so früh unterwegs?"
„Leider ja. Ich betreue mehrere Hotels für meine Agentur, die überall auf der Insel an der Küste verstreut liegen. Um pünktlich zu einer Sprechstunde zu erscheinen, fahre ich entsprechend zeitig los. Zum Glück habe ich einen Puffer eingeplant, sodass der Umweg zur Auffangstation noch in meinen Zeitrahmen passt", betont er.
Erwartet José etwa von Simone Dankbarkeitsbekundungen? Diese erspart sie sich. Schließlich ist ein Reiseleiter für alle möglichen Belange seiner Klienten zuständig, folglich auch für besonders tierliebe. Ein weiteres Anliegen beschäftigt Simone. „Wie sieht es mit unserem Umzug in das *Hotel Florinda* aus? Hast du bereits Kontakt zu deinem Kollegen geknüpft? Meine Mutter dreht durch, wenn das nicht klappt."
„Er hat meine Nachricht auf der Mailbox, aber sich bisher nicht gemeldet. Ich rufe dich oder deine Mutter sofort an, wenn ich etwas Neues weiß. Solange müsst ihr euch leider gedulden."
„Okay, danke." Erschrocken schaut Simone auf ihre Uhr. Sie hat nicht damit gerechnet, dass der Weg zur Auffangstation länger dauert. „Wie weit ist es denn noch?"
In diesem Moment biegt José auf eine Schotterpiste ab. „Das Gebäude am Horizont ist unser Ziel." Er schaltet in einen kleineren Gang und versucht, nicht in die Schlaglöcher zu geraten. Bloß keinen platten Reifen riskieren,

heißt offenbar Josés Devise.
Das ist ganz in Simones Sinn, die inzwischen befürchtet, nicht mehr rechtzeitig zum Frühstück zurück ins Hotel zu gelangen.
Endlich erreichen sie die Station ohne Panne.
Sogleich verabschiedet sich José. Er hat es plötzlich eilig. Simone hat nicht einmal die Gelegenheit, sich bei ihm für seine Hilfe zu bedanken.
Anscheinend wittert Schlürfer seine Artgenossen, denn er antwortet mit Bellen auf die Geräuschkulisse, die an ihre Ohren dringt. Ob der Hund ahnt, was ihm blüht? Simone hat nicht daran gedacht, ihm etwas umzubinden, das ein Weglaufen verhindert. So muss sie darauf hoffen, dass er wie bisher an ihren Fersen klebt.
Ohne die Klingel an der Pforte betätigt zu haben, öffnet sie sich. Videoüberwachung? Ehe sich Simone versieht, rast Schlürfer auf eine junge Frau zu und begrüßt sie stürmisch. „Bodyguard, da bist du ja wieder. Das ging aber flott.“ Sie wendet sich Simone zu und streckt ihr die Hand entgegen. „Hallo, ich bin Daniela, eine Praktikantin.“
„Simone. Ich habe Bodyguard, wie du ihn nennst, gestern Abend aufgelesen. Besser gesagt, er hat uns, meine Mutter und mich, verfolgt. Bist du Deutsche? Du hast überhaupt keinen Akzent.“
„Ja, ich komme aus Köln, und bevor ich im Herbst mein Tiermedizinstudium beginne, mache ich in der Station ein Praktikum.“
„Mega cool. Ich habe gerade das Abi bestanden und bin mit meiner Mum hier auf der Insel. Woher kennst du Schlürfer, ich meine Bodyguard?“
„Er ist in der letzten Zeit schon drei Mal bei uns gelandet, weil er seinem Herrchen immer wieder ausbüxt.“
„Womöglich behandelt er seinen Hund nicht gut“, vermutet Simone.
„Das glaube ich nicht. Auf mich wirkt er sehr sympathisch. Bodyguard ist eben sehr freiheitsliebend und streunt gerne herum. Wie ich sehe, hast du ihn gebadet. Sonst kommt er

dreckiger an.“
„Es war nur eine Katzenwäsche möglich. Meine Mutter dürfte nicht merken, dass ich Bodyguard mit in mein Zimmer genommen hatte. Deshalb muss ich schleunigst zurück ins Hotel, damit sie mich nicht vermisst. Könntest du mir bitte die Nummer der Taxizentrale geben?“
„Klar, aber es wird eine Weile dauern, bis es ein Wagen zu uns in die Pampa schafft.“
„Du machst mir Mut.“ Anschließend ordert Simone das Taxi per Smartphone.
„Komme solange mit, dann kannst du dich von Bodyguard verabschieden. Zunächst bringe ich ihn in einem Einzelzwinger unter und füttere ihn. Der Tierarzt schaut nach ihm, und wenn alles in Ordnung ist, darf er zu seinen Artgenossen, bis sein Herrchen ihn wieder abholt.“
Daniela geht voran, gefolgt von Simone und Bodyguard, der nicht mehr von ihrer Seite weicht, als wüsste er, dass der Abschied naht.
Simone wird es schwer ums Herz, denn sie hat den kleinen Kerl inzwischen liebgewonnen. Bevor er in den Zwinger geschlossen wird, umarmt sie ihn. „Mache es gut, und laufe nicht immer weg. Nicht alle Menschen wissen deinen Beschützerinstinkt zu schätzen.“ Sie wendet sich an Daniela: „Darf ich mich nach Bodyguard erkundigen? Vielleicht will ihn sein Herrchen nicht mehr zurück.“
„Kein Problem, wir können über WhatsApp in Verbindung bleiben, wenn du magst.“
„Gerne.“ Simone tauscht mit Daniela die Nummern aus und verabschiedet sich, nicht ohne einen wehmütigen Blick auf Bodyguard zu werfen.
Er fängt sofort an zu bellen, als wollte er protestieren, dass Simone ihn seinem Schicksal überlässt. Es hilft nichts. Sie muss sich losreißen und Bodyguard aus dem Kopf schlagen.

Mit einer viertelstündigen Verspätung kehrt Simone zum Hotel zurück und erlebt einen Schock, als der Fahrer auf den Taxameter zeigt. So viel für die Strecke von der Auffangstation bis hierher? Simone will es nicht wahrhaben und bezahlt zähneknirschend den verlangten Betrag. Ein Trinkgeld gibt es nicht, woraufhin der Mann übelste Flüche auf Spanisch ausstößt, die Simone zum Glück nicht alle kapiert.

Sie nimmt den direkten Weg zum Restaurant.

„Ihre Mutter ...“, schreit Eliza hinter ihr her, aber die letzten Worte hört sie bereits nicht mehr. Wie befürchtet sitzt Thea mit versteinerter Miene am selben Tisch wie am Abend zuvor und empfängt Simone mit Vorwürfen. „Wo warst du denn? Ich habe mehrfach an deine Tür geklopft und dich überall gesucht.“

„Es tut mir leid.“ Simone hockt sich hin und schnauft erst einmal durch. „Ich habe bereits ein Abenteuer erlebt.“

Thea schaut irritiert und verzieht das Gesicht, als sie einen Schluck vom Kaffee probiert, den der Kellner gerade vor ihre Nase gestellt hat. „Ungenießbar.“

„Wer? Der Kaffee oder ich?“

„Der Kaffee, aber du erklärst mir bitte sofort, wo du dich herumgetrieben hast.“

Simone entschließt sich zur Wahrheit und berichtet bis ins Detail, dass Bodyguard bei ihr genächtigt und sie ihn in aller Herrgottsfrühe mithilfe von José in der Auffangstation abgeliefert hat.

„Du bist verrückt, mein Kind. Ich bin froh, dass die Angelegenheit damit erledigt ist und wir nun in Ruhe in unseren Urlaub starten können. Aller Anfang war schwer. Es kann nur besser werden. Hat José dir wenigstens unseren Umzug in das andere Hotel in Aussicht gestellt?“

„Nein, sein Kollege hat noch nicht geantwortet, und José musste dringend zu einem Termin an der Küste irgendwo im Norden.“

Thea seufzt. „Das klingt leider nicht so, als könnten wir zusammenpacken. Hast du eine Idee, wie wir uns verhalten sollen? Ich habe absolut keine Lust, in dieser Bruchbude auszuharren. Die verursacht Depressionen bei mir.“

„Mir geht es ähnlich. Am besten mieten wir erst einmal ein Auto. Im Laufe des Tages wird sich José melden, und wir können heute Abend ins *Hotel Florinda* umziehen. Ab morgen erkunden wir die Insel.“ Ein mulmiges Gefühl beschleicht Simone, als ihr Rob blitzartig einfällt. In wenigen Stunden landet sein Flieger, und er rechnet fest damit, dass sie sich am Abend treffen, während Thea ihr Date haben soll. Dieses Ereignis hat Simone in all der Aufregung um Bodyguard völlig vergessen. Es ist absolut kein günstiger Moment, um ihre Eigenmächtigkeit zu beichten. Die Geschichte mit dem Hund hat jeglichen Bonus verspielt. Es bleibt Simone nichts anderes übrig, als mit der Agenturchefin zu telefonieren und die Verabredung erst einmal zu verschieben. Hoffentlich stellt das kein Problem dar. Rob kann sie höchstens nach dem Abendessen sehen. Dazu muss sie Kopfschmerzen vortäuschen, damit Theas Argwohn nicht geweckt wird, wenn Simone frühzeitig zu Bett will. Ach, ist das alles kompliziert. Statt Erholung zu genießen, löst ein Chaos das nächste ab. Simone schnauft laut, was Thea offenbar falsch interpretiert.
„Findest du auch, dass die Butter ranzig schmeckt? Wir hätten nach der kulinarischen Erfahrung von gestern gleich woanders am Hafen frühstücken sollen.“
Simone schreckt aus ihren Gedanken hoch. „Ja, mir ist der Appetit längst vergangen. Der Kakao schmeckt auch grauenhaft. Bestimmt war die Milch nicht frisch.“ Simone unterdrückt ihre aufsteigenden Tränen, aber Thea entgeht nichts.
„Das ist wirklich kein Grund zum Weinen. Wir holen uns einen Coffee to go und ein Croissant, setzen uns damit an den Hafen und suchen bei der Gelegenheit nach einer passenden Autovermietung.“
Simone ringt sich ein Lächeln ab. Zum Glück hat ihre Mutter keine Ahnung, warum ihr zum Heulen zumute ist.
„Gebongt. Ich würde auch gerne fahren dürfen.“
„Das wird eher schwierig, weil du erst zwei Jahre Fahrpraxis hast und die meisten Anbieter ein Mindestalter

von 21 Jahren fordern."
Diese Tatsache löst bei Simone ein weiteres Sinken ihrer Laune aus. Daran hat sie bisher nicht gedacht. „Ich schreibe José an, ob er eine entsprechende Vermietung empfehlen kann."
„Okay, versuche es und frage ihn bitte gleich nach Neuigkeiten zu unserem Zimmerwechsel. Ich gehe hoch und hole den Reiseführer."
„Ich warte draußen vor dem Hotel." Simone fiebert der Möglichkeit entgegen, mit Rob zu korrespondieren. Davon darf ihre Mutter nichts merken.
„Gib mit zehn Minuten. Ich beeile mich." Thea schiebt den Stuhl an den Tisch und verschwindet aus dem Speisesaal.
Rob hat inzwischen mehrere Nachrichten geschrieben und tut seine Ungeduld kund, weil Simone nicht antwortet.

Hallo Rob,
hier läuft nichts nach Plan. Bitte sei nicht böse, wenn ich mich nicht immer sofort melde. Ich werde versuchen, heute Abend nach zehn Uhr in der Nähe der Jugendherberge auf dich zu warten. Ich läute dann kurz durch, damit du weißt, wo genau du mich findest. Guten Flug.
Kuss, Simone

Rob:
Kann es kaum aushalten, dich endlich wieder zu umarmen. Ich hoffe, es findet sich schnell eine Gelegenheit, deine Mutter endlich kennenzulernen, damit das Versteckspiel aufhört.
Wilde Küsse, Rob

Die *wilden Küsse* entlocken Simone ein Lächeln und überziehen ihr Gesicht mit einem milden Rosa. Das Leben könnte so schön sein. Wie sehr sehnt sie sich danach, sich an Robs Brust zu lehnen und alle Probleme zu vergessen. Sie beeilt sich, wenigstens eines aus der Welt zu räumen und ruft José an. Glücklicherweise nimmt er den Anruf

entgegen und nennt Simone eine Autovermietung, die gegen einen Aufschlag jüngere Leute ans Steuer lässt. Sein Kollege hat sich mittlerweile gemeldet. Es sieht schlecht aus mit einem Zimmer im *Hotel Florinda*. Bis auf Weiteres ist es ausgebucht. Falls ein Gast absagt oder vorzeitig auscheckt, meldet er sich wieder.
Das darf nicht wahr sein. Werden sie verdammt sein, in diesem Schuppen die ganzen Ferien verbringen zu müssen? Das wird Thea keinesfalls amüsieren. Kurz darauf kann sich Simone davon überzeugen. „Welche Nachricht magst du zuerst hören? Die Gute oder die Schlechte?", fragt sie ihre Mutter.
Theas Gesichtsausdruck verfinstert sich. „Der Umzug ins *Hotel Florinda* klappt nicht?"
„Treffer. Vorläufig gibt es keine freien Betten dort."
„Und wie sieht es mit einer anderen Unterbringung aus? Hotels hat Ibiza wie Sand am Meer, und die Hauptsaison fängt erst in drei Wochen an."
„Hm ... nach einer anderen Möglichkeit habe ich José nicht gefragt."
„Klar, für dich stand die Autovermietung im Vordergrund", klingt es etwas zynisch aus Theas Mund. „Bist du zumindest damit fündig geworden?"
„Ja, sie befindet sich am Ende des Fischereihafens. Wir können locker zu Fuß dorthin laufen."
Kurze Zeit später sind Thea und Simone temporäre Besitzerinnen eines Kleinwagens, immerhin mit Klimaanlage.

♥

KAPITEL 8

„Ich bin total aufgeregt und kriege heute nichts gebacken", erklärt Claire und hämmert wild auf ihrer Tastatur herum.
„Wieso?" Elfie blickt irritiert über den PC-Bildschirm zu Claire.
„Hast du vergessen, dass heute unser erstes Kooperations-Date auf Ibiza stattfindet? Carmen hat uns doch informiert."
„Kein Grund, um durchzudrehen. Wie heißen denn die ersten beiden Teilnehmer?"
„*Orkan* trifft *Lebenskünstler.*" Claire springt auf und kippt das Bürofenster, als würde ihr die Anspannung die Luft rauben.
„Was für bescheuerte Decknamen", stellt Elfie fest. „Was machen denn die Turteltauben zusammen?"
„Carmen hat ein Essen in einem romantischen Restaurant arrangiert."
„Hoffentlich wird es kein Reinfall. Mist, dass wir zum Vertragsabschluss nicht nach Ibiza fliegen konnten. Ich hätte mich gerne von der Qualität gewisser Örtlichkeiten überzeugt." Elfie wendet sich wieder ihrer Tätigkeit zu.
„Du klingst auf einmal so skeptisch. Was ist los mit dir?", hakt Claire nach, die bisher die Zweiflerrolle innehatte und Elfies Euphorie immer eingebremst hat.
„Man soll bekanntlich den Tag nicht vor dem Abend loben. Warten wir es ab, ob unser neues Konzept einschlägt. Falls nicht, sehen wir alt aus."
Claire mault: „*Positiv energy* würde Bruce Berger jetzt sagen."

„Wer soll das sein?“ Elfie schaut ratlos aus.
„Na, der durchgeknallte Sänger aus dem Film *Männerherzen 2*“, klärt Claire auf und kichert.
„Ach, der, ja ich erinnere mich. War der das mit dem Ufo?“
Claire nickt. „Wir sollten mal wieder in einen lustigen Film gehen, um uns aufzuheitern.“
„Du meinst, mit Popcorn und Cola?“ Ein Lächeln huscht über Elfies Gesicht.
„Für mich lieber Nachos mit Käsesoße.“
In das Philosophieren über die kulinarischen Vorlieben bei einem Kinobesuch platzt das Klingeln des Telefons.
„Du oder ich?“, fragt Elfie.
„Du.“
„War ja klar.“ Elfie greift missmutig nach dem Hörer und drückt auf die Mithörtaste für Claire. „Agentur *Travel & Date* was kann ich für Sie tun?“
„Hier Carmen Reif. Grüß dich, Elfie.“
Ihr schwant nichts Gutes, und sie wird nicht enttäuscht.
„Ich will euch kurz Bescheid geben, dass das erste Date unserer Partnerschaft vorläufig auf morgen verschoben wurde.“
Elfie unterdrückt einen Seufzer. „Das fängt ja gut an. Wenigstens haben die Klienten das Treffen nicht ganz gecancelt. Konntest du die Location denn problemlos auf morgen umbuchen?“ Elfie beobachtet Claire, wie sie die Augen verdreht.
„Ich musste leider ein anderes Restaurant nehmen. Es eignet sich aber genauso gut für ein erstes Tête-à-tête. Macht euch keine Sorgen. Ich wollte euch lediglich nicht im Unklaren lassen, weil es ja heute unsere Premiere sein sollte.“
„Danke, Carmen, dann hoffen wir auf positive Nachrichten von dir und gedulden uns. Korrespondieren *Orkan* und *Lebenskünstler* über dich, wie wir es vereinbart haben?“
„Zunächst bleiben die Teilnehmer dadurch inkognito und geben keine Daten von sich preis. Nach dem Date

entscheiden sie, ob die Telefonnummern oder Adressen ausgetauscht werden und sie zukünftig direkt kommunizieren. Auf diese Weise geht niemand ein unnötiges Risiko ein. War das Treffen für einen von beiden ein Flop, trennen sie sich anonym, ohne Gefahr zu laufen, vom anderen belästigt zu werden."

„Das hört sich vernünftig an, genauso wie wir das vereinbart haben. Hoffentlich sind die ersten Kunden zufrieden, damit wir auf dem Portal nicht gleich eine schlechte Bewertung kassieren. Das wäre fatal. Wie läuft denn eure Werbung?"

„Mario hat etliche hundert Flyer drucken lassen und in diversen Hotels, Bars und im Jachtclub verteilt. Darf ich fragen, wie es umgekehrt bei euch angelaufen ist?"

Bisher haben sich keine Urlauber für einen Aufenthalt in unserer Gegend angemeldet. Auch wir haben Infomaterial verbreitet und hoffen auf baldige Resonanz. Natürlich melde ich dir sofort, wenn sich etwas rührt."

„Okay, gut Ding braucht Weile. Haben wir einfach Geduld. Mario und ich sind überzeugt von eurer Idee."

Elfie zwinkert Claire zu, die eifrig mitgelauscht hat. „Das freut uns, Carmen. Grüße deinen Mann bitte, und wir tauschen uns weiterhin aus."

Nachdem das Gespräch beendet ist, verleiht Elfie ihrer Erleichterung Ausdruck. „Ich dachte schon, unsere Versuchskaninchen wären komplett zurückgetreten. Obwohl sie trotzdem zahlen müssten, würde es keinen guten Einstand in dieses Geschäftsmodell bedeuten."

„Mir stockte auch für einen Moment der Atem. Jetzt darf ich mich einen zusätzlichen Tag aufregen."

„Hauptsache, das erste Date findet statt."

„Warum hast du Carmen nicht mitgeteilt, dass es bereits einen Ibizenker auf unserer Plattform gibt, der demnächst einen Städtetrip nach München plant und eine weibliche Begleitung zu einem Geschäftsessen sucht?", will Claire wissen.

„Weil es bisher keine geeignete Person für ihn auf unserer

Plattform gibt. Ich würde unnötig die Pferde scheu machen. Schließlich müssen wir Carmen und Mario bei der Stange halten."
Damit gibt sich Claire offenbar nicht zufrieden. „Und wie gedenkst du, dieses Problem zu lösen?"
„Wenn sich in den nächsten Tagen keine passende Person findet, muss sich eine von uns opfern."
Claire braust auf. „Spinnst du? Mit Betrügereien fangen wir gar nicht erst an. Was ist, wenn der Typ uns auf die Spur kommt und das im Netz verkündet? Dann sind wir für immer weg vom Fenster und können als Harz-IV-Empfänger den ganzen Tag auf dem Sofa chillen und in die Glotze schauen."
„Mache nicht so ein Geschiss. Ich sprach von *Notfall*. Dieser muss nicht unbedingt eintreten. Von einer Minute auf die andere kann sich das Blatt wenden und sich unser Problem von allein lösen. Du solltest dir unbedingt eine Portion mehr Gelassenheit zulegen, sonst macht dich dieses Geschäft kaputt. Wir können es uns nicht leisten, auf Notbehelfe zu verzichten, und müssen gewisse Risiken eingehen. Wenn du dich nicht traust, werde ich die Aufgabe gegebenenfalls übernehmen."
„Ach, Elfie, wenn ich dich nicht hätte. Wahrscheinlich würde ich unsere Agentur an den Nagel hängen, obwohl es mir großen Spaß bereitet", lenkt Claire ein.
„Wir geben nicht so schnell auf, versprochen."

♥

KAPITEL 9

Simone fällt ein Stein vom Herzen, dass der Dating-Partner ihrer Mutter das Treffen problemlos auf den nächsten Tag verschoben hat. Das löst die ganzen Verwicklungen zwar nicht, aber gibt Simone Zeit, sich eine Strategie zu überlegen. Thea ist alles andere als entspannt und in Urlaubslaune. Hoffentlich ist das *Hotel Florida* bald Geschichte, damit sie sich den Kopf über eine andere Unterkunft nicht mehr zerbrechen müssen.

Die Suche nach ihrem Vater Helmut hat Simone bisher verdrängt. Wie soll sie das überhaupt anstellen? Es liegt ihr fern, Rob darin einzubinden. Er folgt ihr nicht auf die Insel, um sich mit ihrer komplizierten Herkunft zu beschäftigen, sondern um schöne Stunden mit ihr zu verleben. Inzwischen bereut sie es gewaltig, seinem Nachkommen zugestimmt zu haben. Das schlechte Gewissen ihrer Mutter gegenüber nagt weiter an ihr. Thea mit einem wildfremden Mann verkuppeln zu wollen, nur um mit Rob allein zu sein, ist wirklich undankbar. Sie schämt sich dafür. Es macht alles andere als Spaß, zwischen zwei Stühlen zu hocken, noch dazu, wenn es sich um die beiden Menschen handelt, die einem am nächsten stehen. Leider fällt Simone keine Alternative ein.

„Hey, passe bitte auf. Hast du den Radfahrer nicht bemerkt?“, katapultiert Thea Simone in die Realität zurück. Intuitiv weicht sie nach links aus und stößt fast mit einem entgegenkommenden Lieferwagen zusammen.

„Soll ich nicht lieber fahren?“, bietet Thea sichtlich nervös an.

„Ich muss es lernen, auf so Straßen zu manövrieren.“

„Dann konzentriere dich bitte. Ich möchte in keinem spanischen Krankenhaus landen.“ Theas Unterton klingt ermahnend, und Simone reißt sich zusammen.
„Laut Navi müsste ich die nächste Straße rechts abbiegen, um zum Strand zu gelangen“, bemüht Simone sich übereifrig, ihre schlechte Fahrweise zu übertünchen. Die nächste Katastrophe lauert jedoch bereits. Kaum ist sie der Stimme des Navis nach rechts gefolgt, erwischt das Auto ein Schlagloch, es zischt, und Thea schreit: „Wir haben wohl einen Platten.“
„Oh, nein.“ Simone wird heiß und kalt zugleich und stoppt rechts am Straßenrand. „Was sollen wir tun?“
„Tolle Frage. Wir müssen den Reifen wechseln. Hoffentlich befindet sich ein Ersatzrad im Kofferraum. Darauf habe ich bei der Übergabe gar nicht geachtet.“ Thea öffnet die Beifahrertür, die erst einmal in einem Maschendrahtzaun hängen bleibt und sie am Aussteigen hindert. „Du bist zu nah an den Zaun gefahren. Ich muss auf deiner Seite aussteigen.“
Simone passt auf, damit ihre Mutter unbehelligt das Auto verlassen kann, ohne von überholenden Wagen erfasst zu werden. Weit und breit ist jedoch kein anderes Fahrzeug zu sehen.
Fast gleichzeitig entdecken sie die Bescherung am linken Vorderrad. Es ist platt. Wahrscheinlich hat Simone im Schlagloch einen spitzen Stein touchiert.
„Es tut mir so leid“, jammert sie. „Ich mache alles falsch.“
„Wir müssen die Nerven behalten. Erst einmal schaue ich nach dem Ersatzreifen.“ Gesagt, getan. Thea öffnet den Kofferraum und bekundet, dass zumindest einer existiert.
„Also, einen Wagenheber gibt es ebenfalls und so ein Dingsda, mit dem man die Schrauben löst. Das wäre doch gelacht, wenn wir beide das nicht hinkriegen.“
Simone hegt allerdings den Verdacht, dass ihre Mutter die Zuversicht nur vortäuscht. In Wirklichkeit hat sie garantiert keine Ahnung, wie man einen Reifen wechselt.
Leider bestätigt sich Simones Befürchtung kurze Zeit

später. Zwar können sie den Wagen mithilfe des Hebers hochbocken, aber auch mit vereinten Kräften schaffen sie es nicht, die Schrauben zu lockern.
Der Schweiß läuft ihnen inzwischen über die Stirn und bildet unter den Achseln Schwitzflecken im T-Shirt.
„Verflucht", verleiht Thea ihrem Ärger Ausdruck. „Wir müssen ein anderes Auto anhalten und um Hilfe bitten. Wir beide packen das nicht."
„Wie denn? Bisher ist hier niemand vorbeigekommen. Wir sind auf dem Weg zu einem Geheimtipp von José. An diesen Strand verirren sich sonst keine Leute, höchstens Einheimische am Wochenende."
Thea setzt eine verzagte Miene auf. „Bleibt nur, die Autovermietung anzurufen, damit sie uns jemanden schicken, der uns aus diesem Schlamassel befreit."
In diesem Moment knattert ein Zweirad heran, als wäre es vom Universum gesendet worden. Es hält an, und Simone stockt der Atem, als sein Fahrer den Helm abnimmt und seine blonden Locken schüttelt, die er fast bis auf die Schultern trägt. Hellblaue Augen aus einem braungebrannten Gesicht strahlen sie an. Baywatch lässt grüßen.
„Kann ich den Ladys behilflich sein?", fragt ihr potenzieller Retter direkt auf Deutsch, als hätte er ihre Herkunft sofort enttarnt.
Thea findet als Erste zu ihrem Sprachzentrum. „Sie schickt der Himmel, denn wir haben einen Platten und Probleme, das defekte Rad zu lösen. Dazu fehlen uns die entsprechenden Kräfte."
„Das haben Sie fachmännisch vorbereitet. Meine Energie stelle ich Ihnen gerne zur Verfügung", schleimt der junge Mann, den Simone auf Anfang Zwanzig schätzt. Zugegebenermaßen sieht er blendend aus in seiner knielangen Jeans und seinem weißen T-Shirt, das seine schokoladenfarbene Haut optimal zur Geltung bringt. Innerhalb weniger Minuten lockert der Typ unter Einsatz seiner Bizeps das Rad mit dem Kreuzschlüssel und tauscht es aus. Sein T-Shirt ist danach nicht mehr weiß. Ohne zu

zögern, zieht er es aus und stellt seinen Sixpack zur Schau. Simone beobachtet, dass bei diesem Anblick sogar ihrer Mutter die Augen aus dem Kopf treten. Handelt es sich bei ihrem Reifenwechsler etwa um ein Exemplar einer strippenden Boygroup, die zufällig auf Ibiza eine Erholungspause von ihrer Tournee einlegt? Mit Simone geht die Fantasie durch. Sie stiert den Jüngling derartig an, dass er sie fragt: „Sehe ich wirklich so schrecklich aus? Das T-Shirt ist hin, aber ich habe es gerne geopfert, um euch zu helfen." Ganz selbstverständlich duzt er Simone. „Wie seid ihr überhaupt auf diese Buckelpiste geraten?"
Thea ergreift das Wort: „Wir sind leider dem Geheimtipp unseres Reiseleiters gefolgt und wollen zu der angeblich traumhaften Bucht, die kaum ein Tourist kennt."
„Ich bin übrigens Sören", stellt er sich vor.
„Ich heiße Thea Junger, und das ist meine Tochter Simone. Danke für Ihre Hilfe. Wie können wir uns erkenntlich zeigen? Zumindest möchte ich Ihnen Ihr Hemd ersetzen."
„Nicht nötig, ich habe davon genug im Schrank. Vielleicht unterhalten wir uns am Strand weiter. Dort gibt es sogar eine kleine Bar, und Sie dürfen mich gerne auf einen kalten Drink einladen. Heute ist die Hitze fast unerträglich." Während Sören mit Thea redet, lächelt er Simone an, die nicht nur wegen der intensiven Sonne plötzlich im Gesicht krebsrot anläuft. Zu ihrer Freude geht ihre Mutter auf seinen Vorschlag ein, denn Simone möchte mehr über diesen smarten Boy erfahren. Vor lauter Aufregung nimmt sie das Brummen ihres Smartphones in der Hosentasche gar nicht wahr.
Dieses Mal setzt sich Thea ans Steuer und fährt dem Motorrad mit Sören hinterher. Zu Simones Überraschung schwärmt ihre Mutter in einer Tour. „Was für ein Sahneschnittchen. Hast du seinen Körper gesehen? Eine makellose Haut hat der, und erst der Sixpack."
„Aber Mum, so kenne ich dich ja gar nicht", täuscht Simone Empörung vor und kichert.

„Ich betrachte solche jungen Männer aus dem Blickwinkel einer potenziellen Schwiegermutter, und Sören gefällt mir, zumindest optisch."
„Nicht zu vergessen seine selbstlose Hilfsbereitschaft", fügt Simone hinzu."
„Fühlen wir dem jungen Mann weiter auf den Zahn. Mal sehen, was er sonst noch drauf hat."
Insgeheim frohlockt Simone, dass ihre Mutter auf einmal gute Laune hat. Das düstere Blatt scheint sich zu wenden. Allein dafür ist Simone Sören dankbar.
Nach kurzer Zeit erreichen sie die Bucht, die sich sichelförmig vor ihnen ausbreitet. Felsen rechts und links begrenzen sie, auf denen sich vereinzelt einige Sonnenanbeter ausgestreckt haben und ihre Körper dem Grill von oben preisgeben. Ein einsamer Kite-Surfer demonstriert waghalsige Sprünge durch die Luft und bildet mit seinen Manövern dem Betrachter ein faszinierendes Bild.
Wie José prophezeit hat, ist der Strand ansonsten weitestgehend frei von dem üblichen Tourismus. Wenige Autos parken verstreut unter Pinienbäumen.
Thea fischt aus dem Kofferraum einen Sonnenschirm, den sie extra aus Deutschland mitgenommen hat, und ihre Badetaschen.
Sofort ist Sören zur Stelle, der sein Motorrad an eine Palme gelehnt und abgeschlossen hat. Außer einem Handtuch, das er unter den Arm klemmt, hat er nichts dabei.
„Darf ich Ihnen den Schirm abnehmen?", fragt er Thea, die ihm das Ungetüm bereitwillig aushändigt.
„Danke, das ist wirklich nett von Ihnen." Sie zwinkert Simone mit einem Auge zu.
„Wollen wir zuerst etwas trinken?", schlägt Sören vor.
„Gute Idee. Ich habe tierischen Durst." Simones Neugier auf den smarten Typen will befriedigt werden.
Zunächst platzieren sie ihre Badesachen unterhalb einer Palme, die ein wenig Schatten spendet, um sich

anschließend zu der Strandbar zu begeben, neben der einige Liegestühle zum Verweilen einladen.
Sören stellt Thea und Simone dem Barkeeper auf Spanisch vor. „Hallo, Frederico, darf ich dir neue Gäste aus Deutschland präsentieren?“
Frederico nickt ihnen kurz zu. „Qué queréis beber?“, fragt er.
Sie bestellen einstimmig jeder eine Cola mit viel Eis.
Sören klärt auf: „Hier können wir das Eis im Getränk bedenkenlos zu uns nehmen, aber generell sollte man damit vorsichtig sein. Nicht immer handelt es sich dabei um gefrorenes Trinkwasser, und die Touristen bekommen Magenprobleme.“
Simone wagt einen direkten Vorstoß. „Du kennst dich so gut aus. Lebst du auf dieser Insel?“
„Immer mal wieder“, lautet seine Antwort. „Ich verbringe meistens die Semesterferien hier bei meinem Vater. Meine Eltern sind getrennt, und meine Mutter wohnt inzwischen mit einem neuen Mann in der Nähe von Stuttgart, wo ich Informatik studiere.“
„Wow, dann kennst du dich mit Mathe gut aus.“ Simones Bewunderung steigt.
Frederico stellt die Getränke vor ihnen ab, und sie saugen gierig am Strohhalm.
„Seid ihr mir böse, wenn ich mich in die Fluten stürze?“, erkundigt sich Thea. „Ich brauche rundum eine Abkühlung.“
„Nein, probiere das Meer ruhig aus. Ich warte noch eine Weile.“ Auf keinen Fall will Simone riskieren, dass Sören verschwindet, ohne nähere Einzelheiten über sich preiszugeben.
Er schlägt vor, sich in die Liegestühle zu legen. Sie nehmen ihre Drinks mit dorthin und schauen Thea zu, wie sie in die Wellen hüpft.
„Deine Mutter hat eine verdammt gute Figur.“
„Ja, für ihr Alter ist sie super in Schuss.“ Mehr spuckt Simones Mund zu diesem Thema nicht aus. Sie brennt

darauf, über Sören etwas zu erfahren.
Stattdessen dreht er den Spieß rum: „Wo wohnt ihr? Ibiza-Stadt?"
Simone nickt, während sie den Rest Cola aus dem Glas mittels des Strohhalmes ausschlürft.
„In welchem Hotel seid ihr abgestiegen?", hakt Sören hartnäckig nach.
Daraufhin erzählt Simone ihm das Dilemma mit der Namensverwechslung, und dass sie in einer Bruchbude gelandet sind.
„Hm ... ich will nicht aufdringlich sein, aber mein Vater besitzt eine Ferienhausanlage nicht weit von hier. Ich könnte ihn anrufen und klären, ob etwas frei ist."
Simone rollt innerlich mit den Augen. In der unmittelbaren Nähe dieses Sixpackboys die Ferien zu verbringen, wäre verlockend, aber sie ist bereits in Rob verliebt. Sie zögert mit der Antwort.
„Was ist? Hast du Angst, die Häuser sind zu teuer? Da kann ich dich beruhigen. Es herrscht noch Vorsaison."
„Das kann ich nicht ohne meine Mutter entscheiden. Vielen Dank fürs Angebot. Wenn sie aus dem Wasser zurückkehrt, werde ich sie fragen."
„Ich würde mich freuen und könnte dir die Insel aus den Augen eines Fast-Einheimischen zeigen." Wieder lächelt Sören Simone gewinnend an, sodass sie in Versuchung ist, sofort zuzusagen. Seine Grübchen sind wirklich zu süß. Die möglichen Probleme, die sich zusätzlich damit ergeben könnten, verdrängt ihr Unterbewusstsein.
Auf einmal verdeckt ein Schatten die Sonne, und Simone blinzelt.
„Ihr solltet auch ein Bad nehmen. Das Meer ist herrlich." Thea scheint begeistert.
„Später, Mum. Sören hat eine tolle Idee, wie wir dem *Hotel Florida* entkommen können."
„Wirklich? Ich höre."
Daraufhin erklärt Sören, wo genau die Ferienhausanlage seines Vaters liegt und was sie alles zu bieten hat.

Angefangen vom Swimmingpool bis zum Restaurant, Supermarkt und einem 18-Loch-Golfplatz ist alles vorhanden.
Thea seufzt. „Wow, aber ich fürchte, das können wir uns nicht leisten. Schließlich haben wir die Pauschalreise bereits bezahlt.“
Sörens charmantes Lächeln wechselt zu einem betretenen Gesichtsausdruck. „Ich mache euch einen Vorschlag. Ich rufe meinen Vater an, ob überhaupt etwas frei ist. Wenn euch der Preis nicht zusagt, seid ihr zu nichts verpflichtet.“
„Okay, das klingt fair“, meint Thea.
„Wie lange wollt ihr auf der Insel bleiben?“
Dieses Mal antwortet Simone. „Jetzt noch dreizehn Tage.“
Sören läuft einige Schritte in Richtung Meer, offenbar, um ungestört mit seinem Vater zu reden.
Simone nutzt die Gelegenheit, um ihre Mutter zu einer Absage zu bewegen, denn mittlerweile wird ihr klar, dass es keine gute Idee ist, Sören zukünftig im Schlepptau zu haben. Die Zeit, die sie ohne ihre Mutter abzweigt, wird kostbar genug sein und allein Rob gehören. Apropos Rob. Simone müsste dringend einen Blick auf ihr Smartphone werfen. Glücklicherweise will Thea in der kleinen Umkleidekabine neben der Strandbar ihre nassen Sachen wechseln. „Auf dem Rückweg bringe ich uns ein Eis mit.“
„Super, Mum. Gute Idee.“ Kaum ist Thea verschwunden, checkt Simone ihre eingegangenen Nachrichten und staunt nicht schlecht.

Mensch, Simone, warum meldest du dich nicht? Hast du gewusst, dass das spanische Bodenpersonal seit heute Morgen streikt? Mein Flug ist gecancelt. Es steht nicht fest, wann es weitergeht. Ich bin so was von wütend und enttäuscht. Mit Hunderten von Touris hänge ich hier rum, die alle nach Spanien wollen. Ich fahre erst einmal nach Hause zurück und warte ab. Rufe mich bitte dringend an.
Heiße Küsse, Rob

Hat Simone richtig gelesen? Robs Flug fällt aus? Er kommt

heute nicht. Sie weiß nicht, ob sie darüber sauer sein soll oder sogar ein bisschen erleichtert. Der Streik liefert ihr einen Aufschub für ihren inneren Zwiespalt auf dem Silbertablett.
Sofort tippt sie eine Rückmeldung ins Smartphone:

Das ist ja beschissen. Ich hatte mich so gefreut. Ich kann dich erst später anrufen. Mum und ich sind am Strand, und sie beobachtet mich.
Heiße Küsse zurück,
Simone, die dich mega vermisst.

Plötzlich ist sie sich nicht mehr sicher, ob sie über die neue Situation erleichtert sein soll oder nicht. Bevor sie jedoch weiter darüber grübelt, tauchen Thea und Sören gleichzeitig auf. Rasch sendet sie die Nachricht ab.
Ihre Mutter drückt Simone und ihm ein Eishörnchen in die Hand.
„Super, danke." Sören schleckt an seinem, bevor er loslegt: „Also, es ist ein kleiner Bungalow frei mit zwei Schlafzimmern, sogar zwei Bädern, Wohnzimmer, Küche und einer großen Terrasse." Er nennt den Preis.
„So günstig?" Thea scheint skeptisch.
„Für besondere Gäste gewährt mein Vater Rabatt, und das seid ihr beiden doch, oder?" Sören schmunzelt.
„Das kann ich nicht akzeptieren. Dein Vater kennt uns nicht, und er lebt von der Vermietung." Thea wirft Simone einen fragenden Blick zu.
So leicht wirft Sören offenbar nicht die Flinte ins Korn, wenn er sich etwas in den Kopf gesetzt hat. „Das ist zwar richtig, aber mit einem leerstehenden Haus verdient mein Vater gar nichts, folglich freut er sich, wenn ihr dort einzieht."
Gegen dieses Argument ist kein Kraut gewachsen, und Thea stimmt Sörens Angebot zu.
„Cool, willkommen auf der *Hazienda Alhaja.*" Sören scheint sich zu freuen.

„Was heißt *Alhaja*?“, fragt Simone und kann gerade noch mit ihrer Zunge verhindern, dass das geschmolzene Eis in den Sand tropft.
„Juwel. Keine Ahnung, wen mein Vater damit meint. Eine neue Frau hat er nicht. Womöglich meint er die Insel damit.“
„Hauptsache, die Anlage macht diesem Namen alle Ehre“, mischt sich Thea ein. „Wann sollen wir unser neues Domizil denn beziehen? Wir müssen auf jeden Fall erst unsere Koffer holen und im *Hotel Florida* auschecken.“
„Das bleibt euch überlassen. Der Bungalow ist frei, und ihr könnt ihn in Beschlag nehmen, wann ihr wollt. Am besten zeige ich euch die Anlage nachher, denn ich gebe später hier einer Kundin Unterricht im Kite-Surfen.“
„Wow“, entfährt es Simones Mund. „Bringst du mir das auch bei?“ Sie beißt sich auf die Lippen. Für solche Aktivitäten wird sie keine Zeit haben, wenn Rob erst auf der Insel eingetroffen ist.
„Klar, gleich morgen fangen wir an.“
Simone wirft einen hilfesuchenden Blick zu ihrer Mutter.
„Mal sehen, ob ich Zeit dafür finde, denn wir wollen natürlich Ibiza erkunden.“ Wenn Simone auf Unterstützung von Thea gehofft hat, wird sie enttäuscht. Das Gegenteil ist der Fall.
„Die Gelegenheit, so etwas von einem Profi zu erlernen, darfst du nicht verpassen. Unsere Unternehmungen erledigen wir tagsüber, und am späten Nachmittag kannst du mit Sören üben.“
Sören geht in die Charmeoffensive: „Deine Mutter versteht anscheinend etwas von der Materie, denn am späten Nachmittag herrscht hier der beste Wind für diesen Sport. Dazu bleibt es lange hell, und anschließend entführe ich dich in die coolste Disco der ganzen Balearen.“
Normalerweise müsste Simone sich über so viel Engagement, ihr zu gefallen, freuen, aber stattdessen bekommt sie weiche Knie. Jetzt hat sie den Salat. Thea ist auf Sörens Seite und ahnt nicht, in was für ein Dilemma sie Simone

damit stürzt. Zuvor musste sie sich nur unter ihrer Mutter und Rob aufteilen und nun zusätzlich Sören. Das kann nicht funktionieren und stellt sie vor einen unlösbaren Konflikt.
„Ich werde eine Runde schwimmen“, verkündet Simone. Möglicherweise verschafft ihr das kühlende Wasser einen klaren Kopf. Auch das wird ihr nicht vergönnt, denn Sören schließt sich sofort an. Mit diesem smarten Boy an ihrer Seite scheint es aussichtslos, die Gedanken zu sortieren. Er entpuppt sich als begnadeter Schwimmer und lockt Simone auf ein Felsplateau. Es liegt in einiger Entfernung, und sie muss sich richtig anstrengen, um gegen die Wellen anzukämpfen. Der Kraftaufwand tut ihr indes gut, und sie vergisst für einen Moment ihre wachsenden Sorgen.
Vorsichtig hievt Sören Simone auf die Felsformation, die sie keuchend erreicht hat. Erschöpft hockt sie sich neben ihn und hat zunächst keinen Blick für die traumhafte Kulisse, die der Strand in Einklang mit dem Meer bildet.
„Wenn du bei dem kurzen Stück schon schlappmachst, ist das Kite-Surfen nichts für dich. Dazu benötigst du jede Menge Kraft und Ausdauer.“
Das hört sich schonungslos an. Normalerweise wäre Simone beleidigt, wenn jemand ihre Fitness anzweifelt. In diesem Fall aber liefert ihr Sören eine Ausrede auf dem Silbertablett. „Du hast recht. Ich sollte mich erst einmal einige Tage regenerieren, bevor ich mich in deine Hände begebe.“
Sören grinst. „Flirtest du gerade mit mir? Meine Hände können sehr sanft sein.“
Ehe sich Simone versieht, dreht er ihren Kopf zu sich herum und küsst sie auf die Lippen. Sie schmecken nach Salz. Intuitiv stößt sie ihn zurück. „Spinnst du?“ Bei Rob hat es drei Wochen gedauert, bis sie sich das erste Mal geküsst haben. Sören scheint dagegen nichts anbrennen zu lassen. Es hilft nur eines: Der Sprung zurück in die Fluten. Ohne Vorankündigung reißt sich Simone von ihrer

Blitzeroberung los und hüpft ins Wasser. Die Strömung und die Wellen helfen ihr, zurück an Land zu gelangen. Entgegen ihrer Vermutung, Sören würde sie verfolgen, rastet er weiter auf dem Felsen.
„Na, wo hast du denn deinen Sonnyboy versteckt?“, empfängt Thea Simone mit einem breiten Grinsen im Gesicht.
Patziger als gewollt zischt Simone zurück: „Was heißt hier *mein* Sonnyboy? Ich kenne ihn kaum.“
„Ein kleiner Urlaubsflirt würde dir gut tun, und Sören wirkt auf Anhieb sympathisch.“
Wenn ihre Mutter wüsste, dass er Simone sofort bei der ersten Gelegenheit geküsst hat, würde sie ihr positives Urteil wahrscheinlich direkt wieder revidieren. Simone zieht es jedoch vor, Thea ihre naive Vorstellung von braungebrannten Surfern vorerst nicht zu zerstören.
Zum Glück lenkt Thea von selbst auf ein anderes Thema.
„Am besten begleiten wir Sören gleich in die Ferienanlage, holen uns den Schlüssel für unseren Bungalow und dann die Klamotten aus dem Hotel.“
„Okay, dann ziehe ich mich um, und du fängst Sören ab, wenn er aus dem Meer entsteigt.“

♥

KAPITEL 10

Der Umzug vom *Hotel Florida* zur *Hazienda Alhaja* klappt ausnahmsweise ohne Zwischenfälle. Zwar hat die Rezeptionistin Eliza grimmig geschaut, als sie ausgecheckt haben, aber dies nicht kommentiert. Wahrscheinlich erlebt sie öfter, dass Gäste dieses Hotel vorzeitig räumen, und wundert sich nicht darüber.

Auf dem Weg in ihr neues Domizil tauscht Thea bei der Autoagentur den kaputten gegen einen intakten Reifen aus. Simone wartet solange im Wagen und nutzt den Moment, um José über ihren Standortwechsel zu informieren. Prompt erhält sie die Anfrage von ihm: „Wo finde ich dich denn? Können wir uns heute Abend sehen?"

Oh, nein. Drei Verehrer sind zwei zu viel. Es gilt, José galant abzuschütteln. „Keine Ahnung, wo uns meine Mutter eingenistet hat. Ich melde mich bei dir, sobald ich Zeit habe." Ohne eine Anmerkung von José abzuwarten, beendet Simone das Gespräch. Mit so zahlreichen Männern ist sie eindeutig überfordert. Als Sören ihnen am Mittag den Bungalow gezeigt hatte, wirkte er angefressen. Womöglich hatte er sich von der Wirkung seines Kusses mehr versprochen. Auch gut. Jetzt ist die Bahn wieder frei für Rob, um den sich Simone dringend kümmern sollte. Schließlich wartet er mal wieder auf eine Reaktion von ihr. Wie sie über WhatsApp erfährt, dauert der Streik mindestens zwei Tage an. Das bedeutet, dass Rob vorerst nicht auftaucht und Simone das Treffen ihrer Mutter mit dem Unbekannten vorläufig gar nicht mehr benötigt. Soll sie es komplett canceln? Das Geld für die vermittelnde

Agentur wäre zwar für die Tonne, aber sie müsste Thea zu nichts überreden. Diese Überlegung gefällt Simone zunächst.
Sie räumt ihre Sachen aus dem Koffer in den Schrank ihres Zimmers ein, das mit typisch spanischen Möbeln bestückt ist. Alles besteht aus Korb. Der Boden ist gefliest, und die Wände sind in einem Gelbton gestrichen. Ein einsames Bild, das Don Quijote als Karrikatur darstellt, hängt über dem Bett. Dunkle, rustikale Holzbalken geben dem Raum ein mediterranes Flair. Im Gegensatz zu der vorherigen Bruchbude verfügt er über eine Klimaanlage. Als sehr angenehm empfindet es Simone, dass sich dem Zimmer ein eigenes Bad anschließt. Sie teilt es nämlich ungern mit ihrer Mutter, die erfahrungsgemäß Simones Kosmetiksachen ständig beiseiteschiebt.
Als alle Klamotten an ihrem Platz verstaut sind, öffnet Simone die Balkontür und tritt hinaus. Der Blick ist umwerfend. In der Ferne glitzert das Meer, und das satte Grün des nahegelegenen Golfplatzes leuchtet ihr entgegen. Sie könnte lieber das Golfspielen erlernen statt das Kite-Surfen.
„Hey, habt ihr Hunger? Mittags gibt es im Restaurant ein kaltes Büffet“, unterbricht eine Stimme Simones Grübeleien. Sie gehört zu Sören, der unverhofft unterhalb des Balkons auftaucht.
„Gute Idee“, meint Simone gegen ihren Vorsatz, Sören aus dem Weg zu gehen, denn ihr Appetit ist übermächtig. „Ich sage meiner Mutter Bescheid. Bis gleich.“
Wie nicht anders zu erwarten, ist Thea sofort begeistert. Auch ihr scheint der Magen zu knurren.
Sören empfängt sie auf der schattigen Terrasse des Restaurants und weist ihnen einen Tisch nahe am Büffet zu. „Darf ich mich zu euch setzen? Gewöhnlich esse ich zusammen mit meinem Vater, aber er hat heute Termine und kommt erst gegen Abend zurück.“
„Gerne“, bekundet Thea postwendend. „Wir freuen uns über deine Gesellschaft.“

Vermutlich hat Sören Simones Flucht vom Felsen längst vergessen, denn er schenkt ihr erneut sein unwiderstehliches Lächeln.
„Soll ich euch die Tapas auf dem Büffet erläutern?"
„Gute Idee." Thea macht es Sören nach und ergreift einen Teller.
Er beginnt mit der spanischen Tortilla. „Hier könnt ihr zwischen drei verschiedenen Sorten wählen oder gleich alle drei probieren. Bei der vorderen Tortilla handelt es sich um die typische mit Zwiebeln und Kartoffeln. Die dahinter enthält zusätzlich Thunfisch und Paprika, und die dritte dort drüben ist mit Krabben."
Simone probiert von allen Varianten und kehrt zum Tisch zurück. Das Büffet lässt auch ansonsten kaum kulinarische Wünsche offen.
„Ich glaube, wir werden nicht selbst kochen", verkündet Thea. „Das schmeckt alles so lecker. Auch die Gaspacho ist genau nach meinem Geschmack gewürzt."
Simone pflichtet ihr bei und versucht, Sörens schmachtenden Blicken auszuweichen.
Er outet sich als aufmerksamer Gastgeber, indem er den Kellner ständig um Getränkenachschub und Brot bittet.
Thea fährt offenbar voll auf Sören ab. Sie ist es, die auf gemeinsame Aktivitäten zu sprechen kommt und Simone damit in Bedrängnis manövriert. „Wir können uns ruhig auch duzen, Sören. Hier in Spanien sieht man das ja lockerer als bei uns."
„Mega, Thea. Darauf stoßen wir heute Abend mit einem Glas Champagner an. Ich habe ganz vergessen, dass mein Vater euch als Willkommensgruß zu einem Drink in sein Haus einlädt. Nach dem Abendessen hole ich euch ab und führe euch zu ihm. Sein Haus liegt etwas abseits von der Anlage jenseits des Golfplatzes."
Während Simone Zweifel hegt, ob sie sich über diese Einladung freuen soll, schäumt ihre Mutter über vor Begeisterung.
„Das ist aber reizend von deinem Vater. Macht er das bei

jedem Gast?“
„Nein, das ist besonderen Ankömmlingen vorbehalten.“
Hoffentlich rutschen sie nicht auf Sörens Schleimspur aus. Dennoch ist Simone neugierig, ob sein Vater ein ähnlicher Typ ist und eventuell ihrer Mutter gefällt. Jedenfalls erhält er bereits einen Bonuspunkt, weil sein freier Ferienbungalow die Laune von Thea gerettet hat. Seit sie die Location gewechselt haben, ist ihre Mutter sichtlich aufgeblüht. Simone benötigt diese positive Stimmung, um ihr demnächst Rob zu präsentieren.
Zum Schluss des Mittagessens genehmigt sich Simone ausnahmsweise einen Nachtisch. Der Flan, ein Karamellpudding mit flambierter Kruste, mundet einfach himmlisch. Über die Kalorien darf man bei dem Genuss allerdings nicht nachdenken.
Sören verabschiedet sich vorläufig, denn er ist mit einer Schülerin am Strand zum Kite-Surfen verabredet. „Möchtest du zuschauen?“, bietet er Simone an.
Thea ergreift spontan die Initiative. „Ja, fahre ruhig mit. Ich mache erst einmal ein Stündchen Siesta.“
„Ein anderes Mal“, weicht Simone aus. „Ich habe zu viel gegessen und möchte mich auch ausruhen.“ Wie kann sie ihrer Mutter Einhalt gebieten, sie ständig mit Sören verkuppeln zu wollen? Oder wird Sören Simone sogar nützlich sein, wenn Rob auf der Insel eintrifft? Der Surfer könnte ihr als Alibi dienen, um sich mit Rob zu treffen. Ganz verprellen sollte sie den Typen folglich lieber nicht. Deshalb fügt sie eilig hinzu: „Aber ich freue mich auf unser Beisammensein heute Abend bei deinem Vater.“
Simone liebäugelt mit der Möglichkeit, dass Sören ihr außerdem bei der Suche nach ihrem eigenen Erzeuger behilflich sein könnte.

Wenig später nutzt Simone das Nickerchen ihrer Mutter, um ungestört mit ihrer Freundin Karin zu kommunizieren, die sie seit ihrer Ankunft auf Ibiza sträflich vernachlässigt hat.

Prompt antwortet Karin auf WhatsApp:

Na, endlich. Ich glaubte schon, du bist verschollen, weil du kein Lebenszeichen von dir gegeben hast. Wie gemein: Während ich bereits gefühlte tausend Kisten Nägel in die Regale verfrachtet habe, lernst du einen Beachboy kennen. Wo bleibt ein Foto? Ich will wenigstens beurteilen können, ob er mir gefallen würde.

Typisch Karin. Simone hätte ihr das mit dem Kuss nicht anvertrauen dürfen. Die Freundin betrachtet es offenbar als völlig normal und rechnet damit, dass Simone mit Sören noch weitergeht. Diesen Zahn muss sie ihr unbedingt ziehen:

Ich will mit Sören nichts anfangen, aber er könnte mir ein Alibi liefern, wenn Rob hier ist. Bestimmt hast du von dem Streik des Bodenpersonals gehört. Frühestens übermorgen wird er beendet.

Karin:

Klar weiß ich Bescheid. Rob hat mich aus Frust gestern in die Eisdiele eingeladen.

Simone müsste lügen, wenn sie einen Eifersuchtsanflug verneinen würde. Zwar ist es in der Vergangenheit vorgekommen, dass Karin etwas zusammen mit Rob und Simone unternommen hat, aber allein war sie mit ihm noch nie unterwegs. Kaum ist Simone verreist, scheint Karin sich nicht zu scheuen, Rob anzubaggern. Oder ist es eher umgekehrt? Zunächst gilt es herauszufinden, welches Thema die beiden beschäftigt hat.

Über was habt ihr gequatscht?

Karin:

Nichts Besonderes, einfach über dies und das.

Simone:

Mehr nicht? Das glaube ich dir nicht. Spuck`s aus.

Karin:

Also schön, er versteht nicht, warum du ihn vor deiner Mutter leugnest, nur weil er ein halber Ami ist. Rob wünscht sich nichts mehr, als dass du zu ihm hältst und ihn ihr auf Ibiza endlich vorstellst.

Das mulmige Gefühl in der Magengegend, das Simone seit einigen Minuten verspürt, verstärkt sich. Warum täuscht Rob ihr gegenüber Verständnis vor, wenn er in Wahrheit ganz anders denkt? Es verletzt sie, seine Gedanken über Karin zu erfahren. Das ist unfair.

Karin:

Hey, antwortest du nicht mehr? Bin ich dir etwa auf die Füße getreten? Das wollte ich nicht. Ich kann nichts dafür, wenn Rob mir vertraut. Vielleicht hat er nicht einmal unrecht.

Auch das noch. Jetzt schlägt sich Simones beste Freundin auf die Seite von Rob und fällt ihr in den Rücken. Zeit, diese Diskussion zu beenden.

Mein Akku macht gleich schlapp. Ich melde mich demnächst wieder. Viel Spaß in deinem Schraubenlager.

Simone weiß, wie gemein der letzte Satz an Karin ist, aber ein klein wenig Rache benötigt sie im Moment. Soll sie Rob anrufen und ihn zur Rede stellen? Erst einmal verwirft Simone den Gedanken wieder, denn womöglich cancelt er seinen Urlaub, und das möchte sie auf jeden Fall vermeiden. Schließlich haben sie sich auf die gemeinsame Ferienzeit gefreut. Nicht, dass er sich außerdem mit Karin

tröstet. Dann wäre die seelische Katastrophe perfekt. Sosehr Simone Karin mag und schätzt, ihre Einstellung zur Männerwelt teilt sie nicht.
Karin ist der Meinung, viele Typen ausprobieren zu müssen, bevor sie sich für den richtigen entscheidet. Diese Ansicht entspricht nicht Simones Prinzipien. Warum kann der erste ernstzunehmende Freund nicht der Mann fürs ganze Leben sein? Viele Paare haben sich in der Sandkiste kennengelernt, später geheiratet und irgendwann Diamanthochzeit gefeiert. Was die Zukunft an der Seite von Rob bedeutet, steht zwar derzeit noch in den Sternen, aber Simone will sich die Illusion nicht rauben lassen, bereits ihrer großen Liebe begegnet zu sein. Spontan sendet sie Rob eine Nachricht:

Hoffe, du bist bald bei mir. Ich vermisse dich.
Inniger Kuss.

Simone fühlt sich besser, als sie ihre Liebesbekundung abge-schickt hat. Entgegen ihres Vorsatzes schläft sie auf dem Liegestuhl unter dem Sonnenschirm ein, bis jemand an ihrer Schulter rüttelt.
„Simone, wache auf. Die Sonne ist gewandert, und deine Haut ist knallrot."
Simone schreckt hoch und blickt in den besorgten Gesichtsausdruck ihrer Mutter. „Wie spät ist es denn?"
„Gleich sieben Uhr. Das Abendessen wartet. Sören holt uns bald ab. Wenn du dich zurechtmachen möchtest, solltest du das tun."
„Du siehst übrigens umwerfend aus, Mum." Erst jetzt registriert Simone, wie attraktiv ihre Mutter aussieht, wenn sie geschminkt ist. Der Kajal betont optimal ihre grünlich schimmernden Augen, und die Farbe des Lippenstifts findet sich in ihrem beigefarbenen Kleid wieder. Ein passender hauchdünner Schal ist um ihren langen Hals drapiert und verdeckt ihre nackten Schultern. Außerdem duftet sie nach dem französischen Parfüm, das Simone ihr

zu Weihnachten geschenkt und bis heute ein unbeachtetes Dasein zuhause im Badezimmerschrank gefristet hat. Es wundert sie, dass es überhaupt den Weg nach Ibiza gefunden hat.
„Willst du etwa Sörens Vater gefallen?“, stößt Simone ohne Umschweife aus.
„Nein, ich habe mich für dich und mich aufgebrezelt. Es macht keinen Spaß, immer im weißen Kittel herumzulaufen oder aus Bequemlichkeit abends im Jogginganzug. Wozu habe ich all diese Kleider?“
„Das frage ich mich schon lange. Wann hattest du dein letztes Date mit einem Mann?“, wagt Simone zu äußern und wittert die Gelegenheit, ihrer Mutter endlich die Verabredung am nächsten Abend zu beichten.
„Das muss Lichtjahre her sein. Es hat nie einen Mann gegeben, für den es sich gelohnt hätte, meinen gewohnten Trott aus der Balance zu hebeln.“
Simone nimmt allen Mut zusammen, obwohl ihr ein imaginärer Kloß im Hals die Luftzufuhr abschnürt. „Ich ... habe etwas angestellt.“
Ein Lächeln huscht über Theas Gesicht. „Ich weiß.“
„Was weißt du?“ Simone wird misstrauisch. Kann es sein, dass Thea ihr bereits auf die Schliche gekommen ist? Aber dann würde sie wohl kaum so relaxed reagieren. Angespannt lauert sie auf die Antwort.
„Ich habe Sören und dich beobachtet. Ihr habt euch auf dem Felsen geküsst. Du hast dich verliebt. Das ist toll. Ich gönne dir diesen sympathischen, jungen Mann.“
Der Kloß im Hals vergrößert sich. Simones Geständnis droht, aus der Spur zu geraten. Gegen ihren Willen übertüncht ein neues Rot ihren Sonnenbrand im Gesicht. „Du bist auf dem falschen Dampfer. Es geht nicht um Sören. Er hat mich zwar kurz auf den Mund geküsst, aber ich habe ihn weggestoßen. Ich bin nicht verknallt in ihn.“
„Nicht? Wenn ich du wäre, würde ich diesen Leckerbissen nicht verschmähen.“
„Ach, Mum, du bist unverbesserlich. Mache es mir bitte

nicht so schwer und höre mir zu."
„Okay, ich halte die Klappe." Demonstrativ kneift Thea die Lippen aufeinander.
„Vor einiger Zeit bin ich mehr per Zufall auf einer Dating-Plattform gelandet."
„Waaas? Sage bloß, du hast dich mit einem wildfremden Mann getroffen?" Thea reißt ihre Augen auf.
„Du wolltest mich ausreden lassen."
„Ja, entschuldige."
Simone berichtet von der Möglichkeit, über eine Agentur im Urlaub passende Partner für Aktivitäten zu finden. Aus einer Laune heraus hätte sie für Thea ein Date für den nächsten Abend in einem Restaurant ausgemacht. „Damit du endlich mal wieder etwas Spaß im Leben hast", fügt Simone hinzu und hält die Luft vor Spannung an.
Ihre Mutter reagiert anders als vermutet. „Das finde ich total süß von dir, aber ich möchte die Ferien mit dir verbringen und nicht mit fremden Menschen. Das tue ich zuhause auch nicht."
„Eben. Es wird aber Zeit, dass du aus deinem Mauseloch kriechst und andere Leute kennenlernst. Ich werde vielleicht nicht in München studieren, und du bist plötzlich ganz allein. Hältst du das auf Dauer aus?"
„Da sind Oma und meine Freundinnen. Die reichen mir."
„Ach, Mum, sei nicht so stur. Tue mir den Gefallen. Ich hätte kein schlechtes Gewissen, eventuell mit Sören den Abend in der Disco zu verbringen, wenn ich dich auch beschäftigt wüsste. Es handelt sich um ein einziges Date. Du gibst deinen echten Namen nur preis, wenn dir der Mann sympathisch ist und du mit ihm in Kontakt bleiben möchtest. Null Risiko also." Simone redet mit Engelszungen auf ihre Mutter ein, bis sie schmilzt.
„Also schön, wo und wann treffe ich diesen *Lebenskünstler*?"
„Das Restaurant heißt *Wellenbrecher,* und ihr seid um acht Uhr verabredet. Euer Tisch ist auf seinen Decknamen reserviert. Deiner lautet übrigens *Orkan.*"

Thea kichert. „Was Besseres ist dir nicht eingefallen? Der Kerl denkt ja, ich stürze mich sofort auf ihn."
„Keine Sorge, auf der Plattform haben fast alle komische Pseudonyme. Nenne ihm deinen richtigen Namen erst einmal nicht, sondern warte ab, wie sich der Abend entwickelt."
„Du tust gerade so, als hättest du dich schon öfter auf diese Weise mit fremden Männern getroffen. Für mich wird das eine einmalige Angelegenheit werden. Ich hoffe, du hast kein Vermögen dafür geopfert."
Diesbezüglich hält sich Simone lieber bedeckt. Das Geld ist für die Katz', denn wenn sich ihre Mutter nicht weiter mit *Lebenskünstler* amüsiert, nützt ihr die Aktion im Hinblick auf Rob gar nichts. Der untaugliche Versuch, Thea auf Ibiza abzulenken und zu beschäftigen, landet voraussichtlich in der Rubrik *Lehrgeld*.

♥

KAPITEL 11

Thea findet die Eigenmächtigkeit ihrer Tochter gar nicht lustig. Im Nachhinein wundert sie sich über ihre Gelassenheit und Ruhe, als Simone von dem geplanten Date berichtet hat. Wie kommt sie auf die Idee, Thea einfach mit einem wildfremden Mann verkuppeln zu wollen? Hat sie das gemeinsam mit Karin ausgeheckt? Der Freundin traut sie das durchaus zu. Wie Thea sie einschätzt, hat sie es faustdick hinter den Ohren. Obwohl sie an das Thema *Männer* schon seit zwei Jahrzehnten ein innerliches Häkchen gesetzt hat, stimmt sie Simone insgeheim zu: Auf lange Sicht wird sie vereinsamen. Der Kontakt allein zu ihren kleinen Patienten und deren Eltern befriedigt sie nicht. Ein Partner, der die Sorgen mit ihr teilt, aber auch schöne Stunden in der Freizeit mit ihr verbringt, wäre überdenkenswert. Ab und zu hat Thea es in der Vergangenheit bereut, Helmut damals Knall auf Fall weggestoßen und ihm nichts von ihrer Schwangerschaft gesagt zu haben. Es muss eine Art Kurzschluss gewesen sein, sich nicht an ihn binden zu wollen. Zu jener Zeit war sie sich nicht bewusst, wie anstrengend es sein würde, für ein Kind allein die Verantwortung zu tragen. Womöglich lag es an Helmuts Ehrgeiz, einmal ein berühmter Kardiologe zu werden und bahnbrechende Methoden zu entwickeln, um zukünftig das Risiko bei Herzoperationen drastisch zu senken. Er hatte Visionen, die sie eines Tages mit ihm teilen sollte. Mit einem Baby erschien ihr das utopisch. Wie Helmuts Leben wohl verlaufen ist? Möglicherweise hat Simone Geschwister, die Thea ihr durch das Schweigen über ihren Vater vorenthält. Ist das fair? Inzwischen nagen berechtigte Zweifel an ihr, ob sie richtig gehandelt hat. Theas Mutter Marie begegnete der Entscheidung, Helmut über die Geburt von Simone im Unklaren zu lassen, mit größtem Verständnis. Thea gewann sogar den Eindruck, dass sie froh über ihre männerlose Dreisamkeit war. Die Zeiger der Uhr kann sie nicht mehr zurückdrehen. Wenn Simone ihren Erzeuger kennenlernen möchte, wird Thea ihr bei der Suche nach ihren Wurzeln keinen Stein mehr in den Weg räumen. Ihre Tochter ist verdammt erwachsen geworden, und Thea sollte sie loslassen, so schwer ihr das fällt. Irgendwann wird ein junger Mann in Simones Leben treten, mit dem sie ihre Tochter ohnehin teilen muss. Je früher sie sich damit abfindet, desto besser.

Es gilt, den Urlaub für diesen Mutter-Tochter-Ablösungsprozess zu nutzen. Dazu gehört, dass auch Thea sich anderen Menschen wieder öffnet. Tief im Innersten ist sie Simone dankbar, sie mit dem arrangierten Treffen ins kalte Wasser zu stoßen. Inzwischen freut sich Thea sogar ein wenig auf das Abenteuer. Simone hat ihr im Netz auf der Plattform *Travel & Date* ein Bild von *Lebenskünstler* gezeigt. Sein Lächeln wirkt sympathisch, obwohl Männer mit Vollbart sonst nicht in Theas Beuteschema passen. Er wird Thea allerdings nicht unbedingt wiedererkennen, weil Simone ein stark bearbeitetes Foto ins Netz gestellt hat, auf dem sie ziemlich attraktiv wirkt. Hoffentlich ist der Ärmste nicht allzu enttäuscht, wenn die Realität anders aussieht. Es wäre zu peinlich, wenn er aus Enttäuschung aufsteht und geht. Aber was hat Thea zu verlieren? Er weiß nicht, wer sie wirklich ist, und alles bleibt anonym, sofern sie sich nicht gegenseitig outen. Allmählich erfasst ein Kribbeln Besitz von Theas Körper. Plötzlich ist das Leben gar nicht mehr so eintönig wie noch vor zwei Tagen. Erst einmal ist sie auf Sörens Vater und dessen Haus gespannt.

♥♥♥

Thea und Simone erwischen gleich am ersten Tag einen Grillabend im Restaurant. Angefangen von Fischspezialitäten bis hin zu saftigen Angussteaks wird alles angeboten, was ein Barbecue ausmacht. Wären die Mägen nur nicht bereits vom Mittagsschmaus gefüllt.
„Ich platze gleich", gibt Thea zu und betupft sich mit der Serviette den Mund.
„Den Nachtisch spare ich mir dieses Mal, obwohl das Dessertbüffet lockt." Simone Gesichtsfarbe ähnelt der des riesigen Lobsters, der zur Dekoration die Sektion Fisch schmückt.
„Hast du Kopfschmerzen, mein Kind?", fragt Thea besorgt.
„Nein, wie kommst du darauf?"
„Dein Sonnenbrand sieht übel aus. Nicht, dass du einen Sonnenstich hast. Besser, du schmierst dich später mit einer entsprechenden Salbe ein. Ich habe alles dabei."
„Du übertreibst, Mum. Bis morgen verwandelt sich das Rot in Braun."
„Ich habe extra Sonnenmilch mit einem hohen Lichtschutzfaktor eingepackt. Warum benutzt du ihn nicht?" Thea kann einen vorwurfsvollen Ton nicht unterdrücken. Sie hat immer darauf geachtet, dass Simone als Kind nicht der prallen Sonne ausgesetzt wurde. Als Ärztin weiß sie, wie gefährlich Sonnenbrände gerade in jungen Jahren für die Haut sind. Nicht selten entwickeln sich später bösartige Krebszellen. Deshalb wird es Thea nie müde, die Eltern ihrer kleinen Patienten immer wieder darüber aufzuklären, wie sie ihre Kinder am besten schützen. Dazu gehört auch, sie nicht nackig und ohne Schutz in der Sonne herumlaufen zu lassen. Leider stoßen ihre Warnungen ab und zu auf taube Ohren. Neulich brachte eine Mutter ihren kleinen Jungen in die Praxis, der schwerste Verbrennungen am Körper durch Sonneneinstrahlung erlitten und hohes Fieber hatte. Thea ließ ihn in die Klinik einweisen, wo er sofort Infusionen bekam. Solche Horrorszenarien gilt es, zukünftig zu vermeiden. In

ihrer Praxis hängt daher inzwischen ein Aufklärungsplakat im Wartezimmer. Es ist ein stummer Appell an die Eltern, die Ozon-Werte nicht zu unterschätzen.
Simone verteidigt sich: „Ich wollte ja gar nicht brutzeln, sondern bin unter dem Schirm eingepennt. Deswegen habe ich die Sonne gar nicht auf meiner Haut gespürt, als sie weitergewandert ist."
Wohl oder übel schluckt Thea weitere Ermahnungen hinunter. Schließlich weiß ihre Tochter hinreichend um die Krebsgefahr, und diese eine Unvorsichtigkeit wird ihr hoffentlich keinen großen Schaden zufügen.
Schließlich taucht Sören an ihrem Tisch auf. „Seid ihr fertig? Hat es euch geschmeckt?"
„Ja, wir sind kurz vorm Platzen", gibt Simone zu. „Ich bin total satt."
„Es war köstlich, aber zukünftig werden wir nur abends im Restaurant speisen. Ansonsten müssen wir uns bald neu einkleiden, weil der Reißverschluss nicht mehr zugeht", ergänzt Thea das Statement ihrer Tochter.
Sören nutzt die Gelegenheit sofort, um seine Komplimente auszuspucken. „Ihr seht wirklich toll aus. Wie Schwestern."
Bei Thea verfehlt Sörens Schmeichelei ihre beabsichtigte Wirkung. „Ich glaube kaum, dass Simone das gerne hört, auch wenn es positiv von dir gemeint ist." Zu ihrer Überraschung scheint ihre Aussage Sören zu verunsichern, denn er stottert: „Ich ... wollte niemandem auf die Füße treten."
„Natürlich nicht, Sören. Es ist nett von dir, dass du uns abholst", beendet Thea das Geplänkel abrupt, denn sie bereut, so seltsam auf seine Höflichkeit reagiert zu haben, die er bestimmt nicht ironisch gemeint hat.
Mit einem Lächeln auf dem Gesicht bietet Sören Thea und Simone den Arm, und sie haken sich rechts und links bei ihm unter. So schlendern sie an dem illuminierten Golfplatz entlang, auf dem immer noch unermüdliche Spieler aktiv sind.

„Golfst du auch?“, fragt Simone an Sören gerichtet.
„Nein, ich bin alles andere als ein Ballkünstler. Während meine Freunde ihre Zeit auf dem Fußballplatz verbrachten, tummelte ich mich lieber auf einem Segelboot oder einem Surfbrett.“
„In Stuttgart?“ Simone setzt eine irritierte Miene auf.
„Ich bin in Bremen aufgewachsen und mit meiner Mutter erst nach der Scheidung von meinem Vater in den Süden gezogen. Bei ihm bin ich immer in den Ferien und somit zum Kite-Surfen gekommen. Dieser Sport ist einfach total geil. Das Spiel mit dem Wind und den Wellen fasziniert mich mega.“
„Ich kann das sehr gut nachvollziehen“, mischt sich Thea ein. „Mir ergeht es beim Segeln ähnlich, allerdings ist dabei das Kräftemessen mit den Naturgewalten nicht so ausgeprägt wie beim Kiten.“
„Du segelst?“ Sörens Interesse scheint geweckt.
„Ja, in meiner Jugend habe ich das Hobby an den bayerischen Seen betrieben. Heute habe ich selten Zeit dafür.“
„Das erzählen wir sofort meinem Vater. Er besitzt eine Segeljacht unten im Hafen von Ibiza-Stadt. Vielleicht nimmt er dich mal mit.“
„Da wäre ich gerne mit von der Partie“, muckt Simone auf. „So ein Törn gefällt mir auch.“
„Ich lege ein Wort für dich ein, wenn du zuerst das Kite-Surfen ausprobierst.“
„Das nennt man Erpressung.“ Simone täuscht Empörung vor, indem sie Sörens Arm zunächst freigibt, aber dann kichert.
Wenige Minuten später erreichen sie ein großes schmiedeeisernes Tor, wie man es bei Auffahrten zu einem Schloss vermutet.
Sören kramt in seiner Hosentasche, zieht einen elektrischen Sender heraus und drückt einen Knopf. Simsalabim öffnet es sich. Ein von Zedern begrenzter, breiter Kiesweg führt zu dem Portal der Villa, das von einer lilablühenden

Bougainvillea umrankt wird. Die typische mediterrane Abendstimmung umgibt sie: Der ausgeprägte Duft von Pinien und die Geräuschkulisse der Zikaden.
Die Haustür fliegt auf, obwohl niemand die Klingel oder den Türklopfer betätigt hat.
Eine junge Frau strahlt ihnen entgegen. „Buenas tardes", wünscht sie und bittet Thea, Simone und Sören mit einer entsprechenden Handbewegung ins Haus.
„Das ist Helena, der gute Geist des Hauses", stellt Sören vor. „Sie führt meinem Vater den Haushalt."
Thea entgeht Helenas Blick nicht, der Sören streift. Hat die junge Frau ein Auge auf ihn geworfen? Das Interesse kollidiert hoffentlich nicht mit Simones. Sofort rührt sich Theas mütterliche Schutzfunktion. Ihr Küken darf auf keinen Fall von einem Mann enttäuscht werden, erst recht nicht von einem Urlaubsflirt. Vielleicht hält sie sich zukünftig lieber mit ihren Verkupplungsversuchen zurück. Logisch, dass Sören auch anderen Frauen gefällt und imponiert. So einen Typen hätte man nie für sich allein. Thea nimmt sich vor, den Blickkontakt und eventuelle Gesten zwischen Sören und Helena weiter zu beobachten und ihrer Tochter gegebenenfalls die Augen darüber zu öffnen.
Ihre Grübeleien verdrängt Thea, als plötzlich ein Mann auftaucht, der ihr seltsam bekannt vorkommt. Wo ist er ihr schon mal begegnet? Auf jeden Fall muss es lange her sein. Möglicherweise täuscht sich Thea, und er ähnelt bloß jemandem.
„Guten Abend. Schön, dass Sie meiner Einladung gefolgt sind. Ich bin Bernd, und mir gehört diese Ferienanlage. Meinen Sohn kennen Sie bereits", beginnt er den Smalltalk."
Artig, wie ein wohlerzogenes, kleines Mädchen, bedankt sich Thea zunächst für ihre Unterkunft und dann für die nette Willkommensbegrüßung.
„Ich schlage vor, wir sparen uns die Siezerei", meint Bernd und erntet dafür die Zustimmung von Thea und Simone, die ihre Vornamen preisgeben.

Anschließend geleiten Bernd und Sören sie durch den Wohnbereich nach draußen auf die Terrasse.
Zahlreiche Windlichter erstrahlen im Glanz und spenden ein romantisches Ambiente.
Thea staunt nicht schlecht. Statt der üblichen Gartenmöbel laden Strandkörbe zum Verweilen ein.
Offenbar glaubt Bernd, eine Erklärung zu schulden. „Sie dienen mir als Erinnerung an meine Bremer Heimat. Ich habe sie dort extra anfertigen und verschiffen lassen. Bitte nehmt darin Platz. Helena wird uns gleich einen Aperitif servieren."
Die Strandkörbe stehen nebeneinander und sind zum Meer ausgerichtet. Die Aussicht könnte kaum atemberaubender sein. Im Westen ist die Sonne gerade dabei, sich zu verabschieden und am Horizont in die Fluten einzutauchen, die dadurch rötlich-gelb schimmern. Wie privilegiert dieser Bernd lebt. Für ihn ist diese Kulisse gewiss eine Selbstverständlichkeit.
Thea saugt den Moment in sich auf und speichert ihn in ihrem Gedächtnis ab. Wenn die Welt um sie herum in München mal wieder grau und trostlos anmutet, wird sie sich an diesen grandiosen Sonnenuntergang erinnern.
„Gefällt es dir?", erkundigt sich Bernd, der mit einem Glas Champagner neben Thea tritt und ihr eines reicht.
„Was für eine Frage. Ich kann mich nicht zurückbesinnen, jemals so ein Farbenspiel auf dem Meer gesehen zu haben." Sie ergreift das Glas und schaut sich nach ihrer Tochter um, die bereits mit Sören einen Strandkorb bezogen hat.
Bernd scheint dies zu bemerken. „Sollen wir uns auch in einen setzen? Den schönen Ausblick behältst du trotzdem."
„Gerne." Thea nimmt neben ihrem Gastgeber Platz und stößt mit ihm an. „Vielen Dank für die Einladung. Ich freue mich, hier sein zu dürfen."
„Ganz meinerseits."
Thea ist sich nicht sicher, ob Bernd solche Floskeln immer

benutzt, wenn er Feriengäste willkommen heißt. Seinem Charme kann sie sich kaum entziehen. Nun weiß sie, woher Sören ihn hat.
Mit Smalltalk vergeht die Zeit wie im Flug, und plötzlich tauchen Sören und Simone vor ihnen auf. Der Sonnyboy richtet sofort das Wort an Thea: „Ich bin heute Nacht Aushilfs-DJ in einer der angesagtesten Discos der Insel und möchte Simone mitnehmen. Spricht etwas dagegen?"
Sofort leuchten innerlich bei Thea die mütterlichen Alarmsignale. „Etwa auf deinem Zweirad? Und hast du nicht auch Alkohol getrunken."
„Nein, hat er nicht", mischt sich Simone ein. „Er hat Orangensaft genommen."
„Stimmt", pflichtet Sören bei. „Und wir fahren mit dem Geländewagen meines Vaters. Du gibst ihn uns doch, oder Papa?"
„Von mir aus." Bernd fischt aus seiner Hosentasche den Schlüssel und überreicht ihn seinem Sohn.
Thea ist nicht wohl bei dem Gedanken, dass ihre Tochter die ganze Nacht ausschwärmt, und spricht ihn aus. „Aber die Disco dauert wahrscheinlich bis zum Morgengrauen, und danach schläfst du bis mittags. Der ganze Tag ist dadurch hin."
„Ach, Mum, warst du nie jung und hast die Nacht mal durchgemacht? Das gehört zum Urlaub dazu."
Natürlich weiß Thea, wann sie verloren hat. Ihrer Tochter kann sie ohnehin nichts mehr verbieten. „Na, schön, viel Spaß wünsche ich euch."
„Keine Sorge, auf Sören ist Verlass", meint Bernd, als die beiden im Haus verschwunden sind.
„Das bezweifele ich gar nicht, aber es ist schwer, mich damit abzufinden, dass Simone erwachsen ist und auf sich selbst aufpasst." Thea nippt an ihrem Glas. Am liebsten würde sie es in einem Zug leertrinken und damit ihre Ängste hinunterspülen.
„Ich glaube, dich zu verstehen. Das Loslassen fällt bei einem Sohn offenbar leichter als bei einer Tochter. Ich

wurde ohnehin durch die Scheidung von meiner Frau dazu gezwungen, sehr früh Vertrauen in Sören zu setzen. Nicht immer konnte ich mich bei seinen Besuchen in den Schulferien ausreichend um ihn kümmern. Dadurch hatte er bereits in jungen Jahren viele Freiheiten, von denen seine Mutter wahrscheinlich bis heute nichts ahnt."

„Die Ärmste", entfährt es unabsichtlich Theas Mund. Es steht ihr nicht zu, ein Urteil über Bernds Handeln zu fällen.

Langsam wendet Bernd den Kopf zu Thea und schaut ihr eine Weile tief in die Augen, sodass sie unruhig wird. „Ist etwas komisch an mir?"

„Nein, ganz im Gegenteil. Seit wir uns das erste Mal heute Abend begegnet sind, werde ich den Eindruck nicht los, dich irgendwoher zu kennen."

Thea lächelt etwas verkrampft. Hoffentlich kommt jetzt nichts Peinliches zutage. Deshalb gesteht sie vorsichtig: „Mir geht es ähnlich."

„Hast du auch mit der Tourismusbranche zu tun?", tastet sich Bernd vor.

„Nein, überhaupt nicht. Ich bin Kinderärztin mit eigener Praxis in München."

„Wow, ich habe ein Semester Medizin in Hamburg studiert und das Studium geschmissen. Das war mir zu viel Lernerei." Er zögert einige Sekunden. „Kennen wir uns daher? Hast du auch dort studiert?"

Thea nickt. „Ja, ich habe dort begonnen, bin aber später nach München."

Bernd scheint es zu dämmern. „Dann warst du die Freundin von Helmut König, die bei Nacht und Nebel abgehauen ist?" Er reißt die Augen auf, als hätte er gerade eine Täterin überführt.

Ein ungutes Gefühl beschleicht Thea. Dunkel erinnert sie sich an Bernd, der öfter mit Helmut und anderen Kommilitonen durch die Kneipen gezogen ist. Was für ein blöder Zufall, ausgerechnet in seiner Ferienanlage zu landen und mit der Vergangenheit konfrontiert zu werden.

Was passiert, wenn Bernd weiter bohrt?
Prompt hakt er nach: „Helmut hat nie verstanden, warum du ihn einfach ohne eine Erklärung verlassen hast. Was ist damals geschehen, dass er dir nicht einmal eine Aussprache wert war? Entschuldige bitte meine Direktheit, aber ich habe Helmut wochenlang getröstet. Er hat dich wirklich geliebt und war sich keiner Schuld bewusst, warum du ihn so behandelt hast. Er hat monatelang vergeblich versucht, dich aufzustöbern. Nachdem das nicht gelang, stürzte er sich in seine Karriere."
Thea glaubt, eine Python läge um ihren Hals und würde sie in der nächsten Minute erwürgen. Der Abend hat so traumhaft schön begonnen und verwandelt sich in einen Albtraum. Sie will nichts von Helmut hören und schon gar nicht mit Vorwürfen bombardiert werden. Was für ein Recht hat Bernd, ihr nach fast zwanzig Jahren den Spiegel vorzuhalten? Sie ist bestimmt nicht nach Ibiza geflogen, um ihre möglichen Fehler aufzuarbeiten.
„Sei mir nicht böse, Bernd. Es wird Zeit für mich zu gehen. Danke für deinen Willkommensdrink."
Ohne ein weiteres Wort springt Thea aus dem Strandkorb und eilt fluchtartig durch das Haus in Richtung Bungalow davon. Dabei nimmt sie den Weg quer über den Golfplatz in der Hoffnung, dass kein Ball sie am Kopf trifft. Diese Befürchtung ist jedoch unbegründet, denn zu der späten Stunde greift niemand mehr zum Schläger. Thea stolpert auf ihren High Heels über das Green und hinterlässt hässliche Löcher, die den Platzwart wohl kaum amüsieren werden. Das ist ihr herzlich egal. Hauptsache, die Entfernung zwischen Bernd und ihr vergrößert sich.
In Theas Aufregung mischt sich die Sorge, dass Bernd rechnen kann und ihm Simones Ähnlichkeit mit Helmut irgendwann auffällt. Eines Vaterschaftstestes hätte es nie bedürft, um Helmut als Erzeuger von seiner Tochter zu identifizieren. Groteskerweise vergleicht Thea das Bild vor ihrem inneren Auge mit Boris Becker und seiner Besenkammertochter.

Dabei wäre Bernds Entdeckung nicht mal das Schlimmste, aber er wird sie Sören erzählen, und der könnte Simone auf den Plan rufen. Womöglich hat Bernd sogar Kontakt zu Helmut. Was läge dann näher, als seinem Freund die Wahrheit zu stecken? In diesem Moment wird Thea klar, dass es ein Fehler war, den Abend im Strandkorb abrupt zu beenden. Das hat sicher erst recht Bernds Verdacht erregt. Soll sie zurückeilen und ihm alles erklären? Außerdem könnte sie ihn bitten, Sören vorerst nichts von Simones Verbindung zu Helmut zu erzählen, bis sie ihrer Tochter reinen Wein eingeschenkt hat. Aber würde das nicht alles komplizierter gestalten? Vielleicht tritt sie dadurch eine Mine los, denn wenn Bernd gar keinen Zusammenhang zwischen Helmut und Simone herstellt, wäre eine Beichte das Dümmste, was Thea anrichten könnte. Folglich verwirft sie den Gedanken der Rückkehr sofort wieder.

An Schlaf ist nicht zu denken und stattdessen Grübeln angesagt, als Thea endlich im Bett liegt. Was soll sie bloß tun?

♥

KAPITEL 12

Von den Nöten ihrer Mutter ahnt Simone nichts, als sie neben Sören im Geländewagen ins Landesinnere düst. Im Gegenteil, sie glaubt Thea in charmanten Händen und gut unterhalten. Wie unschwer zu erkennen war, schien ihr Sörens Vater zu gefallen. Für Simone wäre es ein Segen, wenn Bernd ab und zu mit Thea etwas unternehmen und sie auf diese Weise ablenken würde. Für den Fall, dass das Date über die Agentur ein Flop wird, wäre Bernd eine brauchbare Alternative. Von ihren Gedankenspielen gibt Simone an Sören nichts preis. Er muss sich ohnehin auf den unbefestigten Weg konzentrieren. Allein der Mond spendet etwas Licht in dieser einsamen Gegend.

„Bist du sicher, dass wir hier richtig sind?", fragt Simone, die dem Braten nicht traut.

Sören lacht. „Ich fahre fast jeden Abend hier entlang. Zugegeben, es ist eine Abkürzung von uns aus. Die offizielle Straße ist besser."

Simone gibt sich damit nicht zufrieden. „Wieso liegt die Disco in der Prärie und nicht dort, wo der Tourismus boomt? Hier findet doch niemand hin."

„Wenn eine Location gerade top ist, kann sie sich auf dem Mond befinden, und die Leute kommen trotzdem. Du wirst gleich sehen, warum die Disco so weit außerhalb eröffnet hat."

Sie erreichen nach einigen Minuten einen Parkplatz vor einem langgestreckten, weißen Gebäude, auf dem erst wenige Autos stehen. Noch erkennt Simone nicht, was an dieser Disco so besonders sein soll.

„Hier ist ja gar nichts los", stellt sie enttäuscht fest. „Willst

du mich verarschen?“
„Liebe Simone, es ist kurz nach Mitternacht. In der Disco fängt das Leben frühestens gegen 2 Uhr an.“
Sörens belehrende Worte erinnern Simone an ihren ehemaligen Mathepauker, der ein ziemlicher Klugscheißer war. In diesem Moment genießt sie die Tatsache, nie wieder von ihm an der Tafel vor allen anderen Mitschülern vorgeführt und blamiert zu werden.
„Was tun wir dann so zeitig hier, wenn nichts los ist?“, mault Simone.
„Vergessen? Ich bin als DJ tätig und muss deshalb anwesend sein, wenn die Disco aufmacht.“
Es war wohl keine so gute Idee, Sören zu begleiten, wenn er arbeiten muss. Simone hat absolut keine Lust, allein an der Theke zu hängen oder sich als mutmaßlicher Single auf der Tanzfläche von fremden Männern begaffen zu lassen.
Was allerdings den Ort angeht, hat Sören nicht übertrieben. Das Innere des Gebäudes präsentiert sich auf mehreren Ebenen, was von außen nicht ersichtlich ist.
Sören führt sie zunächst herum, um ihr einen Überblick zu verschaffen.
Besonders beeindruckend ist ein Raum mit einer Tanzfläche aus Glas, unter der Fische schwimmen. Man tanzt ihnen sozusagen auf dem Kopf herum. So etwas hat Simone nie zuvor gesehen.
Den Grund, warum die Disco fernab der Zivilisation liegt, erfährt sie kurze Zeit später, als Sören ihr die Tür nach draußen aufhält. Sie gelangen in einen Innenhof mit romantischen Nischen, in denen Windlichter platziert sind. In der Mitte gibt es ein erhöhtes Parkett unter freiem Himmel mit direktem Blick in die Sterne. Bunte Läserstrahlen strecken sich ins Universum, als wollten sie die Sterne touchieren.
„Solch eine Anlage wäre in der Stadt oder unmittelbaren Nähe zu Bewohnern nicht erlaubt“, erklärt Sören. „Die Lärmemissionen sind nämlich enorm.“
„Das glaube ich sofort. Woher kommt die Musik denn?“

Sören deutet auf die Lautsprecher, die geschickt hinter rankenden Pflanzen verborgen sind. „Ich lege drinnen auf, und hören tut man es überall. Auf diese Weise erspart sich mein Chef mehrere DJs und damit Kosten. Dafür leistet er sich in der Hauptsaison ab und zu bekannte DJs, wegen denen die Bude besonders voll wird, obwohl die Eintrittspreise erhöht werden."
„Macht dir die Arbeit Spaß?" Simone hat ihre Zweifel, denn ihr erscheint es langweilig, stundenlang am Pult zu stehen und für geeignete Musik zu sorgen.
„Für mich ist es ein Job zum Geldverdienen, und daher stellt sich die Frage nicht, ob ich ihn gerne tue. Heute würde ich zum Beispiel lieber mit dir unter dem Sternenhimmel tanzen und mehr über dich erfahren."
Wie Sören Simone dabei anschaut, verursacht bei ihr ein kribbelndes Gefühl im Magen. Seine charmante Anmache schmeichelt ihr.
„Wir werden die Disco demnächst zusammen abrocken, wenn ich als Gast mit dir hier auftauche. Versprochen. Nächste Woche ist ein anderer DJ dran."
Vorsichtshalber verkneift sich Simone einen Kommentar. Bis dahin wird Rob eingetroffen sein. Discobesuche mit Sören gehören dann der Vergangenheit an. Diese Wahrheit bleibt vorläufig unter Verschluss, ermahnt Simone aber gleichzeitig, nicht mit Sörens Feuer zu spielen. Das wäre beiden Männern gegenüber unfair.
Sie kehren in den Hauptraum zurück, und Sören stellt Simone dem Barkeeper vor, der sich Mike nennt. Er flüstert ihm etwas ins Ohr, das Simone nicht versteht. Kurz darauf verabschiedet er sich von ihr. „Nach einer Stunde habe ich eine kleine Pause. Wir sehen uns."
Ehe Simone antworten kann, ist Sören in Richtung Pult verschwunden, setzt sich Ohrschützer auf und legt die erste Scheibe auf. Es handelt sich um einen Schmusesong von Enrique Iglesias.
Wie aus dem Nichts stürzt ein bärtiger Typ auf Simone zu, die sich gerade auf einen Barhocker gesetzt hat, und will

sie am Arm auf die Tanzfläche zerren.
„Nein, danke“, brüllt sie ihn an, um sich gegen die laute Musik Gehör zu verschaffen.
Der Mann scheint das zu ignorieren und reißt Simone vom Hocker herunter.
„Hey.“ Wie ein Pfeil schießt Mike hinter dem Tresen hervor und schüttelt den Kerl von hinten, sodass er Simone sofort freigibt. Anschließend prasselt eine spanische Schimpftirade auf ihn nieder, die Simone nur bröckchenweise kapiert. Jedenfalls bewirkt sie, dass der Mann abzischt.
„Danke“, haucht sie. „Was hast du ihm denn an den Kopf geschmissen?“
Mike grinst und begibt sich zurück hinter den Tresen, bevor er antwortet: „Ich habe ihm gesagt, er soll seine dreckigen Pfoten von Sörens Freundin lassen.“
Simone begehrt auf: „Das bin ich nicht.“
Mike schaut belämmert drein. „Aber Sören hat mir eben zugeflüstert, dass du seine Neue bist und ich auf dich aufpassen soll.“
Simone wittert plötzlich die Gelegenheit, mehr über Sörens Liebesleben zu erfahren. „Alles eine Frage der Interpretation. Wer war denn meine Vorgängerin?“
Mike windet sich wie eine Schlange im Unterholz. „So genau weiß ich das auch nicht. Als DJ und Kite-Surfer ist Sören ein begehrter Typ, den viele Mädchen anhimmeln. Mal ist die an seiner Seite, mal jene.“
„Willst du damit andeuten, dass er mehrere gleichzeitig beglückt?“ Simone registriert belustigt, wie Mike hektisch ein Glas reinigt und zu überlegen scheint, was er darauf sagen soll. Sie lässt nicht locker. „Sitzt hier jeden Abend eine andere auf dem Hocker, die du beschützen darfst?“
„Das wäre übertrieben, aber Sören ist und bleibt ein Frauenversteher.“
Mehr muss Simone nicht wissen, um endgültig vorsichtig zu sein. Sie bestellt sich einen Cocktail ohne Alkohol und staunt nicht schlecht, als sie ihn bei Mike bezahlen möchte.

„Geht aufs Haus. Die Gäste von Sören sind eingeladen.“
„Danke.“
Allmählich füllt sich der Raum, und auch einzelne Tanzwütige erobern die Fläche und geben ihr Bestes, um Aufmerksamkeit zu erregen.
Am liebsten würde Simone nach Hause fahren. Ihr Sonnenbrand macht sich bemerkbar und brennt an einigen Körperstellen wie eine Feuerqualle. Ihre Stirn ist heiß. Hat sie Fieber oder ist es der stickigen Luft im Raum geschuldet?“ Da Mike mit zwei Frauen flirtet, nutzt sie die Gunst des Moments, um zur Toilette zu verschwinden. Das eiskalte Wasser aus dem Hahn kühlt ihr erhitztes Gesicht. Der Spiegel enthüllt ihr desolates Aussehen. Das aufgetragene Make-up vermag die verbrannte Haut nicht zu übertünchen. Simones Entschluss steht fest, nicht auf Sörens Arbeitsende zu warten, sondern sich ein Taxi zu leisten. Damit er ihre Flucht nicht falsch deutet und womöglich die Polizei auf den Plan ruft, informiert sie Mike, der im Rhythmus der Musik nickt und ihr einen guten Heimweg wünscht. Simone wundert das nicht. Er hat sie längst als Freundin von Sören abgehakt.
Draußen an der frischen Luft atmet Simone tief durch. Was für ein herrlicher Sternenhimmel. Schade, dass Rob nicht bei ihr ist und sie einfach in die Arme nimmt. Bald können sie hoffentlich alles nachholen und zusammen genießen.
Glücklicherweise ist die Nummer für die Taxizentrale in Simones Smartphone programmiert, und zwanzig Minuten später fährt ein Wagen sie zur Ferienanlage. Möglichst leise entert Simone den Bungalow, um ihre Mutter nicht zu wecken. Fehlanzeige. Kaum hat sie die Haustür hinter sich geschlossen, tritt Thea aus ihrem Zimmer.
„Ist die Disco schon aus?“ Ihre Stimme klingt verwundert.
„Nein, aber mir geht es nicht so gut. Ich glaube, ich habe Fieber.“
Thea macht einen Schritt auf Simone zu und fühlt ihr an die Stirn. „Allerdings, da brauche ich gar nicht zu messen.

Du hast zu viel Sonne getankt. Ziehe dich derweil aus und lege dich ins Bett. Ich hole eine Aspirin und die Brandsalbe."

Es tut Simone gut, wieder Kind sein zu dürfen und ihrer Mutter die Verantwortung für ihre Gesundheit zu übertragen. Wenig später reibt Thea Simones geschundene Körperstellen mit der Salbe ein, verabreicht ihr die Tablette und presst ihr einen kalten Umschlag auf die Stirn.

„Danke, Mum. Ich bin so froh, wieder bei dir zu sein."

„Und ich erst. Ich weiß, dass es albern ist, aber ich kann nicht schlafen, solange du nicht wieder im Körbchen bist."

„Daran musst du dich aber gewöhnen. Allerdings ist nicht allein mein desolater Zustand an meiner Rückkehr schuld."

„Sondern?"

„Ich hasse den Lärm in der Disco."

„Das wusstest du vorher. Hat es mit Sören zu tun?"

„Ja, erstens musste er ohnehin arbeiten und hatte keine Zeit für mich, und zweitens deutete sein Kollege, der Barkeeper, an, dass Sören ein Frauenverschleisser ist. Ich möchte mich nicht in seine Trophäensammlung einreihen."

Thea zieht entsetzt die Augenbrauen hoch. „Ist er dir etwa an die Wäsche gegangen?"

„Nein, keine Sorge, aber er ist stark von seiner Wirkung auf Frauen überzeugt. Irgendeine Stimme hat mir zugeraunt, nicht auf ihn zu warten und mit ihm zurückzufahren. Ich kann dir nicht sagen, warum."

„Besser so, versuche zu schlafen", empfiehlt Thea. „Je nachdem, wie du dich morgen fühlst, erobern wir die Insel." Wie früher, als Simone klein war, streichelt Thea ihr über den Kopf.

„Fehlt bloß, dass du mir eine Geschichte vorliest, Mum."

„Soll ich?" Thea zwinkert mit einem Auge und lächelt.

„Ein anderes Mal, ich bin hundemüde, und morgen erzählst du mir, was du noch mit Bernd getrieben hast."

„Nada. Ich bin nicht mehr lange bei ihm geblieben. Gute

Nacht, mein Kind."
„Nacht, Mum."

Theas Herz klopft einige Takte schneller, als sie Simones Tür hinter sich geschlossen hat. Es lag ihr die ganze Zeit auf der Zunge, zu beichten, dass Bernd und sie sich bereits vor über zwanzig Jahren in Hamburg kennengelernt haben und er ein guter Freund von Helmut ist. Sie muss die Geschichte loswerden, bevor Bernd Sören darüber unterrichtet und dieser wiederum Simone einweiht. Ihre Tochter würde es ihr nicht verzeihen, wenn sie weiter schweigt. Der Moment war allerdings denkbar ungünstig, weil es Simone schlecht geht. Gleich am nächsten Tag muss Thea das Thema in Angriff nehmen. Am besten erledigt sie dies bei einem Ausflug. Ihre Mutter Marie hat sie gebeten, ihr ein Mitbringsel vom legendären Hippie-Markt mitzubringen, der die damalige Zeit bis heute auf Ibiza überdauert hat. Bestimmt kann sich Simone dafür begeistern, der Oma diesen Gefallen zu erweisen.
Mit diesem Vorsatz steigt Thea wieder zurück ins Bett und nimmt sich vor, ihre Tochter zukünftig keine Freier mehr aufzuschwatzen. Sie sammelt ihre eigenen Erfahrungen, und Thea ist ein bisschen stolz, dass Simone allein erkannt hat, wie Sören in Bezug auf Frauen tickt. Demnach lässt sie sich nicht blenden und fällt nicht allein auf Äußerlichkeiten herein. Hoffentlich findet Simone jemanden, der es ehrlich mit ihr meint und treu ist.
Was Thea wohl bei dem Date mit *Lebenskünstler* erwartet? Ob es sich um einen Luftikus handelt, der das flotte Urlaubsabenteuer sucht? Dann hat er mit *Orkan* den falschen Flirt erwischt. Mit einem mulmigen, aber gleichzeitig abenteuerlichen Gefühl schläft Thea endlich ein.

♥

KAPITEL 13

Am nächsten Morgen fühlt sich der Sonnenbrand besser an, und der Griff an die Stirn bestätigt Simone, kein Fieber mehr zu haben. Ihr erster Gedanke gilt Rob, der ihr gewiss eine Nachricht geschickt hat, wann sein Flieger abhebt. Sie wird nicht enttäuscht.

Meine Süße, morgen um 13 Uhr lande ich auf Ibiza. Wie läuft es bei dir? Wann können wir uns treffen? Ich halte es nicht mehr ohne dich aus.

Simone hat keine Ahnung, wie und wann sie Rob sehen kann. Um die Mittagszeit wird das kaum funktionieren, es sei denn, ihre Mutter hält wieder eine Siesta, und ihr steht der Leihwagen zur Verfügung. Obwohl ihre Gehirnzellen erst langsam auf Touren kommen, fällt ihr eine Möglichkeit ein. Wie wäre es, einen Besuch bei der Tierauffangstation vorzutäuschen, um nach Bodyguard zu schauen? Auf diese Weise könnte sie Rob sogar vom Flughafen abholen. Eine super Idee. Vorsichtshalber teilt sie ihrem Freund nicht mit, was sie plant. Wenn es nicht klappt, wäre er traurig. Daher fällt ihre Antwort bedeckt aus:

Ich finde einen Weg, dich bald zu umarmen. Bitte habe ein wenig Geduld. Bis bald, spanische Küsse

Simone findet eine weitere Nachricht. Sie stammt von Sören. Ihr Puls beschleunigt sich.

Hi, du Abtrünnige. Warum bist du einfach abgehauen, ohne mir

Bescheid zu sagen? Ist das deine Art, Freunde zu behandeln? Irritierte Grüße, Sören

Simone sollte den Schaden begrenzen. Immerhin benötigt sie Sören, um möglicherweise etwas über ihren Vater zu erfahren. Es gilt, ihn zu besänftigen.

Du hast recht. Mein Benehmen muss dich verwirren. Ich habe einen schrecklichen Sonnenbrand und konnte die Hitze und den Lärm in der Disco nicht mehr aushalten. Sorry. Kann ich das wiedergutmachen?

Auf Sörens Antwort wartet sie vergeblich. Wahrscheinlich schläft er bis zum Mittag, wenn er erst bei Morgengrauen aus der Disco zurückgekehrt ist. Umso besser für Simone, sich erst mal eine neue Strategie zu überlegen, wie sie Sören zwar für Auskünfte benutzen, aber als Verehrer abschütteln kann. Für ihre Freundin Karin wäre das sicher eine leichte Übung. Auch von ihr ist eine Message auf dem Smartphone:

Karin an Simone. Du scheinst sehr beschäftigt zu sein. Ich höre ja gar nichts mehr von dir. Was geht ab auf Ibiza?

Mit wenigen Sätzen schildert Simone den neusten Stand. Einzelheiten verschweigt sie jedoch. Nicht, dass Karin auf die Idee verfällt, blöde Andeutungen Rob gegenüber zu machen, dass sich Simone mit dem Sohn der Ferienanlage vergnügt. Vielmehr schildert sie ihren Sonnenbrand und die damit verbundenen Nebenwirkungen. Darauf reagiert Karin nicht mehr. Offenbar ist ihr dieses Thema zu langweilig.
Als sich Simone gerade aus dem Bett schält, klopft es an die Tür.
„Simone, alles okay mit dir?“, fragt Thea.
„Ja, Mum, kannst reinkommen.“
Ihre Mutter tritt ein und ist bereits angezogen. „Lasse

deine Haut anschauen. Brennt sie noch?“
Simone schüttelt den Kopf. „Nein, es ist nicht mehr so schlimm. Das Fieber ist jedenfalls weg.“
Unaufgefordert fasst Thea Simone an die Stirn. „Tatsächlich. Fühlst du dich denn fit genug für einen Ausflug? Strand und Sonne sollten wir heute lieber meiden.“
„Klar. Wir wollen etwas von der Insel sehen. Dafür sind wir hier. Hast du einen Vorschlag?“
Thea räuspert sich: „Hm ... du darfst in erster Linie bestimmen, was wir anstellen, aber Oma hat mir den Hippie-Markt ans Herz gelegt und mich gebeten, ihr ein Mitbringsel dort zu kaufen. Interessiert dich das überhaupt?“
„Warum nicht? Oma hat oft von dieser Zeit damals erzählt. Die Klamotten sind zwar nicht mein Style, aber vielleicht gibt es andere brauchbare Dinge. Außerdem wäre es lustig festzustellen, ob sich Omas damalige Kollektion in ihrer Firma auf die Hippie-Zeit gegründet hat.“
„Einverstanden, wir frühstücken in Ruhe und brechen danach auf. Ich habe eben alles im Supermarkt besorgt. Wie magst du das Ei?“
„Am liebsten gebraten, wie immer.“ Simone wundert sich über die Dynamik ihrer Mutter. „Du trotzt so vor Energie. Hast du etwas Schönes geträumt?“
„Ich bin nur erleichtert, dass mit der Praxis alles gut läuft und ich mir keine Sorgen machen muss.“
„Wieso? Woher willst du das wissen?“
„Weil ich bereits mit Claudia telefoniert habe. Meine Vertretung hat alles im Griff.“
„Cool. Dann entspanne dich und genieße das Leben. Ich hüpfe unter die Dusche und beeile mich mit dem Anziehen.“

♥♥♥

Mit ihrem Leihwagen und dem Navi ist der Weg nach Es Canar leicht gefunden. Von hier aus geht es zu Fuß zu dem ein Kilometer entfernt liegenden Markt auf dem Gelände des Ferienclubs Punta Arabi, der laut Reiseführer zum Prototyp für alle anderen Märkte dieser Art auf der Insel avancierte. Zur Sicherheit fragt Thea einen Mann nach der genauen Lage.
Der Mitsechziger mit schulterlangen, ergrauten Haaren, einer ausgedörrten Haut, Jesuslatschen, zerrissenen Jeans, einem befleckten Batikhemd und einer Brille, die offensichtlich aus einem Glasbaustein geschliffen wurde, gibt ihnen bereitwillig Auskunft.
„Einfach geradeaus, der Platz ist nicht zu verfehlen."
Thea hat mit der Vielfalt und Größe der Stände nicht gerechnet. Zwar sind echte Hippies hinter den Verkaufstresen selten geworden, und stattdessen versuchen junge Händler, billigen Schnickschnack an die Touristen zu verkaufen, aber es gibt sie noch, die legendäre Atmosphäre. Straßenmusiker spielen, um ein Almosen zu ergattern, Porträtmaler und Wahrsager locken Kunden, und Tattoo- und Piercingspezialisten bieten ihre Dienste an. Etwas versteckt liegen die Buden mit Schmuck und Kunsthandwerk aus fünf Kontinenten.
Thea und Simone schlendern durch die engen Gassen, um sich einen Überblick zu verschaffen. Besonders die Verkaufsstände mit Kleidung ziehen ihre Tochter an. Neben ibizenkischen Pareos, Baumwollhemden, T-Shirts und Strandoutfits werden Röcke und sogar Abendkleider angepriesen.
An einer Bude bleiben sie stehen.
„Schaue mal, Mum. Wie findest du den verträumten Style mit tollen Ethno-Mustern oder die luftigen Blusen und Walle-Walle-Kleider? Ist doch hip, oder?"
„Zumindest bequem sind die leichten Maxikleider und passen perfekt zum Sommer." Etwas schelmisch und wohl auf Simones Sonnenbrand anspielend fügt Thea hinzu: „Die Farbkombination würde zu deinem Teint passen."

Theas Aufmerksamkeit konzentriert sich auf braune Römersandalen und bunte Pom Pom Sandalen. In der dritten Reihe entdeckt sie ein Paar mit pinkfarbenen Glitzerbonbons als Bommeln. Erstaunt und fasziniert zugleich holt Thea die farbenfrohen Dinger hervor und hält sie ihrer Tochter unter die Nase.
„Mum, das ist nicht dein Ernst?“, kommentiert Simone lautstark.
„Wer es sportlicher mag, kann zum Kleid auch Espadrilles kombinieren“, ertönt eine verrauchte Stimme aus einer dunklen Ecke der vollgestopften Bude.
Offensichtlich möchte die Verkäuferin Thea und Simone in ein Gespräch verwickeln.
Thea geht darauf ein: „Ich habe mir die Prachtexemplare nur interessehalber angesehen. Sie haben recht, etwas sportlicher und eleganter darf es sein.“
Erst jetzt wird die Verkäuferin sichtbar. Ohne Zweifel, sie befinden sich in einem Stand, der von einem in die Jahre gekommenen Hippie geführt wird.
Thea schätzt ihr Alter auf Ende Sechzig, vielleicht auch schon über Siebzig. Ihre Haut ist schrumpelig, die Augenlider eingefallen, und unzählige Falten überziehen ihren Hals. Über ihre schlaksige Figur trägt sie eine weite Bluse mit verspielten Stickereien und dazu einen wallenden Glockenrock mit coolem Ethno-Muster. Beide Handgelenke schmücken bunte Bänder und Reifen, und auf ihrer flachen Brust trägt sie ein Amulett mit Lederband. Ein Geruch von Weihrauch und aromatischen Kräutern klebt an ihr.
Verkaufstüchtig preist die Hippie-Frau ihre Ware an: „Schaut euch bitte um. Ich habe eine große Auswahl an Kleidern, teils sehr traditionell aus der Gründerzeit der Bewegung, aber auch moderne, die diesen Sommer wieder voll im Trend liegen.“
Simone scheint begeistert. „Einige Stücke gefallen mir durchaus. Hier werde ich bestimmt fündig.“
An Thea gewandt sagt die Verkäuferin: „Mein Name ist

Myriam. Ich betreibe den Laden seit über fünfzig Jahren. Bin mit der Hippiebewegung sozusagen aufgewachsen." Ihr Lächeln wirkt authentisch.
„Freut mich, Ihr Geschäft entdeckt zu haben", meint Thea. „Meine Tochter möchte sich etwas genauer umsehen."
Myriam deutet auf eine kleine Sitzecke mit zwei verschlissenen Korbstühlen und einem Melkschemel.
„Willst du dich nicht solange setzen? Ich habe einen Jasmintee und Kandiszucker."
Simone mischt sich ein: „Mum, mache das, solange ich die Klamotten sichte."
Thea nimmt Platz, und Myriam legt ihr strassbesetztes Handy beiseite, um aus einer orientalischen Kanne den Tee zu servieren. Ihre hüftlange Mähne wirft sie mit einem Ruck zur Seite, damit sie nicht über die mosaikverzierte Metallplatte streift. Ihre Bewegungen lassen das hohe Alter erahnen. Sie sind langsam, und anscheinend quälen Myriam Rückenschmerzen, denn beim Aufrichten zieht sie eine Grimasse.
„Mum, gucke mal. Wie gefällt dir der Rock?" Simone hält sich ein hellblaues Exemplar mit weißen Streifen vor den Körper.
„Der könnte dir gut stehen, aber probiere ihn lieber einmal an."
Myriam deutet auf einen Vorhang aus buntgewebtem Leinen. „Dort ist die Umkleidekabine."
Die Freundlichkeit der Ladenbesitzerin erweckt Theas Neugier. Sie möchte mehr von ihr wissen.
„Sie ... du bist Deutsche? Wie bist du nach Ibiza gekommen?"
„Ursprünglich stamme ich aus dem Rheinland, genauer gesagt aus Köln. In meiner Jugend schwappte gerade die Hippiewelle aus Kalifornien nach Deutschland rüber. Ich war damals bereits anders als meine Klassenkameradinnen und verkehrte in Kreisen, die sich gegen das Establishment auflehnten. Freies Leben, Toleranz und die Sehnsucht

nach einem anderen, besseren Gefühl nach Harmonie und Frieden trieben mich in die Bewegung. Ich lernte einen jungen Mann kennen, der diese teilte, und unsere erste Urlaubsreise führte uns nach Ibiza. Wir wollten die Szene kennenlernen, um danach nach Indien weiterzureisen. Dazu ist es leider nicht mehr gekommen. Mein Freund starb bei einem Verkehrsunfall auf der Insel, und ich bin hier hängengeblieben. Obwohl sich die Hippies in San Francisco längst selber zu Grabe getragen haben, lebte die Bewegung hier auf Ibiza weiter. Wir waren die ewig selige Blumenkinder-Generation, die Woodstock, Grateful Dead und Jefferson Airplane verehrten. Das Leben war einfach und billig. Damals war Ibiza noch nicht vom Tourismus überflutet. Wir konnten uns eine verfallene Finca leisten, bauten Gemüse an und hielten ein paar Nutztiere. Allerdings war das Dasein, von der eigenen Landwirtschaft zu bestreiten, hart. Vom süßen Nichtstun und Meditieren wird man nicht satt. Irgendwann bin ich mit einer Freundin auf die Idee gekommen, einen Laden zu eröffnen. Zuerst haben wir selbstgebastelte Amulette und Armreifen angeboten. Nach und nach erweiterte sich das Sortiment mit Stoffen und Hemden, sowie Röcken und Kleidern. Später knüpften wir Handelsbeziehungen zu anderen Hippies in Indien, und so vergrößerte sich unser Warenangebot. Was ihr hier seht, stammt aus Produktionen, die seit ewigen Zeiten für uns arbeiten."

Ein wenig Wehmut liegt in Myriams Stimme, als wollte sie ausdrücken, dass es bald vorbei sein wird. Sie zündet ein Räucherstäbchen an und dreht sich eine Zigarette.

Simone tritt aus der provisorischen Umkleidekabine. „Wie sehe ich aus?"

Thea nickt zufrieden. „Chic, aber stöbere ruhig weiter."

„Meinst du, es wird eine Renaissance der Hippies geben?", fragt Thea an Myriam gerichtet.

„Möglich. So wie sich die Welt entwickelt, ist es sogar wahrscheinlicher als vor einigen Jahren. Ein wichtiger Aspekt unserer Kultur ist die Emanzipation der Frauen.

Sie wird oft mit dem Begriff *freie Liebe* verwechselt. Aber es ist nicht ungezügelte, sexuelle Bereitschaft, die darunter zu verstehen ist, sondern es ist die Gleichberechtigung der Geschlechter. Ein Symbol dafür ist, dass die Hippie-Männer lange Haare tragen. Wenn man zurückdenkt, haben gesellschaftliche Veränderungen gerade durch uns ihren Anfang genommen. In der Hippie-Zeit hat der Feminismus seine Wurzeln. Heute verzeichnen wir eine Entwicklung, die der Emanzipation wieder entgegenwirkt. Dies ist der Grund, warum ich weiterhin die Hoffnung in mir trage, dass unsere Lebenseinstellung weiterhin Bestand haben wird."

„Du meinst als Gegenpol einer Macho-Welt?"

„Ja genau. Ich kann es nicht fassen, was derzeit abgeht. In den westlichen Gesellschaften haben die Frauen in den Siebzigern und Achtzigern für Gleichberechtigung gekämpft, als für Frauen allein der Platz am Herd und die Kindererziehung vorgesehen waren. Sie haben inzwischen große Erfolge erzielt, und Millionen haben gedacht, dass dieser Kampf im Großen und Ganzen gewonnen ist. Unterdessen agieren die Dinosaurier in Washington so, als hätte es das alles nicht gegeben. Ihr Anführer degradiert viele Frauen zu bloßen Befriedigungsobjekten."

„Du meinst, der neue Präsident ist ein Weckruf, um den Hippies neuen Schwung zu verleihen?" Thea zieht die Stirn kraus.

In diesem Augenblick kehrt Simone aus der Kabine zurück und verhindert Myriams Antwort. Ihr Outfit sieht fesch aus. Ein kürzeres Boho-Kleid hat sie mit einer bestickten Jeansjacke kombiniert. Dazu trägt sie ein Paar derbe Boots. Den lässigen Trend-Style komplementieren lange Ohrhänger und eine dazu passende Kette.

„Na, wie wärs denn damit?", fragt Simone.

„Perfekt. Wir sollten uns für Oma umsehen", schlägt Thea vor. Ich schaue mal, was ihr gefallen könnte." Sie erhebt sich, um in der Schmuckecke etwas Geeignetes zu finden. Eine Halskette mit bunten Kristallen sagt ihr zu.

Simone hat währenddessen ihre ausgewählten Kleidungsstücke zum Kauf auf die Theke gelegt.
Thea versteht den Hinweis sofort. Simone bläst zum Aufbruch. Sie haben sich sehr lange in dem Laden aufgehalten, und Thea bedankt sich für den schmackhaften Tee und die nette Unterhaltung und zückt ihre Kreditkarte. Flüchtig fällt ihr Blick auf die Preisschilder. Billig ist es nicht, aber andererseits sind die Sachen etwas Besonderes, zumindest eine schöne Erinnerung an Ibiza.
Thea und Simone verabschieden sich von Myriam und treten den Rückweg an. Offensichtlich haben sie genau den richtigen Laden erwischt, denn sie entdecken keinen mehr, der ihnen annähernd gut gefällt.
„Ich würde gerne zum legendären Strand nach Cala Benirràs fahren, wo sich die verbliebenen Hippies zum Sonnenuntergang treffen und ihn jeden Tag mit lautem Trommelwirbel begleiten", schlägt Thea vor. „Was hältst du davon?"
„Hast du dein Date vergessen? Wir haben auf dem Markt zu viel Zeit verplempert. Bestimmt willst du dich für den Abend herrichten, und deshalb sollten wir zurückfahren." Simone wirkt plötzlich etwas hektisch, als hätte sie die Verabredung und nicht Thea.
„Wie du meinst. Dann besuchen wir ein anderes Mal diesen Strand. Er läuft uns nicht weg. Schminkst du mich?", bittet Thea.
„Klar, Mum. Du weißt, wie gerne ich das tue."
Zurück sitzt Simone am Steuer und hat sich inzwischen an die engen Gassen gewöhnt. Thea muss nicht mehr die Luft anhalten, wenn die Durchfahrt eines Stadttores schmal wird. Während ihres Marktbesuches gab es keine Gelegenheit, über den gestrigen Abend zu reden. Thea sollte endlich erwähnen, dass Sörens Vater für sie kein Unbekannter ist. Aber sie hat Angst, das Thema *Helmut König* zu vertiefen. Danach steht ihr nicht der Sinn.
„Du bist so schweigsam", unterbricht Simone prompt Theas Grübeleien. „Du hast mir bisher nicht erzählt, wie

der Abend bei Bernd weiter verlaufen ist, als Sören und ich abgezischt sind. Gefällt dir Bernd?"
Thea zögert und unterdrückt ihr mulmiges Gefühl. „Hm ... er ist sehr charmant", äußert sie ausweichend.
„Ja, finde ich auch, und Sören hat diese Eigenschaft von ihm geerbt. Wirst du Bernd wiedersehen?"
„Zwangsläufig. Es wird sich nicht vermeiden lassen, ihm auf seiner Anlage über den Weg zu laufen."
„Na, das klingt nicht danach, als hättest du weiter Interesse an ihm."
Thea gibt sich einen Ruck. Jetzt oder nie. „Ich habe Bernd auf den ersten Blick nicht erkannt. Wir sind uns vor vielen Jahren zu Studienzeiten begegnet."
Abrupt bremst Simone das Auto ab, sodass das nachfolgende Fahrzeug auf die Hupe drückt. „Das sagst du mir so nebenbei?" Simones Stimme überschlägt sich. „War das in der Zeit, als du in Hamburg gelebt hast?"
Thea nickt unmerklich. „Bitte konzentriere dich auf die Straße, Simone. „Was ist dabei, jemanden aus der Vergangenheit wiederzusehen? Ich habe nichts mit Bernd gehabt, falls du das wissen willst. Er hat sein Medizinstudium abgebrochen, während ich es in München fortgesetzt habe."
„Dann kennt er womöglich meinen Vater?"
Simones Vermutung verursacht bei Thea automatisch Bauchkrämpfe, obwohl sie damit gerechnet hat. Es heißt, mit der Wahrheit herauszurücken. „Ja, sie waren sogar befreundet."
„Hey, vielleicht weiß Bernd, wo sich mein Vater aufhält. Hast du ihn danach gefragt?"
Thea merkt Simone an, wie aufgeregt sie plötzlich ist. „Nein, Helmut war eine kurze Episode in meinem Leben. Er interessiert mich nicht."
„Aber mich", braust Simone auf und drückt aufs Gaspedal. „Du hast mir lange genug den Zugang zu ihm verweigert. Er soll wissen, dass es mich gibt."
„Und, wenn er keinen Kontakt zu dir wünscht? Mög-

licherweise hat er eine eigene Familie gegründet, die durchdreht, wenn sie von dir erfährt."
„Du willst es dir verdammt leicht machen, Mum. Du hast nur Angst, Rechenschaft abzulegen, warum du mich ihm verschwiegen hast. Damit ist Schluss. Ich will endlich die andere Hälfte meines Ichs kennenlernen."
So energisch und aufgewühlt hat Thea ihre Tochter selten erlebt. Sie kann ihr nicht einmal böse sein, weil sie ihr recht geben muss. „Wie stellst du dir das vor? Willst du mich vor Bernd bloßstellen und sagen, dass ich dir bei der Suche nach deinem Vater nicht helfe?"
„Nein, das habe ich nicht vor. Ich überlasse es dir herauszufinden, wie ich mit meinem Vater in Kontakt treten kann und wo er sich aufhält. Es gibt hier auf der Insel einen Helmut König. Vermutlich ist er das sogar."
Thea erschrickt. Darauf hat sie nicht spekuliert. „Wolltest du etwa deswegen unbedingt auf Ibiza Urlaub machen?"
Das Verstummen von Simone ist für Thea Antwort genug. Nie hätte sie es für möglich gehalten, ausgerechnet hier mit der Vergangenheit konfrontiert zu werden. Bleibt zu hoffen, dass es sich um einen anderen Helmut handelt. Thea mag ihn nicht wiedersehen, geschweige denn, sich mit ihm auseinandersetzen. Sie hat Simone bisher erfolgreich allein durchs Leben begleitet, und nach ihren Vorstellungen soll das so bleiben. Allerdings hat sie die Rechnung ohne ihre Tochter gemacht, die inzwischen auf das Gelände der Ferienanlage abbiegt und vor ihrem Bungalow stoppt. Bevor sie aussteigt, appelliert sie an Thea: „Ich gebe dir bis übermorgen Zeit, über Bernd herauszufinden, wo Helmut steckt. Ansonsten werde ich ihm selbst nachspionieren. Gewiss wird mir Sören dabei behilflich sein."
Perplex schnallt Thea den Gurt los. An der Ernsthaftigkeit von Simones Worten besteht kein Zweifel. Thea ist im Liefer-Modus. Sie kann ihre Tochter nicht mehr länger hinhalten und muss Bernd dringend konsultieren. Zunächst aber heißt es, sich äußerlich und innerlich auf das

bevorstehende Date mit einem Unbekannten vorzubereiten. Die Lust darauf ist Thea gründlich vergangen, aber sie will Simone gegenüber keine weiteren Minuspunkte einheimsen.

♥

KAPITEL 14

Den restlichen Nachmittag verbringen Thea und Simone getrennt. Die Stimmung ist im Keller.
Simone hat sich ihre Badesachen geschnappt und es vorgezogen, im Pool schwimmen zu gehen. Nicht einmal gefragt hat sie Thea, ob sie mit möchte.
Tief im Innersten kann sie ihre Tochter verstehen. Thea kannte wenigstens ihre väterlichen Wurzeln, auch wenn ihr Vater früh in ihrer Erinnerung verblasst ist. Vermisst hat sie ihn ohnehin nicht. Wer weiß, ob Helmut ein guter Vater gewesen wäre. Karriereorientierte Menschen haben Wichtigeres zu tun als Füttern, Windeln zu wechseln und Babys nächtelang in den Schlaf zu schaukeln. In Marie hatte Thea stets die perfekte Unterstützung. Sie kann sich nicht vorstellen, dass jemand anderer einen besseren Babysitter abgegeben hätte als ihre Mutter.
Zur Entspannung gönnt sich Thea eine Auszeit in der Badewanne. Den Lavendelzusatz hat sie extra von Deutschland mitgenommen, denn diese Essenz ist ihre favorisierte. Zuhause hat Thea selten Muße, sich dieses Vergnügen zu erlauben. Da reicht ein Sprung unter die Dusche. Umso freudiger lässt sie das Wasser in die Wanne einlaufen. Dem Schaum entströmt der angenehme Duft. Nicht einmal Simone wird dieses Mal stören. Thea gleitet ins wohlig warme Nass und schließt kurz darauf die Augen. Ihre Gedanken weichen allmählich einer meditativen Stimmung, die verhindert, weiter über Helmut nachzudenken. Das warme Wasser umspült ihre Haut, und Entspannung und innere Ruhe nehmen von Theas Körper

und Geist Besitz. Erst, als kühlere Temperaturen ihren Körper erfassen, realisiert sie, eingenickt zu sein. Wie lange wohl? Eilig entsteigt sie der Wanne und greift nach ihrer Armbanduhr. Oh, nein. Es ist bereits sieben Uhr. In einer Stunde findet das Date statt. Bis dahin muss sie hergerichtet sein und ein ganzes Stück mit dem Auto nach Ibiza-Stadt fahren.
Die Suche nach einem geeigneten Kleid für den Anlass entpuppt sich als schwierig. Zu lässig ist für ein Abendessen unangemessen, ein Cocktailkleid dagegen zu extravagant.
„Simone“, schreit Thea in den Flur. „Hilfst du mir bitte mal? Ich kann mich nicht entscheiden, was ich anziehen soll.“
Keine Antwort.
„Simoooooone“, versucht sie es erneut lauter.
Wieder nichts. Verflixt. Ist das Kind nicht bereit, seinen Schmollwinkel zu aufzugeben? Thea klopft an Simones Zimmertür. Keine Reaktion. Ein anschließender Blick ins Zimmer verrät, dass Simone gar nicht anwesend ist. Ratlos sucht Thea jede Ecke des Hauses ab, bis sie einen Zettel auf dem Küchentisch entdeckt.

Sören nimmt mich mit zum Kite-Surfen. Einen erfolgreichen Abend wünsche ich dir.
Gruß Simone

Wenigstens weiß Thea Bescheid, aber aus Simones Versprechen, sie zu schminken, wird nichts. Selbst ist die Frau. Nachdem sich Thea endlich für ein cremefarbenes, enges Kleid entschieden hat, trägt sie als Grundierung ein dezentes Make-up auf, zieht über und unter den Augen einen Kajalstrich und tuscht sich die Wimpern. Auch einen Touch Rouge trägt sie auf und den passenden Lippenstift dazu. Ihren Haaren rückt Thea mit einem Lockenstab zu Leibe. Anschließend sprüht sie ihre Frisur mit so viel Spray an, dass Ursula von der Leyen ihre wahre Freude an dieser

Beton-Kreation hätte.
Zufrieden betrachtet sich Thea im Spiegel. Das Abenteuer kann beginnen.

♥♥♥

Das Navi findet das Restaurant *Wellenbrecher* problemlos. Die Location macht ihrem Namen alle Ehre. Sie thront auf einem Felsen unweit des Hafens direkt über dem Meer, wo sich die Wellen meterhoch brechen. Ob die Gischt bis auf die Terrasse gelangt? Dies würde Theas Frisur nicht überleben. Komische Gedanken begleiten sie die Stufen hinauf zum Gebäude. Das Lokal gehört laut Reiseführer der gehobenen Kategorie an. Garantiert sitzen die Gäste trocken und nicht den Naturgewalten ausgesetzt. Theas High Heels klappern auf den Natursteinplatten. Sorgsam gepflegt ist der Vorplatz. Fächerpalmen säumen den Weg und werden mit versteckten Scheinwerfern angestrahlt. Ein Hauch von Pinienduft schwebt in der Luft. Mit Anspannung betritt Thea das Restaurant. Gleich hinter der Tür wird sie an einer Art Rezeption von einem Mann im dunklen Anzug angesprochen. „Haben Sie reserviert, gnädige Frau?“, fragt er höflich.
„Ich nicht, aber es soll ein Tisch für zwei Personen auf den Namen *Lebenskünstler* bestellt sein.“ Ganz wohl fühlt sich Thea nicht. Ihre Aussage hört sich bestimmt anrüchig an. Was soll der Empfangschef von ihr denken?
Er blättert in einem Terminkalender. „Richtig, Tisch Nr. 19 am Fenster mit Blick auf den Hafen. Darf ich Sie direkt an den Tisch geleiten oder wollen Sie bei einem Aperitif an der Bar auf ihre Begleitung warten?“
Auf keinen Fall beabsichtigt Thea, allein am Tisch zu sitzen und auf die Eingangstür zu starren. Zu blöd, dass sie eher als ihr Partner eingetroffen ist. Eine Frau kommt immer einen Tick zu spät, um ihren Auftritt gebührend zu inszenieren. Das hat sie gründlich vermasselt. Thea ringt

sich ein Lächeln ab. „Ich entscheide mich für den Aperitif an der Bar“, säuselt sie.
„Folgen Sie mir bitte.“ Der Mann schreitet voran und rückt Thea an der Theke einen Hocker zurecht, auf dem sie Platz nimmt.
Sie bedankt sich artig wie ein Schulmädchen.
„Sehr gerne. Ich gebe Bescheid, wenn Ihre Begleitung eingetroffen ist.“
Der Barkeeper schiebt ihr unaufgefordert eine Karte zu.
Thea spart sich den Blick hinein und ordert einen Prosecco mit einem Schuss Himbeersirup. Es gilt, die Kontrolle zu bewahren und nicht auf nüchternen Magen zu viel Promille zu tanken. Außerdem muss sie noch Auto fahren.
Deshalb nippt sie zaghaft an dem Gesöff, das zugegebenermaßen sehr lecker schmeckt.
Der Barkeeper fühlt sich anscheinend bemüßigt, Thea zu unterhalten, und beginnt mit Smalltalk. „Machen Sie zum ersten Mal Ferien auf Ibiza?“
Thea nickt und trinkt erneut einen Schluck. Auf eine sinnlose Konversation hat sie keine Lust, aber der Typ gibt sich mit ihrer Wortkargheit nicht zufrieden.
„Wie gefällt Ihnen die Insel? Entspricht Sie Ihren Erwartungen?“
„Ich bin erst seit zwei Tagen hier, und Erwartungen habe ich keine.“
Glücklicherweise wendet sich der lästige Frager ab, als sich ein neuer Gast unweit von Thea auf einen Hocker setzt. Aus dem Augenwinkel erkennt sie, dass es sich um eine männliche Person handelt, wohl auch jemand, der auf seine Verabredung wartet. Sie hört, wie er ebenfalls einen Prosecco bestellt, allerdings pur.
Plötzlich dreht er sich zu ihr um, und sie erbleicht.
„Frau Dr. Junger, was machen Sie denn hier? Welch ein netter Zufall.“
Thea wünscht sich ein abgrundtiefes Loch unter sich, in das sie auf der Stelle mit samt dem Stuhl versinkt. Was

zum Teufel tut Florian Sommer in diesem Restaurant? Geistesgegenwärtig lügt Thea: „Ich warte auf meine Tochter. Sie hat anscheinend beim Shoppen die Zeit vergessen.“ Sie folgt Florians Blick, der unruhig durchs Lokal schweift. Offenbar findet er nicht, was er sucht. Hoffentlich platzt jetzt nicht *Lebenskünstler* dazwischen. Schließlich kann Thea ihren Dating-Partner Florian nicht einmal mit richtigem Namen vorstellen. Wie peinlich und befremdend wird das auf ihn wirken. Schlimmstenfalls könnte Florian dem Fremden sogar ihre Identität verraten, ohne zu ahnen, was er damit anrichten würde. Thea bleibt nur die Flucht. Hektisch bittet sie den Barkeeper um die Rechnung.

„Das übernehme ich. Sie sind mein Gast“, mischt sich Florian ein.

„Danke, ich muss los und meine Tochter suchen. Ich wünsche Ihnen einen schönen Abend.“

„Halt, so kommen Sie mir aber nicht davon. Haben Sie meine Rosen nicht erhalten und die Einladung zum Essen hier auf der Insel vergessen?“

Ohne es kontrollieren zu können, läuft Thea rot an. Wie konnte sie es vergessen, sich bei Florian dafür zu bedanken?

„Ja, unverzeihlich von mir, nicht darauf zu reagieren. In den letzten Tagen vor dem Urlaub war es in der Praxis besonders stressig. Wie geht es Ihrem Neffen?“

„Super. Das Knie ist wieder vollständig intakt. Ihre Vertretung hat es sich noch einmal angeschaut. Eine sympathische Person.“

„Das freut mich.“ Thea möchte das Geplänkel beenden, bevor es zu spät ist. „Ich rufe Sie an, versprochen.“

Florian hindert Thea am Weglaufen, indem er sie sanft am Arm festhält. „Wie wäre es morgen Abend, gleiche Zeit, gleicher Ort?“

Theas Überlegungen schlagen Purzelbäume im Kopf. In diesem Lokal kann sie sich nie wieder blicken lassen, zu groß wäre die Gefahr, *Lebenskünstler* zu begegnen, der sie

zur Rede stellen könnte. „Kennen Sie noch andere Restaurants?“
„Ja, aber wie wäre es mit einem Dinner auf einer Jacht?“, schlägt Florian vor.
„Okay“, willigt Thea ein, um endlich wegzukommen. Jeden Moment könnte *Lebenskünstler* erscheinen und alles auffliegen. Diese Blamage gilt es, sich zu ersparen.
Florian schenkt ihr für ihre Zusage ein Strahlen. „Das Schiff heißt übrigens *Paradise* und liegt im Jachthafen von Ibiza-Stadt am Steg Nr. 30. Nun dürfen Sie mich verlassen. Bis morgen, und bestellen Sie bitte ihrer Tochter unbekannterweise einen Gruß.“
Eilig stürmt Thea zum Ausgang, wo sie leider von einem inzwischen ausgetauschten Empfangschef ausgebremst wird.
„Gnädige Frau, ist etwas passiert? Wie kann ich behilflich sein?“
„Ich ...“, stottert Thea, „habe etwas Wichtiges im Auto liegen gelassen. Ich bin in ein paar Minuten zurück.“
Daraufhin hält der Mann ihr die Tür auf, und sie stolpert hinaus, hoffentlich nicht in die Arme von *Lebenskünstler*. Ihre hohen Absätze erlauben kein schnelles Laufen. Weit und breit begegnet Thea jedoch keiner einzelnen Person, die dem Bild auf der Dating-Plattform ähnelt. Merkwürdig, denn sie waren bereits vor einer halben Stunde verabredet. Ob der Typ es sich anders überlegt und der Agentur nicht einmal Bescheid gesagt hat? Arme Simone. Sie sollte das Geld dafür zurückverlangen. Im Grunde ist Thea allerdings über den Flop erleichtert. Nie hätte sie gedacht, tatsächlich hier auf der Insel Florian Sommer zu treffen. Ganz bestimmt hätte sie ihn von sich aus niemals angerufen, und er besitzt keine Nummer von ihr. Manchmal nimmt das Leben spannende Wendungen.

♥

KAPITEL 15

Wie es ihrer Mutter wohl gerade bei ihrem Date ergeht? Simone fühlt sich schlecht, Thea im Stich gelassen zu haben. Sie hatte ihr versprochen, beim Make-up und der Auswahl des Kleides für den Abend behilflich zu sein. Einfach abzuhauen, ist nicht die feine Art, sich für den Urlaub erkenntlich zu zeigen. Alles scheint aus dem Ruder zu laufen.
Als Simone am Nachmittag im Pool ihre Bahnen zog, tauchte Sören auf und überredete sie, mit an den Strand zu fahren. Da sie keine Lust auf eine weitere Konfrontation mit ihrer Mutter hatte, willigte Simone ein.
Jetzt hockt sie im Sand unter einem Schirm und beobachtet Sören bei seinem Versuch, einer Strandschönheit das Kite-Surfen beizubringen. Später soll es auch Simone einmal ausprobieren. Dabei fehlt ihr heute die Energie für solch eine Kraftanstrengung. Die Diskussion mit ihrer Mutter hat ihr mehr zugesetzt, als gedacht. Gerne würde sie mit Sören über seinen Vater und Helmut reden. Wie gut kannten sich die beiden? Hat Bernd noch Kontakt zu ihm? Lebt er hier auf der Insel? Leider hat Simone Thea Aufschub gewährt, sodass es an Verrat grenzen würde, Sören vorzeitig einzubeziehen.
In ihr Unterbewusstsein dringt mühsam der Ton ihres Smartphones. Simone nimmt den Anruf einen Tick zu spät entgegen. Dafür erhält sie kurze Zeit später eine Nachricht der Agentur *Travel & Date:*

Hallo Orkan,
haben Sie das Date mit Lebenskünstler vergessen? Er hat über eine

Stunde im Restaurant Wellenbrecher auf Sie gewartet. Wir machen Sie höflich darauf aufmerksam, dass unsere Gebühr trotzdem fällig wird.
Mit freundlichen Grüßen,
Ihr Team von Travel & Date

Seltsam. Simone versteht nicht, warum Thea nicht zur Verabredung erschienen ist. Ob ihr etwas zugestoßen ist? Ein mulmiges Gefühl übermannt sie. Hektisch ruft Simone ihre Nummer auf und lässt es läuten, bis die Mailbox sich meldet.
„Mum, wo bist du? Die Agentur will wissen, warum du nicht zum Date gekommen bist. Bitte rufe mich sofort zurück, wenn du das abhörst. Ich mache mir Sorgen. Bist du noch sauer auf mich? Es tut mir leid, dass ich so ausgerastet bin."
Von einer inneren Unruhe gepackt, stapft Simone durch den Sand bis zum Ufer.
Dummerweise führt Sören seiner Schülerin gerade seine Künste auf dem Board vor und sieht Simones Winken mit den Armen offensichtlich nicht. Soll sie erneut abhauen, wie gestern in der Disco?
Sörens Schülerin stakt durchs Wasser und kommt auf sie zu.
„Ist etwas passiert? Warum fuchtelst du so hektisch mit den Armen?", fragt sie ungehalten.
„Ich muss Sören sprechen."
„Du siehst doch, dass er dich vom Brett aus nicht bemerkt. Sage mir, was du willst. Ich gebe es dann an ihn weiter."
Die kurze Kommunikation reicht Simone, um ihre Gesprächspartnerin in die Kategorie *unsympathische Tussi* einzustufen. Indes hat sie keine Wahl, denn Sören hat sich inzwischen weiter hinaus aufs Meer gewagt. Sein Körper wirkt wie in einem Scherenschnitt vor der untergehenden Sonne. Seine baldige Rückkehr scheint fraglich.
„Ich kann nicht bleiben. Bitte richte ihm das aus. Wir

sehen uns später."
„Das glaube ich kaum", plustert sich die Tussi auf. „Nach dem Unterricht kommt er mit zu mir."
„Umso besser. Dann wird er mich nicht vermissen", stellt Simone mit ironischem Unterton fest und wendet sich ab. So eine blöde Kuh. Wie gut, dass sie nicht in Sören verliebt ist, sonst würde sie vor Eifersucht platzen.
Wie soll Simone zurück zur Ferienanlage gelangen? An den Strand ist sie mit Sören auf dem Zweirad gefahren. Die Strecke ist für einen Fußmarsch zu weit, zumal die Dämmerung bereits einsetzt und weit und breit keine Laterne den Weg erleuchtet.
Simone bringt den geliehenen Sonnenschirm zurück an den Kiosk und verabschiedet sich.
„Kennst du eine Abkürzung zur *Hazienda Alhaja*?", erkundigt sie sich bei Frederico, der den Schirm hinter dem Tresen verstaut.
„Willst du laufen?" Er starrt sie ungläubig an.
„Es bleibt mir nichts anderes übrig. Ich muss sofort zurück, und Sören gibt Unterricht."
„Darf ich dich im Auto mitnehmen?", mischt sich unverhofft eine Stimme in die Unterhaltung.
Überrascht dreht sich Simone um und entdeckt Daniela, die Praktikantin von der Tierauffangstation. „Hi, was machst du denn hier?"
Daniela grinst. „Schwimmen, sonnenbaden, chillen, suche dir etwas aus. Ich hatte heute meinen freien Tag."
„Dich schickt wirklich der Himmel. Danke, dass du mich mitnimmst."
Keine fünf Minuten später tuckert der kleine Flitzer von Daniela über die Schotterpiste.
„Wie geht es Bodyguard?", erkundigt sich Simone.
„Sein Herrchen hat ihn bisher nicht abgeholt, obwohl wir ihm sofort Bescheid gesagt haben. Ich fürchte, er ist es leid, dass sein Hund immer wieder ausbüxt."
„Was passiert, wenn er Bodyguard nicht mehr haben will?"
„Dann wird er bald zur Adoption freigegeben."

„Schade, dass ich ihn nicht mit nach Deutschland nehmen kann. Er ist ein toller Hund.“
„Ja, das stimmt“, pflichtet Daniela bei. „Sage mal, woher kennst du Sören? Ich habe Frederico und dich belauscht. Entschuldige.“
„Er hat meiner Mutter und mir aus der Patsche geholfen, als wir neulich auf diesem Weg einen Platten hatten.“
Daniela seufzt. „Er ist ein super Typ. Leider habe ich schnell gecheckt, dass er magnetisch auf die meisten Frauen wirkt. Ich habe mich direkt in ihn verguckt, als ich kaum einen Fuß auf diese Insel gesetzt hatte. Will er dir auch das Kite-Surfen beibringen?“
Simone nickt. „Damit punktet er wohl bei jeder.“
„Allerdings. Schade, dass einem solch ein Typ niemals allein gehört.“ Daniela setzt den Blinker nach rechts und mündet in die Ferienanlage ein.
„Im Grunde tut mir Sören leid. Es wird für ihn auf Dauer langweilig sein, nicht um eine Frau kämpfen zu müssen.“
„Wetten, dass ihm eines Tages seine Traumfrau über den Weg läuft, die ihn nicht anhimmelt?“, prophezeit Daniela.
„Mag sein. Ich bin froh, meinen Traummann bereits gefunden zu haben“, outet sich Simone. „Morgen kommt er endlich auf Ibiza an. Der Streik hat ihn zuhause festgehalten. Darf ich Bodyguard mit ihm besuchen?“
„Klar, ich freue mich, wenn ihr kommt. Falls der Hund vorher abgeholt wird, schicke ich dir eine Nachricht.“
„Okay, danke fürs Mitnehmen und einen schönen Abend.“
Simone winkt Danielas Flitzer hinterher und geht zum Bungalow. Seltsamerweise findet sie ihre Mutter nicht vor, obwohl der Leihwagen vor dem Haus steht. Was hat dies zu bedeuten? Erneut bemüht sie sich, Thea auf dem Handy zu erreichen. Dieses Mal nimmt sie ab.
„Simone? Ist etwas passiert?“
„Das frage ich dich. Hast du deine Mailbox nicht abgehört? Wo bist du?“
„Bei Bernd.“
Damit hat Simone nicht gerechnet. „Und was ist aus

deinem Date geworden? Die Agentur hat geschrieben, dass du nicht im Restaurant aufgetaucht bist."
„Ich erkläre es dir später, wenn du noch wach sein solltest, ansonsten beim Frühstück."
Bevor Simone etwas erwidern kann, hat Thea aufgelegt. Ist ihre Mutter gerade dabei, die Vergangenheit aufzuarbeiten? Auf keinen Fall wird Simone schlafen gehen, denn sie will endlich erfahren, wo Helmut lebt. Anschließend vertreibt sie sich auf der Terrasse die Zeit mit einem Glas Wasser und dem Nachrichtenaustausch mit Rob. Inzwischen freut sie sich mächtig auf ihn, auch wenn seine Ankunft neuen Stress bedeutet und das gesponnene Lügennetz vergrößert. Wenn eben möglich, überrascht Simone ihren Freund morgen direkt am Flughafen. Die Daten hat Rob ihr mitgeteilt.

♥♥♥

Thea bemüht sich, beim Betreten des Bungalows leise zu sein. Erst einmal möchte sie in Ruhe verdauen, was sie bei Bernd über Helmut herausgefunden hat. Das Gespräch mit Simone vertagt sie daher auf den nächsten Tag. Allerdings hat sie die Rechnung ohne ihre Tochter gemacht, die sich im Wohnzimmer vor dem Fernseher auf der Couch lümmelt.
„Na, da bist du ja. Ich dachte schon, du seist verschollen. Nun bin ich gespannt, warum dein Date geplatzt ist."
„Können wir das nicht morgen bereden? Ich bin hundemüde."
„Nein, ich bin extra wach geblieben und glaube, du bist mir eine Erklärung schuldig. Der Agentur habe ich bisher nicht geantwortet."
„Ich habe alles vermasselt", gibt Thea unumwunden zu und erzählt die Situation mit Florian Sommer und ihrer spontanen Flucht. „Selbstverständlich zahle ich die Kosten, die dir entstanden sind."

Simone schaltet den Fernseher ab und setzt sich mit einem Ruck auf. „Das ist ja mega peinlich, Mum. Der arme *Lebenskünstler* ist sich bestimmt total blöd vorgekommen, so allein an einem Tisch rumzuhängen."
„Es tut mir wirklich leid, aber ich werde mich nicht noch einmal mit ihm verabreden. Bitte teile das *Travel & Date* mit."
„Die werden angepisst sein. Mit Recht. Schließlich haben sie das Restaurant gebucht, das jetzt keinen Umsatz hatte."
„Ich bin bereit, alles zu ersetzen. Mehr kann ich nicht anbieten."
Simone scheint zu spannen, dass Thea tatsächlich zerknirscht ist, und lenkt ein: „Okay, ich regele das morgen, aber spanne mich bitte nicht länger auf die Folter. Was hat dich zu Bernd getrieben?"
Zunächst hockt sich Thea neben ihre Tochter aufs Sofa und trinkt ungefragt aus deren Glas den Rest Wasser aus.
Sie holt tief Luft. „Bernd war gar nicht überrascht, dass du Helmuts Tochter bist. Ihm ist die Ähnlichkeit zwischen euch sofort aufgefallen."
„Und weiter? Hat er Kontakt zu meinem Vater?"
Thea zögert. Soll sie wirklich preisgeben, was sie weiß? Es gibt kein Zurück mehr, wenn sie Simone nicht verlieren will.
„Helmut lebt seit vielen Jahren in Südafrika. Er hat sich ursprünglich als Kardiologe der Vereinigung *Ärzte ohne Grenzen* angeschlossen. Schließlich hat er sich in eine Kollegin verliebt und sich mit ihr in Kapstadt niedergelassen. Dort betreiben sie gemeinsam eine private Klinik."
Simone fährt sich durch die Haare und starrt Thea mit aufgerissenen Augen an. „Habe ich Geschwister?"
„Ja, zwei jüngere Halbbrüder."
Thea sieht hilflos zu, wie ein Niagara-Fall an Tränen aus Simones Augen läuft.
„Und sie wissen alle nichts von meiner Existenz." Mit geballten Fäusten trommelt Simone auf Thea ein, die ihre

Tochter schweigend in die Arme nimmt und sich an ihrer Brust ausheulen lässt. Thea schämt sich mittlerweile für ihr Handeln und hat große Angst, wie Helmut reagiert, wenn er von seiner Tochter nach so langer Zeit erfährt.
Bernd hat angedeutet, dass es seinem Freund das Herz brechen wird, erst jetzt davon Kenntnis zu erlangen. Für seine Familie wird es außerdem ein Schock sein. Daher hat Sörens Vater Thea angeboten, Helmut die Nachricht schonend beizubringen. Er soll in Ruhe überlegen, ob und wie er Kontakt mit Simone knüpft. Thea hat dem Vorschlag dankbar zugestimmt. Nichts wäre schlimmer, als wenn Helmut womöglich am Telefon ausrasten und Simone damit kränken würde. Auf diese Weise hat er Gelegenheit, seine Familie zu informieren und sich an den Gedanken, ein drittes Kind zu haben, gewöhnen.
Vorsichtig berichtet Thea ihrer Tochter von dem Deal zwischen Bernd und ihr.
Simone wischt sich die Tränen mit dem Handrücken ab. „Vielleicht ist es das Beste, wenn alles so bleibt, wie es ist. Kapstadt ist viel zu weit entfernt. Wozu einen Wirbel veranstalten?"
Diese neue Sichtweise überrascht Thea. Bisher war Simone nichts wichtiger, als etwas über Helmut und sein Leben herauszufinden. „Lasse uns abwarten, was Bernd bewirkt. Dann kannst du entscheiden, wie es weitergehen soll. Jetzt habe ich die Lawine losgetreten und bin froh darüber. Wenn Helmut dich kennenlernen möchte, schenke ich dir das Ticket nach Kapstadt."
„Wirklich? Krass."
„Ja, du hast dir immer Geschwister gewünscht. Die Jungen sind bestimmt nett und freuen sich über ihre große Schwester."
„Ach, Mum, wenn das Leben doch leichter wäre. Warum ist alles so kompliziert?"
„In diesem Fall trage ich die Schuld daran und habe dir und Helmut gegenüber etwas gutzumachen. Morgen sehen wir weiter, ob Bernd Helmut erreicht hat."

♥

KAPITEL 16

Mit Vorfreude wartet Simone am Ausgang für Flugreisende auf Rob. Er hat ihr bereits über WhatsApp mitgeteilt, am Gepäckband zu stehen.
Ihrer Mutter hat Simone vorgegaukelt, Bodyguard einen Besuch in der Tierauffangstation abzustatten. Glücklicherweise hatte Thea nichts dagegen und wollte nicht mit. Der Weg zum Flughafen und damit zu ihrem Freund war folglich für Simone frei.
Ihre Schmetterlinge im Bauch formieren sich zum Flamenco, als sie Rob durch die Glasscheibe entdeckt. Noch wenige Sekunden und sie liegen sich in den Armen.
„Endlich“, haucht Rob Simone ins Ohr. „Ich dachte schon, es haut nicht mehr hin.“ Er küsst sie innig.
„Bisher ist wirklich alles schief gelaufen“, pflichtet Simone ihm bei und zieht ihn an der Hand ins Freie zum Parkplatz.
Rob verstaut seinen Rucksack im Kofferraum und setzt sich auf den Beifahrerstuhl. „Wie lange haben wir denn Zeit füreinander?“
Simone druckst herum. „Ich kann dich leider nur in die Jugendherberge fahren und kurz etwas mit dir essen, dann muss ich zurück.“ Sie erzählt von ihrer Lüge mit der Tierauffangstation und dass ihre Mutter am Nachmittag mit ihr zu einem berühmten Hippie-Strand möchte. „Wir können uns erst am Abend wieder treffen. Allerdings braucht meine Mutter das Auto. Ich habe also keine Ahnung, wie ich zu dir in die Stadt kommen soll.“
„Kein Problem. Ich habe vor, mir eine Vespa zu mieten, um zu eurer Ferienanlage knattern zu können.“

„Ist das nicht zu riskant?"
„Warum? Ich gebe dir Bescheid, wenn ich eingetroffen bin, und hole dich ab. Wir düsen dann woanders hin. Eine Kollision mit deiner Mutter ist also unwahrscheinlich."
„Genial. So machen wir es. Eine Vermietung findest du am Hafen, nicht weit von deiner Bude."
Nachdem Rob sein Lager in der Jugendherberge bezogen hat, schlendern Simone und Rob Hand in Hand durch die Gassen von Ibiza-Stadt.
„Auf was hast du denn Hunger?", fragt Simone.
„Bei der Hitze wäre mir ein Eisbecher am liebsten."
Schon steuert Rob auf eine Eisdiele zu, die im Schatten der Häuser liegt.
Während Rob sich die hauseigene Kreation von Eisbombe bestellt, begnügt sich Simone mit einem Mineralwasser.
„Ich muss später mit meiner Mutter etwas essen und mir den Hunger aufsparen."
„Wie hast du dir denn unsere gemeinsame Zeit vorgestellt?", prescht Rob vor und bringt Simone damit in Bedrängnis. Genüsslich schleckt er seinen Löffel ab.
„Keine Ahnung", meint Simone ehrlich und erzählt zunächst von der Begegnung mit Sörens Vater, der zufälligerweise ein Freund ihres Erzeugers ist. „Ich kann meiner Mutter im Moment nicht mehr zumuten und dich plötzlich als meinen Freund präsentieren."
„Aber das war so abgemacht. Schließlich will ich meine Ferien nicht mit ständigem Versteckspiel verbringen." Rob setzt eine enttäuschte Miene auf, während er Simone einen Löffel voll Eis zum Probieren anbietet.
In diesem Moment saust ein junger Mann über die Straße direkt auf ihren Tisch zu.
„Hi, Simone. Super, dass ich dich treffe und mich gleich beschweren kann. Warum bist du gestern zum zweiten Mal vor mir weggelaufen? Wie ich sehe, gibt es einen männlichen Grund." Sein kritischer Blick landet auf Rob.
Simone empört sich: „Ich bin nicht abgehauen, sondern musste wegen meiner Mutter weg." Sie registriert den

irritierten Ausdruck in Robs Gesicht, der dabei völlig das Weiteressen vergisst. Soll sie die beiden Männer gegenseitig vorstellen? Wenn es der blöde Zufall will, könnte Sören im Beisein von Thea ihre Begegnung hier in der Eisdiele erwähnen. Was dann?

Rob kommt ihr zuvor. „Willst du mir nicht mal sagen, wer das ist, Simone?"

Sie macht die beiden miteinander bekannt und stottert herum: „Das ist Rob, mein Freund aus Deutschland und vor einer Stunde gelandet." Auf Sören deutend: „Das ist der Sohn des Chefs unserer Ferienanlage und ein cooler Kite-Surfer."

„Tatsächlich?" Aus Robs Mund klingt das wenig begeistert. Simone vermutet, dass er auf Sören eifersüchtig sein könnte, und erläutert: „Sören hat Thea und mir neulich bei einem Platten aus der Patsche geholfen.

„Aha." Robs Stimmung scheint trotzdem zu kippen. „Der Streik kam dir wohl nicht ganz ungelegen."

„Quatsch. Was soll das Rob?" Simone wendet sich an Sören. „Kannst du verschwiegen sein?"

„Klar, wieso?"

Setze dich bitte einen Moment zu uns. Ich erkläre es dir."

Anschließend berichtet Simone von der Schwierigkeit, ihrer Mutter Rob als ihren Freund vorzuführen, weil er ein halber Ami ist und Thea aufgrund ihrer Geschichte väterlicherseits nichts mit dieser Spezies zu tun haben will.

„Und du möchtest ihre Ferienlaune ausnutzen, um sie milde zu stimmen?", hakt Sören nach.

„Genau", mischt sich Rob ein. „Wie das allerdings funktionieren soll, ist mir ein Rätsel."

„Hm." Für eine Weile wirkt Sören nachdenklich. „Ich habe einen Vorschlag. Heute Morgen hat mir mein Vater gesagt, dass einer von den Bademeistern am Pool krank ist und er ein Problem hat. Wie wäre es, wenn Rob die ein oder andere Schicht übernimmt? Du, Simone, fädelst ein, zu diesen Zeiten mit deiner Mutter am Pool aufzuschlagen. Auf diese Weise lernt sie Rob unverfänglich kennen."

Nie hätte Simone es für möglich gehalten, dass ausgerechnet Sören einen Lösungsansatz für ihr Dilemma bietet. „Muss man als Bademeister keine Ausbildung zum Rettungsschwimmer haben?“, fragt sie skeptisch.
Rob räuspert sich: „Hast du vergessen, dass ich im Rahmen des Sport-Abis im letzten Jahr den DLRG-Schein erhalten habe?“
Simone tippt sich an die Stirn und strahlt. „Stimmt. Dass der sich mal auszahlt.“
„Mega, Leute. Dann schreibe ich meinem Vater gleich, einen Bademeister gefunden zu haben.“ Sören fackelt nicht lange und bedient sein Smartphone.
Heimlich ergreift Simone unter dem Tisch Robs Hand und drückt sie.
Daraufhin wechselt sein grimmiger Ausdruck zu einem spitzbübischen Grinsen. Offenbar gefällt ihm der Plan.
„Okay, ihr beiden. Rob, deine erste Schicht am Pool wäre morgen Nachmittag um vier Uhr. Geht das klar?“, fragt Sören und springt vom Stuhl auf.
„Cool. Ich werde pünktlich sein“, verspricht Rob. „Danke.“
„Simone hat meine Nummer, und ansonsten findet ihr mich am Strand oder später in der Disco.“ Als Sören gerade im Begriff ist zu gehen, wendet er sich nochmals an Rob. „Wo wohnst du überhaupt? In einem Hotel?“
„Nein, in der Jugendherberge.“
„Und mobil bist du wahrscheinlich nicht?“
„Ich will mir eine Vespa mieten.“
„Da habe ich eine bessere Idee. Wir haben für unsere Mitarbeiter kleine Appartements, nichts Besonderes, aber sie haben ein Bett, ein Bad und eine winzige Kochzeile. Als Bademeister könntest du dort einziehen.“
„Wirklich? Das wäre ja mega.“
Simone stimmt in den Freudentaumel ein. „Dann brauchst du keine Vespa. Wir holen dein Gepäck aus der Jugendherberge, und ich nehme dich mit.“
Innerhalb einer Viertelstunde hat Rob wieder ausgecheckt

und sitzt im Leihwagen neben Simone. „Zuerst war ich sofort eifersüchtig auf Sören. Hätte nie gedacht, dass er unser Retter werden könnte."
„Ich erst recht nicht, aber nun musst du in den Ferien arbeiten. Willst du das überhaupt?" Simone wirft Rob einen kurzen skeptischen Seitenblick zu, um sich sofort wieder auf die Durchquerung der engen Gasse zu konzentrieren."
„Für dich, meine Prinzessin, nehme ich das gerne in Kauf." Spontan küsst Rob Simone flüchtig auf die Wange. „Vielleicht kannst du mich sogar des Nachts im Appartement besuchen."
„Träume weiter. Das würde meine Mum gewiss spannen. Wir sollten unseren Plan vorsichtig verfolgen und nichts übereilen. Sie wird dich mögen. Lasse mich mal machen."
„Okay, unser Liebesschicksal liegt in deinen Händen."
Simone kichert und stoppt ihr Auto vor der Einfahrt der *Hazienda Alhaja*. „Am besten steigst du hier aus und läufst das kleine Stück bis zur Rezeption. Wir wohnen in Bungalow 20. Heute Abend hat meine Mum eine Verabredung, wozu sie das Auto benötigt. Ich habe also jede Menge Zeit für dich. Schreibe mir bitte deine Appartement-Nummer, damit ich dich später finde."
Zum Abschied küssen sich Simone und Rob länger, nicht ohne vorher die Sicherheit der Lage gepeilt zu haben.
Mit Glücksgefühlen im Bauch kehrt Simone in den Bungalow zurück und findet ihre Mutter auf der Terrasse mit ihrem Laptop beschäftigt. Sie blickt auf, als Simone heraustritt.
„Na, du strahlst ja so. Hat Bodyguard dich wiedererkannt?"
„Ähm ... ja", stottert Simone. „Niemand hat ihn bisher abgeholt. Armes Hundi. Ich würde ihn so gerne mit nach Deutschland nehmen."
Mit Ironie in der Stimme stellt Thea fest: „Wo er sich beim Ausbüxen den Gefahren unserer Großstadt aussetzen würde."

„Ach, sei nicht so negativ. Wer weiß, was Bodyguards Herrchen mit ihm anstellt. Vielleicht schlägt er seinen Hund."
„Wie dem auch sei, es gibt zu viele Tiere auf dieser Insel, die gerettet werden sollten."
Simone zieht es vor, sich nicht weiter in ihr Lügennetz zu verstricken und wechselt das Thema. „Hast du mit Bernd gesprochen? Konnte er Helmut erreichen?" Ein bisschen Angst schwingt in Simones Stimme mit, und sie ist darauf gefasst, dass ihr Erzeuger nichts von ihr wissen will.
Thea klappt den Laptop zu. „Helmut ist zurzeit mit seiner Familie in Urlaub auf Madagaskar. Bernd hat kurz mit ihm telefoniert, aber es in Anbetracht der heiklen Botschaft für Helmut vorgezogen zu warten, bis er wieder in Kapstadt ist."
„Du meinst, er wollte meinem Vater und seiner Familie den Urlaub nicht verkacken?" Simone fühlt einen stechenden Schmerz in der Brust. „Wann sind seine Ferien denn vorbei?"
„Erst in zwei Wochen, wenn wir wieder zuhause sind."
„Okay." Simone seufzt. „Darauf kommt es nicht mehr an."
„Ich bin ganz erleichtert darüber, denn inzwischen will ich die Vermittlung nicht mehr Bernd überlassen, sondern schreibe Helmut selbst einen Brief. Den erhält er, wenn er von Madagaskar zurückkommt. Bernd hat mir seine Adresse gegeben. Darin werde ich ihm meine ganzen Beweggründe für mein Verhalten schildern. Eine Mail könnte er sofort öffnen, aber ich möchte seine Familie im Urlaub nicht schocken."
„Danke, Mum." Spontan umarmt Simone ihre Mutter. „Und wir belasten unsere Zeit auf Ibiza auch nicht."
„Wollen wir an den Hippie-Strand?", schlägt Thea vor.
„Ja, warum nicht. Ich habe Lust auf Schwimmen. Aber hast du nicht gesagt, dass dieser Strand gerade am Abend spektakulär ist?", wendet Simone ein. „Du hast doch ein Date auf der Jacht."

„Du hast recht. Der Sonnenuntergang soll an diesem Strand besonders gigantisch sein. Den sollten wir auf keinen Fall verpassen. Apropos Date: Wie bist du mit der Agentur verblieben?"
„Oh, nein, die habe ich ganz vergessen. Das erledige ich sofort." Simone stürmt ins Haus zu ihrem Zimmer und ruft die Nummer von Carmen Reif, der Vermittlung von *Travel & Date* auf.
Die Agenturchefin meldet sich eine Sekunde später.
„Hier spricht die Tochter von Thea Junger, alias *Orkan.* Meine Mutter konnte den Termin gestern leider nicht einhalten und bittet um Verständnis. Sie hat sich einen sehr schmerzhaften Sonnenbrand zugezogen mit Fieber und Schüttelfrost. Damit konnte sie *Lebenskünstler* unmöglich treffen."
„Aber warum hat sie nicht rechtzeitig Bescheid gegeben?", fragt Carmen.
„Weil sie dazu nicht in der Lage war. Selbstverständlich kommt sie für alle dadurch entstandenen Kosten auf."
„Das heißt, sie will gar keine Verabredung mehr mit *Lebenskünstler?"*
„Das haben Sie richtig gecheckt. Sie wird den Account auf Ihrer Plattform löschen, sobald es ihr besser geht."
„Das tut mir leid", erwidert Carmen. „Ich wünsche Ihrer Mutter schnelle Besserung und schicke die Rechnung im Anhang an die angegebene Mailadresse, okay?"
„Ja, und entschuldigen Sie bitte die Unannehmlichkeiten." Simone drückt erleichtert auf den roten Hörer. Das wäre geschafft. Hoffentlich beschäftigt dieser Florian Sommer ihre Mutter, damit sie freie Bahn mit Rob hat. Kaum denkt man an seinen Freund, meldet er sich auf dem Smartphone:

Ich soll bereits gleich den Dienst am Pool antreten. Übrigens ist die Bezahlung gar nicht so übel und das Appartement ein Luxusschuppen im Vergleich zum Achtbett-Zimmer in der Jugendherberge. Magst du deine Mutter zu einer Runde Schwimmen überreden? Wir sollten keine Zeit verlieren.

Simone antwortet:
Mega, ich komme auf jeden Fall, ob mit oder ohne Mum. Wir müssen aber vorsichtig sein. Großartig reden werde ich nicht mit dir. Bis später.

Mit einem Bikini bekleidet und einem Handtuch unter dem Arm taucht Simone erneut auf der Terrasse auf. „Wenn wir schon nicht zum Strand fahren, gehe ich zum Pool. Willst du mit?“, fragt sie an Thea gerichtet.
„Ich möchte erst einen Salat essen. Frisches Baguette habe ich auch gekauft. Danach können wir gerne zum Schwimmen gehen.“
Simone wagt es nicht zu widersprechen. Sich so unauffällig wie möglich zu verhalten, heißt die Devise. Die Viertelstunde am Tisch kommt ihr wie eine Ewigkeit vor. Wie Zappelphilipp aus dem Kinderbuch *Struwwelpeter* wackelt sie mit dem Stuhl.“
„Was bist du so unruhig?“ Thea schenkt ihnen in die Gläser Wasser nach.
„Ach, nichts, aber bei der Hitze habe ich keinen großen Hunger, sondern nur Lust auf Abkühlung.“
„Du kannst vorausgehen. Ich muss mich ohnehin erst umziehen.“
Simone lässt sich kein zweites Mal auffordern, sondern eilt zur Poolanlage.
Von Rob ist nichts zu sehen. Stattdessen schiebt ein anderer Bademeister Dienst und nickt ihr kurz zur Begrüßung zu.
Unter einer Palme ergattert sie zwei Liegestühle und legt sich in einen, wohl darauf bedacht, von keinem Sonnenstrahl erwischt zu werden. Die Haut ist an einigen Stellen immer noch gerötet und verträgt keine Auffrischung.
Als ihre Mutter endlich erscheint, gibt es von Rob weiterhin keine Spur. Wo bleibt er denn?

Simone und Thea ziehen nebeneinander ihre Bahnen im Wasser, ohne dass er auftaucht. Allmählich wird Simone sauer. Womöglich hat sie ihre Mutter umsonst überredet.
Das bestätigt sich kurze Zeit später. „Ich habe genug für heute“, verkündet Thea. „Schminkst du mich später? Ich gehe im Bungalow duschen und wasche mir die Haare.“
„Ja, ist gebongt. Ich bleibe ein Weilchen und komme bald nach.“
Kaum ist Thea verschwunden, löst Rob seinen Kollegen ab. Er wirft Simone einen fragenden Blick zu, den sie unbeantwortet zur Kenntnis nimmt.
Die erste Kontaktaufnahme zwischen Rob und Thea schlägt fehl. Neues Spiel, neues Glück.

♥

KAPITEL 17

Gerade hat sich Elfie einen Kaffee frisch aufgebrüht und ist dabei, ihr Brötchen mit Honig zu bestreichen, als das Handy läutet. Claire? Ihre Mutter? Sie kann sich nicht erklären, wer sonst so früh am Morgen anruft.
Erstaunt nimmt sie auf dem Display den Namen von Carmen Reif zur Kenntnis.
„Hallo, Carmen, ist etwas passiert?"
„Das kann man wohl sagen. Unsere Premiere ist gründlich gefloppt."
„Wieso? Ich dachte, alles läuft am Schnürchen." Elfie legt das Messer beiseite und nippt an ihrer Tasse.
„Zunächst sah das auch so aus, aber *Lebenskünstler* hat umsonst auf *Orkan* im Restaurant gewartet und ist stinksauer. Angeblich hat er extra einen wichtigen Termin absagen müssen, weil das Date von vorgestern auf gestern verschoben wurde. Er droht uns mit einer miesen Bewertung auf der Plattform und will sein Geld zurück."
„Hast du ihm nicht verklickert, eine andere Frau aussuchen zu können?"
„Klar, aber er meinte, es sei keine Attraktive dabei. Er fühlt sich betrogen. Einen schlimmeren Anfang konnte unsere Idee nicht haben. Marco will jedenfalls, dass wir wieder aussteigen, sollte *Lebenskünstler* etwas Schlechtes über uns schreiben."
Energisch platziert Elfie ihre Tasse auf den Tisch, und der Inhalt schwappt auf die Tischdecke, die zum Glück aus Plastik besteht. Sie springt mit dem Hörer zwischen Ohr und Schulter geklemmt auf und beseitigt das Malheur mit einem Küchentuch aus Papier.

„Ach, Carmen. Aller Anfang ist bekanntlich schwer. Es ist einfach Pech, dass *Orkan* nicht erschienen ist. Hat sie wenigstens einen Grund angegeben?“
„Ihre Tochter hat heute Morgen angerufen und ihre Mutter wegen eines Sonnenstichs entschuldigt. Aber was nützt uns das?“
„Ich sehe nicht so schwarz wie du und finde nicht, dass wir dem Typen sein Geld ersetzen sollten. Wir geben keine Garantie für das Gelingen eines Dates. Das steht so in unseren AGB.“
„Darum geht es nicht“, kontert Carmen. „Ich habe *Lebenskünstler* mit seinem echten Namen in eine Suchmaschine eingegeben. Er ist kein Unbekannter und könnte uns wirklich mit einer schlechten Kritik schaden.“
„Ein Promi, der über eine Plattform einen Urlaubsflirt finden will? Das passt nicht zusammen.“ Elfie traut dem Braten nicht.
„Promi wäre die falsche Bezeichnung. Gib ihn selbst einmal ein. Dann weißt du, was ich meine.“
„Okay, ich peile die Lage zusammen mit Claire und melde mich wieder bei dir. Dann können wir überlegen, wie wir unsere Schwachstellen im Angebot ausbessern. Ich bin nach wie vor von unserem Konzept überzeugt.“
Nachdem das Gespräch mit Carmen beendet ist, unterrichtet Elfie ihre Partnerin Claire von dem Dilemma.
„Ich habs ja befürchtet“, lautet prompt deren Kommentar. „Wir sollten *Lebenskünstler* die Kosten rückvergüten und hoffen, dass er die Angelegenheit flott vergisst.“
„Ich bin strikt dagegen“, braust Elfie auf. „Er könnte sich eine andere Frau auswählen. Wenn er das nicht will, ist das seine Entscheidung.“
„Lasse uns darüber in Ruhe nachher im Büro reden“, schlägt Claire vor. „Manchmal muss man einfach kapitulieren und einsehen, wenn man gescheitert ist. Wir haben leider noch weitere Baustellen.“
„Eben, und die können wir nicht beackern, indem wir eine gute Idee, die unsere Rettung bedeuten könnte, sofort

wieder in den Wind schießen."
Elfie hört Claire seufzen: „Deinen Optimismus möchte ich haben."
„Den schenke ich dir, wenn du bei der Stange bleibst."

♥

KAPITEL 18

„Drehe dich mal um“, verlangt Simone von Thea. „Mal sehen, ob hinten alles perfekt sitzt.“
„Ich habe das Kleid extra gebügelt, weil es im Koffer Falten geworfen hatte.“
„Alles okay, Mum, du bist eine Granate“, stellt Simone fest, was Thea zum Schmunzeln bringt.
„Dank deiner Schminkkunst. Du solltest Maskenbildnerin werden. Wäre das kein Beruf für dich?“
„Zu schlecht bezahlt. Ich will mir die Welt anschauen, und dafür braucht man Kohle.“
„Aber wenn dir der Beruf keinen Spaß macht, nützt das Geld gar nichts.“
„Mit der entsprechenden Knete kommt der Spaß für einen Job von ganz allein“, entgegnet Simone und zupft Theas Kleid an einer Stelle zurecht.
Denken die jungen Leute heutzutage anders? Für Thea stand damals bei Beginn des Medizinstudiums der mögliche Verdienst jedenfalls nicht im Vordergrund. Zwar wusste sie, dass Ärzte nicht gerade am Hungertuch nagen, aber auch keine Millionäre werden, von berühmten Schönheitschirurgen einmal abgesehen. Sie war fasziniert von der Idee, Menschen von ihren Krankheiten zu heilen oder diese wenigstens zu lindern. Der Entschluss, Fachärztin für Kinderheilkunde zu werden, entstand tatsächlich erst durch Simone. Thea liebt ihre kleinen Patienten und hätte gerne ein weiteres Kind gehabt. Dazu lief ihr kein passender Mann über den Weg. Es ist besser so, denn die Praxis verlangt vollen Einsatz.

„Hey, Mum, ein Duft fehlt. Hast du kein Parfüm aufgesprüht?", unterbricht Simone Theas Grübeleien und holt sie in die Gegenwart zurück.
„Das mache ich im Auto, kurz bevor ich aussteige, sonst verfliegt der Geruch bis dahin."
„Wie du meinst. Jedenfalls wünsche ich dir einen mega tollen Abend."
„Danke. Und was treibst du?"
„Och, ich schaue in die Glotze oder lese solange, bis es Zeit für die Disco ist. Also rufe nicht gleich die Polizei, wenn du zurückkommst und ich nicht hier bin."
Thea kramt in ihrer Tasche nach dem Portemonnaie und entnimmt ihm einen Schein. „Hier, fürs Taxi, falls du nicht auf Sören warten willst."
Spontan drückt Simone ihr einen Kuss auf die Wange. „Du bist die Beste. Jetzt musst du aber los, sonst bist du zu spät."

♥♥♥

Die Spannung steigt. Thea weiß rein gar nichts über Florian Sommer, außer, dass er einen Neffen namens Carsten hat und offenbar in München lebt. Was mag es mit der Jacht auf sich haben? Ob sie ihm gehört oder er sie gechartert hat? Plötzlich fühlt sich Thea overdressed mit ihrem schwarzen, engen Kleid und den High Heels. Auf einem Schiff werden solche Schuhe nicht gerne gesehen. Das weiß sie als Seglerin allzu gut. Hoffentlich gibt das nicht sofort Minuspunkte. Irgendwie möchte sie Florian gefallen. Er glänzt nicht nur durch sein gepflegtes Äußeres, sondern wirkte auf Thea damals in der Praxis durch seine Art, mit Carsten umzugehen, sofort sympathisch. Was er wohl auf Ibiza zu tun hat? Wahrscheinlich hängt sein Aufenthalt mit seinem Job zusammen, den es herauszufinden gilt. Sie will es sich nicht eingestehen, aber so aufgeregt muss sich ein Teenager in den fünfziger Jahren gefühlt haben, der die erste Tanzstunde vor sich hatte.

Ganz so einfach, wie sich Thea das Parken am Hafen vorgestellt hat, gestaltet sich der Besuch nicht. Der Parkplatz des Jachthafens ist ausschließlich für Mitglieder und deren Gäste reserviert.
Der Schrankenwärter spricht kaum deutsch, und Thea kaum spanisch. Eine ungünstige Konstellation.
Eine junge Frau steuert auf Theas Wagen zu und tritt ans Seitenfenster. „Kann ich Ihnen helfen?“
„Ja, ich möchte zur Jacht *Paradise*. Ich bin von Florian Sommer eingeladen“, begehrt Thea.
„Ach, zu Flori.“ Die Frau wendet sich an den Schrankenwärter, der daraufhin den Schlagbaum öffnet.
Thea bedankt sich bei beiden und kurvt über das Gelände, bis sie den Steg Nr. 30 entdeckt. Glücklicherweise schickt ihr das Universum eine Parklücke in der Nähe.
Ein Blick in den Innenspiegel ihres Autos bestätigt ihr erneut, wie geschickt ihre Tochter sie geschminkt hat. Das verschafft Thea das nötige Selbstbewusstsein, um ihrem Date freudig entgegenzufiebern. Was das anbetrifft, ist sie lange aus der Übung. Ein kurzes Sprühen aus der Parfümflasche aufs Haar, und das Abenteuer darf beginnen.
Inzwischen bereut Thea, mit den hohen Absätze über das Pflaster stolzieren zu müssen. Eitelkeit wird bestraft.
Suchend stöckelt sie an den Booten entlang. Allesamt sind es Luxusschiffe. Wie können Menschen derartig viel Geld verdienen, um sich so etwas leisten zu können? Ob Florian zu diesen Bonzen gehört? Das wäre Thea unangenehm. Mit dieser Spezies kommt sie normalerweise nicht in Berührung. Ihre kleinen Patienten sind für sie alle gleich, egal ob von reichen oder armen Eltern abstammend. Für Thea gibt es da keinen Unterschied in der Behandlung, obwohl ihrer Sprechstundenhilfe Claudia einmal von einem Vater im Businessanzug ein Hunderter angeboten wurde, um sich mit seiner Tochter nicht ins volle Wartezimmer setzen zu müssen. Claudia kannte allerdings keine Gnade. Sie spendiert keine Extrawürste. Daraufhin hat der Mann wütend die Praxis verlassen, um womöglich einen

anderen Arzt zu schmieren. Ob es ihm gelungen ist?
Thea beendet ihre Erinnerungen, denn sie ist am Schiff mit der Aufschrift *Paradise* angelangt.
Es handelt sich um einen Motorsegler der Extraklasse. Thea schätzt grob, dass er sechszehn Meter misst. Als junge Seglerin hat sie immer von solch einem Boot geträumt. Die Sicherheit, im Notfall den Motor zu betätigen, ist nicht zu verschmähen. Natürlich sind solche Jachten nichts für Binnenseen, auf denen es oft nicht erlaubt ist zu motoren. Deshalb hatte Thea bisher nicht das Vergnügen, einmal auf so einem Boot mitgenommen zu werden. Ob Florian ihr eine Tour ermöglicht?
Als Thea sich gerade ihrer High Heels entledigen will, weil sie Skrupel hat, das Deck damit zu betreten, hält eine Stimme sie davon ab.
„Sie dürfen die Schuhe anbehalten. Das Schiff ist mit dicken Teppichen ausgestattet." Florian reicht Thea die Hand, die sich samtweich anfühlt, und hilft ihr über den Steg an Deck.
„Danke", ist das einzige Wort, das Thea über die Lippen kommt, denn das Ambiente auf der Jacht macht sie sprachlos. Dafür plappert ihr Gastgeber munter weiter. „Ich freue mich, dass Sie meiner Einladung tatsächlich gefolgt sind. Es wäre schade um das Essen gewesen, das ich habe anrichten lassen."
Endlich findet Thea zu ihrem Sprachzentrum zurück. „Ich bin überwältigt. Mit so einem tollen Boot habe ich nicht gerechnet. Gehört es Ihnen?"
Florian lacht und zeigt seine Grübchen in den Mundwinkeln. „Schön wärs. Ein Geschäftspartner von mir gönnt sich den Luxus. Wenn er nicht auf der Insel weilt, können Freunde und Bekannte seinen Motorsegler für einen Törn chartern. Besonders attraktiv ist sein Angebot, an Deck zu dinieren, vorausgesetzt, man kümmert sich selbst darum und reinigt anschließend alles."
„Wow", entfährt es Theas Mund. „Dann stehe ich in Ihrer Schuld."

„Nein, ganz im Gegenteil. Sie haben Carsten wunderbar verarztet. Er ist ein eigensinniger Junge, wie Sie sicher festgestellt haben."
„Kinder fürchten sich vor fremden Menschen, besonders, wenn sie Schmerzen haben. Das ist ganz normal. Ist Carsten der Sohn Ihrer Schwester?"
Bevor Florian antworten kann, erscheint ein Kellner mit einem Tablett, auf dem sich zwei Gläser mit Champagner befinden.
Thea angelt sich eines, wohl wissend, dass sie mit Alkoholkonsum vorsichtig sein muss. Schließlich wartet die Rückfahrt zur Ferienanlage auf sie.
Florian prostet ihr zu. „Auf einen schönen Abend. Wollen wir nicht *Du* sagen?"
„Gerne." Thea nippt am Glas. Der Champagner schmeckt bitter. Sie hat deswegen nie verstanden, warum Leute ihn so toll finden. Sie würde einen normalen Prosecco jederzeit vorziehen. Natürlich behält sie das für sich.
Mit einer Geste bittet Florian zu Tisch. Es fehlt an nichts, wie in einem Gourmettempel. Eine Spitzentischdecke bildet die Grundlage. Stoffservietten sind zu einem Fächer drapiert, und aus ihrer Mitte schaut eine rote Rose heraus. Mehrere Bestecke neben den silbernen Platztellern kündigen ein mehrgängiges Menü an.
Am Ende des Tisches prunkt ein Kristallkerzenleuchter, den man eher in einem Schloss vermuten würde als auf einem Boot mit modernster Technik.
Fasziniert studiert Thea die Speisenfolge auf einer Art Schatzkarte, die sogar vergilbt wirkt. „Du hast dir ja unglaubliche Mühe gemacht", lobt sie.
„Nicht ich, sondern die Crew, die ich für das Abendessen angeheuert habe."
„Trotzdem hast du das Arrangement ausgesucht", verteidigt Thea ihre Würdigung.
„Ich gebe zu, großen Wert auf einen schön gedeckten Tisch zu legen und das Essen gerne zu zelebrieren. Zu zweit bereitet das viel mehr Spaß."

„Ich freue mich, daran teilnehmen zu dürfen."
Der Kellner stellt einen Brotkorb und verschiedene Aufstriche auf den Tisch, die alle sehr lecker munden.
„Was magst du weiter zum Trinken?", erkundigt sich Florian.
Er zählt einige Weinsorten auf, und Thea entscheidet sich für einen lieblichen Weißwein, denn zugegebenermaßen kennt sie sich nicht besonders gut aus. Eine Karaffe Wasser befindet sich bereits in Reichweite auf einem Beistelltisch.
Das Menü beginnt mit einer Carpaccio vom Hummer. Danach serviert der Kellner eine Kürbis-Ingwersuppe mit Croûtons.
„Habe ich das Richtige für uns ausgewählt?", fragt Florian, nachdem Thea schweigt.
„Ja, es schmeckt wunderbar. Ich genieße jeden Bissen."
„Dann bin ich beruhigt. Nicht, dass du es bereust, den Abend mit mir statt mit deiner Tochter zu verbringen. Darf ich wissen, was sie heute ohne dich tut?"
„Entweder hängt Simone am Strand ab und schaut den Beachboys beim Kite-Surfen zu oder präpariert sich für die Disco. Ich weiß es nicht genau, aber als Mutter einer erwachsenen Tochter geht mich das nichts mehr bis ins Detail an. Allerdings gebe ich zu, mich mit dem Loslassen schwer zu tun. Hast du Kinder?"
„Nein, leider nicht. Eine Tochter habe ich mir immer gewünscht. Es sollte bisher nicht sein. Ab und zu leihe ich mir meinen Neffen aus, dessen Patenonkel ich bin. Um deine Frage vorhin zu beantworten: Carsten ist der Sohn meiner Schwester, und an dem Tag, als ich mit ihm bei dir in der Praxis war, lag seine Mutter mit einem weiteren Jungen in den Wehen. Deshalb habe ich auf Carsten außer der Reihe aufgepasst. Sein Vater war zu diesem Zeitpunkt auf Geschäftsreise in London."
„Oh, gratuliere dir zum zweifachen Onkel."
„Dreifachen", verbessert Florian. „Ich habe einen weiteren Neffen von meinem Bruder."

„Eine große Familie also." Thea möchte das Thema auf etwas anderes lenken. Brennend interessiert sie sich für Florians Liebesleben und seinen Beruf. Allzu neugierig möchte sie jedoch nicht erscheinen.
„Hast du auch Neffen oder Nichten?", tastet sich Florian vor und gibt dem Kellner mit einer Geste zu verstehen, Wein nachzuschenken.
Thea schüttelt den Kopf. „Ich bin ein Einzelkind, genau wie Simone." Mehr gibt sie nicht von sich preis, und glücklicherweise bohrt Florian nicht nach. Ob er ahnt, ansonsten in ein Wespennest zu stechen? Seine taktvolle Zurückhaltung verschafft ihm einige Pluspunkte bei Thea. Zeit zum Grübeln bleibt nicht, denn der Hauptgang wird serviert: Steinbutt auf Madeira-Sauce mit Safranreis und Gemüsevariationen. Ein neues, kulinarisches Highlight.
Nach wie vor weiß Thea nicht, was Florian auf Ibiza treibt. Deshalb wagt sie einen Vorstoß. „Du hast damals in der Praxis erwähnt, hier auf der Insel geschäftlich zu sein. Was genau darf ich mir darunter vorstellen?"
Zunächst tupft Florian seinen Mund mit der Serviette ab, als würde er eine Antwort überlegen. „Es ist nicht ganz einfach, meinen Job mit einem Wort zu beschreiben wie *Arzt* oder *Anwalt*. Ich bin selbstständig und erhalte Aufträge von diversen Unternehmen."
„Was sollst du für sie erledigen?", hakt Thea nach und nippt an ihrem Weinglas.
„Ein Beispiel: Ein Hotelier will der Konkurrenz auf den Zahn fühlen und schickt mich los, um herauszufinden, was die ihren Kunden an Events bietet. Ich wohne einige Tage in dem Schuppen und spioniere ein wenig herum. Dabei stecke ich Prospekte ein, unterhalte mich mit Gästen und besonders mit den Angestellten. Über die erfahre ich am meisten."
„Und das lohnt sich für deine Auftraggeber?" Thea hat Bedenken und kann sich den Nutzen nicht vorstellen.
„Nicht immer", gibt Florian zu. „Manchmal sieht das Resultat anders aus als erwartet. Neulich habe ich einen

Betrug aufgedeckt. Sämtliche positive Bewertungen, die ein Hotel hatte, waren von Bediensteten gekauft oder erpresst. Ihnen war angedroht worden, sonst den Job zu verlieren. Mein Auftraggeber hat den Laden dadurch schachmatt gesetzt. Ein unliebsamer Konkurrent weniger."
„Bereitet dir das denn Spaß?"
„Nicht alles, aber ich reise sehr viel herum, und meistens kostet mich das nichts, und ich werde obendrein dafür bezahlt."
„Nicht schlecht. Was für eine Aufgabe hast du hier?"
Florian schmunzelt. „Darüber darf ich leider nicht reden. Geschäftsgeheimnis. Nur so viel: Es war ein Flop. Im Grunde könnte ich morgen nach Hause fliegen. Da ich jedoch keinen direkten Anschlussauftrag habe, hänge ich einige Tage dran. Urlaub bedeutet nämlich ein Fremdwort für mich."
Ihr Dialog wird durch das Erscheinen des Obers unterbrochen. Zuerst schiebt er einen kleinen Gasherd aufs Deck, um anschließend die Crêpes mit Grand Manier zu flambieren. Er garniert sie mit Orangenfilets und gibt jeweils eine Kugel Vanilleeis auf den Teller.
Thea läuft das Wasser im Mund zusammen. Wann hat sie jemals derartig getafelt? Niemals zuvor. Allein dieses kulinarische Verwöhnprogramm war es wert, die Einladung von Florian anzunehmen. Sie zügelt ihre Begeisterung nicht. „Einfach himmlisch schmeckt es."
„Ja, den Koch können wir weiterempfehlen. An sein Essen könnte ich mich durchaus gewöhnen."
Mit dem Dessert ist nicht Schluss, denn es folgt eine Käseplatte mit Walnüssen und einer Sauce aus Feigenmarmelade.
„Bald platze ich", gesteht Thea und löscht ihren Durst mit Wasser. Allerdings hat sie die Rechnung ohne Florian gemacht. Natürlich wird in Spanien als Digestivo ein Cognac gereicht, den Thea am liebsten ablehnen würde. Ihr zulässiger Alkoholpegel zum Autofahren ist längst überschritten, und die spanische Polizei fackelt nicht lange

mit Touristen. Deshalb täuscht sie ein Nippen vor und stellt das Glas getarnt hinter die Vase mit den Rosen.
Die Musik, die die ganze Zeit das Essen untermalt hat, wird ein wenig lauter, als hätte Florian heimlich unter dem Tisch ein Remote bedient.
„Magst du dich bewegen und mit mir tanzen?“, fordert er Thea prompt auf.
Sie stimmt sofort zu, um nicht erneut mit dem Cognac anstoßen zu müssen, nichts ahnend, was der Schmusesong bewirkt.
Florians Hände legen sich auf Theas Hüften und automatisch schlingt sie ihre Arme um seinen Hals. Leicht wiegen sie sich im Rhythmus der Melodie. Dabei lehnt Thea ihren Kopf an Florians Brust. Es fühlt sich gut an, was sie überrascht. Dieser Mann vermittelt ihr ein unbekanntes Wohlbehagen. Das müsste ihr Sorgen bereiten, stattdessen genießt sie es.
Die nächste Szene lässt nicht lange auf sich warten. Florians Mund sucht ihre Lippen, die sich bereitwillig öffnen und seiner Zunge Einlass gewähren. Vergessene Glückshormone werden aus dem Schlaf geweckt und verteilen sich auf Theas ganzen Körper. Es stört sie nicht, dass Florians Kuss immer leidenschaftlicher und verlangender wird. Sie erwidert ihn sogar. Was hat sie all die Jahre in ihrem männerlosen Leben verpasst und muss es ausgerechnet auf Ibiza finden?
Florians Hände streichen über ihren nackten Rücken und lösen eine Gänsehaut aus. Ist Thea gerade dabei, sich in diesen Typen zu vergucken? Dabei weiß sie bisher sehr wenig von ihm. Oder ist der Alkoholkonsum an ihrer vernebelten Wahrnehmung schuld? Intuitiv rückt sie von Florian ab. „Du hast versprochen, mich durchs Schiff zu führen“, bereitet sie der romantischen Stimmung ein jähes Ende.
Dementsprechend irritiert reagiert Florian. „Ist das deine Art, Annäherungen abzuwehren?“
„Unterbrechungen machen die Sache spannender“, flirtet

Thea und zieht Florian an der Hand in das Schiffsinnere.
Zwei Flügeltüren führen in den Salon. Die Jacht verfügt über einen zusätzlichen Steuerstand, geschützt vor Wind und Wellen mit allen Extras, die man sich als Segler wünscht. Neben dem Kartenplotter mit integrierter Radaranlage sind die Instrumente für Fahrt, Wind und Wassertiefe angeordnet. Ein Radio mit Sprechfunkeinrichtung erlaubt die Kontaktaufnahme mit anderen Schiffen oder Küstenfunkstellen, ohne dem Wetter ausgesetzt zu sein.
Thea ist tief beeindruckt, als Florian ihr weitere Besonderheiten erklärt: „Der Salon kann zu drei Schlafplätzen umgebaut werden. Die Pantryzeile besteht aus einem zweiflammigen, halbkardanisch aufgehängten Gaskocher, Doppelspüle, Kühlschrank und Mikrowelle. Im Vorschiff sind zwei Kabinen, und besonders elegant ist die Achterkabine mit Doppelbett und großer U-Sitzgruppe, sowie separatem Bad mit WC, Waschbecken, Badewanne und Dusche."
Es verschlägt Thea fast die Sprache, als sie die luxuriöse Pantry betrachtet. Statt der sonst üblichen einfachen Sitzbank aus Holz präsentiert sich hier eine Sitzlandschaft aus weißem Leder.
Gegenüber hantieren ein Koch und der Kellner mit dem schmutzigen Geschirr und packen es in Kisten ein.
Thea nutzt die Gelegenheit, um ihrem Lob für das Menü Ausdruck zu verleihen.
Beide strahlen von einem Wangenknochen zum anderen, bedanken sich für die Anerkennung und verabschieden sich gleichzeitig.
Diskret steckt Florian den beiden ein Trinkgeld zu und versichert, ihren Catering-Service weiterzuempfehlen.
Kurz darauf sind Florian und Thea allein an Bord.
Er führt sie in die hinteren Kajüten. Im Heck glänzt die Doppelkabine mit allem, was das Herz begehrt. Ein Kingsize-Bett mit zahlreichen Kissen wirkt wie ein perfekt arrangiertes Liebesnest. Natürlich fehlen weder eine kleine

Bar, die in einem Globus versteckt ist, noch ein Flachbildschirm, der auf Knopfdruck am Ende des Bettes hochfährt.
Thea zeigt sich beeindruckt, möchte aber am liebsten den Ort so schnell wie möglich verlassen. Deshalb fragt sie: „Wo ist denn das Badezimmer?“
Als hätte Florian auf das Stichwort gewartet, stößt er eine mahagoni-farbene Tür auf. Dahinter verbergen sich eine Badewanne mit goldenen Hähnen, eine separate Dusche und eine Toilette mit Waschbecken.
„Wow, diese Jacht muss wirklich ein Vermögen kosten“, vermutet Thea und zuckt zusammen, als plötzlich ein Knall ertönt. „Was war das?“
Florian blickt durch das Bullauge. „Ich fürchte, ein Gewitter kündigt sich an. Am Horizont geben sich die Blitze ein Stelldichein. Bitte entschuldige mich, aber ich muss schnell draußen alles einräumen.“
„Ich helfe dir.“ Thea ist insgeheim froh, dem Schlaftrakt zu entfliehen.
Draußen an Deck nimmt bereits der Wind zu. Florian und Thea beeilen sich, den Tisch abzudecken und die Polster in den Backskisten der Plicht zu verstauen.
„Ich werde mich sofort auf den Heimweg begeben.“ Thea schickt sich an, ihre Handtasche unter den Arm zu klemmen. In diesem Moment blitzt es direkt über ihre Köpfe hinweg, und ein Platzregen setzt ein.
Florian packt Thea am Arm und schiebt sie vor sich her die Stiege hinunter. Dann verrammelt er die Tür, als gerade ein Donnerhall das Schiff erschüttert.
„Das haben wir gerade rechtzeitig geschafft, bevor es uns geduscht hätte.“ Überall zieht Florian die Vorhänge zu, während sich Thea auf die Ledercouch setzt. Sie zittert am ganzen Körper. Seit ihrer Kindheit fürchtet sie sich vor Gewitter. Wenn es des Nachts tobte, dürfte sie immer bei ihrer Mutter im Bett schlafen. Marie hatte Thea dann in die Arme genommen, und sie fühlte sich geborgen und beschützt. Das Gleiche widerfährt heute Simone, allerdings

mit dem Unterschied, dass ihre Tochter nicht der Angsthase ist, der Zuflucht bei Thea findet, sondern umgekehrt. Simone tröstet Thea bei Unwettern.
Florian scheint zu bemerken, dass ihr nicht wohl ist. Er holt eine Decke aus einem Wandschrank und hängt sie ihr fürsorglich um die Schultern. Dabei peitscht der Sturm den Regen gegen die Bullaugen.
„Ist irgendwie gemütlich, oder?“, versucht es Florian mit Konversation.
„Könnte es sein, wenn ich nicht zurück zum Bungalow und zu Simone müsste. Hoffentlich ist das Schlimmste bald vorbei. Es ist ja bald Mitternacht, und meine Tochter sorgt sich bestimmt um mich.“
„Rufe sie an und sage ihr, dass du in Sicherheit bei mir an Bord bist.“
„Bin ich denn sicher bei dir?“ Thea beißt sich auf die Lippen. Was redet sie für einen Blödsinn daher? Sie bietet Florian förmlich eine Flirtvorlage auf dem Silbertablett.
Prompt nutzt er sie. „Wenn ich den Auftrag von dir erhalte, dich vor dem bösen Unwetter zu beschützen, so ist mir dein Wunsch Befehl.“ Zwei Sekunden später nähert sich sein Gesicht dem ihren.
Geistesgegenwärtig springt Thea auf und sucht in ihrer Tasche nach dem Smartphone, um Simone anzurufen. Nur die Mailbox. Thea spricht ihrer Tochter folgende Nachricht auf Band:
„Ein Gewitter hat uns überrascht. Ich bin auf der Jacht von Florian Sommer. Mache dir bitte keine Sorgen. Sobald der Regen aufhört, fahre ich nach Hause.“
Zu diesem Zeitpunkt ahnt Thea nicht, wie hartnäckig so eine Gewitterfront auf Ibiza dauern kann.
Erst einmal setzt Florian heißes Wasser für einen Tee auf, nachdem Thea weiteren Alkohol abgelehnt hat. Sie bevorzugt es, einen klaren Kopf zu erhalten. Schließlich gilt es, baldmöglichst von der Jacht und Florian wegzukommen.
Der Früchtetee durchflutet wohlig ihren Körper und gibt

ihr Energie zurück.
Unvermittelt unterbreitet ihr Florian einen Vorschlag. „Es ist sehr spät, und der Regen hat sich eher verstärkt. Es wäre vernünftig, hier zu bleiben und lieber eine Portion Schlaf zu nehmen, als auf das Ende des Unwetters zu warten. Bestimmt stehen die Straßen unter Wasser, und wer weiß, ob du nicht unterwegs mit dem Auto steckenbleibst. Kajüten gibt es genug an Bord. Wir geraten uns nicht in die Quere."
„Aber wäre das deinem Bekannten recht, wenn wir unser Nachtlager auf dem Schiff beziehen?", zögert Thea, obwohl sie Florians Angebot lieber akzeptiert, als sich auf einen ungewissen Heimweg zu begeben.
„Soweit ich weiß, hat vorläufig niemand die Jacht gechartert. Also können wir ohne Bedenken auf ihr ausharren, bis sich der Sturm morgen verzogen hat."
Thea gibt sich geschlagen und teilt ihrer Tochter über WhatsApp mit, die Nacht auf der Jacht zu verbringen, und ahnt nicht, dass sie damit bei Simone und Rob einen Freudentaumel auslöst.
Ganz gentlemanlike überlässt Florian Thea die Wahl der Kajüte. Ihr ist alles egal, nur abschließbar sollte sie sein, aber diese Bedingung verrät sie ihrem Gastgeber nicht. Wenig später kriecht Thea in Unterwäsche gekleidet unter die Decke ihres ausgewählten Bettes im Vorschiff. Angestrengt lauscht sie dem Grollen eines neu heranziehenden Gewitters. Auch das noch. Gerne hätte sie gewusst, ob Simone in der Disco war und heil wieder im Bungalow ist. Der Gedanke verhindert lange ihr Einschlafen. Er vermischt sich ohnehin mit dem an Florian. Eine verlockende Vorstellung, dass er nicht weit von ihr entfernt vielleicht genau in diesem Moment an Thea denkt. Dass er sie mag, ist nicht zu leugnen. Wenn sie wollte, wäre er vermutlich einer Affäre nicht abgeneigt. Aber ist es das, was sie will? Die Erinnerung, in starken Männerarmen zu liegen, ist längst verblasst. Wie würde es sich anfühlen, sich an Florians Brust zu kuscheln? Beim Tanzen an Deck

hat sie einen Hauch davon spüren dürfen, und es hat ihr gefallen. Sein Kuss ebenso, aber für mehr ist es Thea zu früh. Außerdem gehört ihre ganze Aufmerksamkeit während des Urlaubs auf Ibiza Simone. Die Zeit für ein Techtelmechtel wäre vergeudet.
Die Angst um Simone treibt sie aus den Federn zu ihrer Handtasche. Da ihre Tochter um ihre ständige Sorge weiß, hat sie eventuell eine Nachricht geschickt. Erleichtert liest Thea kurz darauf:

Ich war nicht in der Disco. Bin auf der Hazienda Alhaja geblieben. Alles okay bei mir. Ich bin froh, dass du auf der Jacht in Sicherheit bist. Mache dir morgen keinen Stress und frühstücke in Ruhe. Sören nimmt mich mit zur Tierauffangstation, und ich werde Bodyguard besuchen.

Bussi und eine gute Nacht.

Einigermaßen erleichtert wünscht Thea ihrer Tochter auch einen schönen Schlaf. Trotzdem wäre sie lieber bei ihr.
Erneut erhellt ein greller Blitz den Hafen, und fast gleichzeitig erschüttert ein Donnerknall den Schiffsrumpf. Thea stößt einen Schrei aus, und ihr Körper beginnt zu zittern.
Wenig später bemerkt sie im faden Schein der Laterne, die vom Steg etwas Licht durchs Bullauge in die Kajüte schickt, wie sich die Türklinke langsam nach unten bewegt. Wagt es Florian, ohne zu klopfen bei ihr einzutreten? Das wiederum hätte sie ihm nicht zugetraut.
„Thea?“, dringt eine Stimme an ihr Ohr. „Alles klar bei dir?“
„Ja, danke. Ich habe mich nur erschrocken. Ein Gewitter jagt das nächste. Ich finde keinen Schlaf.“
„Wenn du mir vertraust, beschütze ich dich.“
Schweigen. Wie meint Florian das? Könnte Thea sich wirklich in seine starken Arme legen, ohne dass er die Situation ausnutzt? Ist sie mutig genug, sein Angebot zu akzeptieren? Theas Puls beschleunigt sich rasant, als sie ihr

Smartphone in der Tasche verstaut und anschließend die Tür entriegelt. Vorsichtig öffnet sie den Zugang, und Florian tritt lediglich mit einer Boxershorts bekleidet ein. Sogar im schwachen Lichtschein erkennt Thea seinen durchtrainierten Körper mit einer bronze-farbenen Haut.
Wie sie es sich zuvor ausgemalt hat, liegt Thea kurze Zeit später in Florians Arm, fühlt sich wunderbar geborgen wie seit Jahren nicht mehr und schläft kurz darauf ein. Das Traumland hält einige Überraschungen bereit. Wie nicht anders zu erwarten, spielt Florian dabei die männliche Hauptrolle.
Ein Piratenschiff will ihre Jacht kapern.
Kapitän Jack Sparrow aus dem Film *Fluch der Karibik* ist ihnen auf den Fersen.
Deutlich vernimmt Thea im Traum seine Worte: „An Deck ihr lahmen Hunde! Männer in die Brassen. Fangt mir die Frau." Sein Aussehen gleicht dem eines blutrünstigen Freibeuters. Seine Haarlocken sind fettig, das Stirnband ist schweißverschmiert, und seine Augen wirken düster und verschlagen. Die Kleidung ist dreckig, verschlissen und passt zu seiner Hautfarbe.
Seine Kumpanen wirken so lüstern, als hätten sie monatelang kein weibliches Wesen gesehen und wollten Thea an die Wäsche.
Die alte Dschunke versucht, Florians Jacht den Weg abzuschneiden. In den Tiefen des Ozeans liefern sie sich ein wildes Verfolgungsrennen. Einmal pirscht sich das Piratenschiff längsseits der Jacht heran, und Thea erblickt zwei Schiffskanonen. Düstere Gestalten mit tätowiertem Oberkörper sitzen breitbeinig auf ihnen, und es wird erkennbar, wie sie fußballgroße Kugeln in den Lauf stopfen. Bald wird eine Salve ihre Jacht zerschmettern. Aber Florian manövriert ihr Boot so geschickt, dass die Jäger ihnen nicht habhaft werden.
Das Meer ist aufgewühlt, und ein riesiger Strudel breitet sich vor ihnen aus. Das Wasser ist so dunkel wie der Eingang zu einem Höllenschlund, und Thea meint zu

spüren, wie ihre Nussschale wie von einem Magneten hineingezogen wird.
Florian gibt Vollgas. Der Motor brüllt gegen den immer stärker werdenden Wind an.
Wie eine Galionsfigur thront Jack Sparrow im Bugkorb seines Piratenschiffes und beobachtet das Geschehen. Es erscheint Thea, als hätte er Freude an ihrem gemeinsamen Untergang. In der Mitte des Strudels tauchen plötzlich beindicke Tentakel auf, die darauf warten, ihr Schiff zu verschlingen. Der Wind wächst zum Sturm an.
In Rekordzeit setzt Florian die Genua. Das Schiff legt sich zur Seite, und Gischt fegt über das Deck. Es ist ein Höllenritt gegen die Strömung und das alles vernichtende Auge des Strudels. Langsam entfernen sie sich wieder vom Ort des drohenden Untergangs und des gefräßigen Monsters der Tiefsee. Die Piraten mit ihrem alten Gefährt können den Kräften jedoch nicht standhalten. Unweigerlich wird ihr Schiff von den Fangarmen der Riesenkrake erfasst und das Heck zuerst in die Tiefe gezogen. Der Bug reckt sich steil gegen den Himmel. Thea kann die Panik der Piraten sehen, die mit Äxten versuchen, sich von dem Ungeheuer zu befreien. Vergeblich.
Die Masten zersplittern, die Takelage bricht in sich zusammen, und in höchster Verzweiflung springen die Letzten über Bord. Nur Jack Sparrow verweilt in stoischer Ruhe in seinem Bugkorb. Dann versinkt das Boot mit ihm. Eine Luftblase mit Wasserfontänen beschließt sein Unglück.
Thea und Florian sind gerettet und landen nach dieser Sturmfahrt auf einer paradiesischen Insel, auf der sie sich lieben bis ans Ende ihrer Tage.

♥

KAPITEL 19

Simone legt ihr Smartphone beiseite und schmiegt sich auf dem schmalen Bett des Appartements an Rob.
„Was strahlst du so?", fragt er.
„Überraschung. Ich kann die ganze Nacht bei dir bleiben", verrät Simone.
„Wieso?"
„Mum hängt auf dem Kahn von diesem Florian fest, der sie heute zum Essen eingeladen hat. Bei dem Unwetter will sie nicht mehr nach Hause fahren."
Rob grinst. „Also ich beginne, deine Mutter zu mögen. Jetzt müssen wir es nur noch umgekehrt schaffen."
„Morgen klappt es hoffentlich am Pool. Wann bist du denn eingeteilt?" Simone krault Rob die Brust. Sie weiß, dass er das mit ihren langen Fingernägeln besonders genießt.
„Erst am Nachmittag, wenn die Kids zahlreicher erscheinen. Wollen wir nicht in euren Bungalow für den Rest der Nacht umziehen? Dort haben wir es viel bequemer", schlägt Rob vor und schnurrt vor Wohlbehagen unter Simones Massage wie eine Katze.
„Das kannst du knicken. Viel zu riskant, falls Mum in der Früh zurückkehrt, oder willst du, dass sie uns gemeinsam im Bett erwischt?"
„Nicht unbedingt. Ihr erster Eindruck von mir sollte eher seriös sein." Er sucht Simones Gesicht und ihren Mund und verschließt ihn mit einem Kuss.
Es ist das zweite Mal, dass Rob und Simone eine ganze Nacht zusammen verbringen. Beim ersten Mal hatte sie angeblich bei Karin übernachtet, die ihr für Thea ein Alibi

gegeben hatte. Robs Eltern haben ihre Beziehung von Anfang an akzeptiert und Simone in ihrer Familie willkommen geheißen. Sie hat sich gleich dort wohlgefühlt. Es tut ihr weh, Rob diese Geborgenheit bisher nicht bei sich zuhause bieten zu können. Das soll sich hier auf der Insel endlich ändern. Robs Eltern wissen nichts über Theas Aversion gegen Amerikaner. Auf ihre Frage, warum ihr Sohn bisher nicht bei Simone zuhause war, hat sie immer die Überarbeitung ihrer Mutter vorgeschoben. Ob ihr das geglaubt wurde, steht in den Sternen. Glücklicherweise macht Rob keine Zicken. Er betont immer wieder, Geduld zu haben. Eines Tages würde Thea ihn kennenlernen und als Simones Freund akzeptieren, ob amerikanische Wurzeln hin oder her. Sie ist ihm dankbar dafür und liebt ihn umso mehr.
Diese unverhoffte Liebesnacht kosten sie aus und hören weder Sturm noch Gewitter draußen toben. Alles um sie herum versinkt und wird unwichtig.

♥♥♥

Als Simone am nächsten Morgen die Vorhänge beiseiteschiebt, ist von dem Unwetter der letzten Nacht nichts mehr zu sehen. Die Sonne lacht von einem stahlblauen Himmel, den keine Wolke trübt. Es herrschen beste Bade- oder Ausflugsbedingungen.
Simone kitzelt Rob wach, der mühsam die Augen aufschlägt. „Was ist los?“
„Hey, du Faulpelz. Ich habe einen Bärenhunger. Zuerst gehen wir ins Restaurant frühstücken, und dann fahren wir zur Auffangstation. Ich möchte dir Bodyguard zeigen.“
Rob rekelt sich und lässt seine Brustmuskulatur spielen. „Und was ist mit deiner Mutter? Die wird sich wundern, wenn du nicht im Bungalow auf sie wartest.“
Simone schmunzelt. „Du hast eine schlaue Freundin. Ich habe ihr eine Nachricht geschickt, dass Sören mich mit

dorthin nimmt.“
„Apropos Sören. Muss ich auf ihn eifersüchtig sein?“, neckt Rob und zieht Simone zu sich aufs Bett, die die Arme um seinen Hals schlingt.
„Ich gebe zu, ihn attraktiv zu finden, aber Sören ist ein Typ, der jede Tussi anmacht, bevor sie bis drei zählen kann. Ich mag meinen Freund nicht mit einer anderen teilen. Übrigens fand ich es voll daneben, dass du dich gleich mit Karin getroffen hast, als dein Flieger nicht ging.“
„Aber warum? Sie ist deine beste Freundin. Vertraust du ihr nicht?“
„Ich finde ihre Einstellung zu Männern seltsam.“ Simone will Rob nicht auf die Nase binden, dass Karin in keinen Napf spuckt, wenn ihr ein Typ gefällt.
„Karin passt nicht in mein Beuteschema. Sie ist mir zu dominant.“
„Aha, interessant. Wer würde denn in dieses Schema passen? Monika, Sara oder Regine?“ Mit den Fäusten trommelt Simone auf Robs Brust, und sie balgen anschließend wie die Kleinkinder um ein Stück Schokolade.
Völlig außer Atem lassen sie nach einer Weile voneinander ab und lachen über ihre Albernheit.
„Hältst du es nicht für besser, wenn wir hier im Appartement frühstücken? Ich darf nicht mit Gästen anbandeln, und überhaupt ist es sicherer, wenn uns niemand zusammen sieht“, meint Rob.
„Leider hast du recht. Darfst du dich denn im Restaurant bedienen?“
„Ja, klar, möglichst unauffällig und ohne die Gäste zu stören oder ihnen etwas vom Teller zu klauen.“
„Scherzkeks.“ Simone zählt auf, was sie gerne hätte.
„Hey, ich kann nur ein Tablett schleppen. Außerdem möchte ich nicht als Vielfraß gelten.“
„Okay, bringe einfach mit, was du tragen kannst. Ich dusche in der Zeit.“

„Zu Befehl, Prinzessin."
Wenig später kehrt Rob mit einem Tablett voll Köstlichkeiten zurück und serviert Simone, was ihr kulinarisches Herz begehrt.
„Hast du dir überlegt, wie wir zu der Auffangstation kommen? Deine Mutter hat den Leihwagen, und ich bin völlig räderlos", gibt Rob zu bedenken, als er Simone Kakao einschenkt. „Ich hätte mir eine Vespa mieten sollen."
„Ich werde Sören fragen, ob er uns auf dem Weg zum Strand dort absetzt."
„Müssen wir ihn in unsere Aktivitäten einbinden?", mault Rob.
„Zu Fuß ist es zu weit, und es fährt kein Bus hin. Taxis sind sehr teuer. Zurück werden wir aber eines nehmen. Das Geld dafür hat mir Mum gestern geschenkt für den Nachhauseweg von der Disco, die wir nicht besucht haben."
Rob stöhnt. „Von mir aus."
Insgeheim registriert Simone mit Genugtuung, dass Sören ihrem Freund immer noch nicht geheuer ist. Konkurrenz belebt das Geschäft. Rob braucht sich nicht in Sicherheit zu wiegen.
Kurz darauf sitzen sie im Wagen von Bernd und lassen sich von Sören darin zur Auffangstation kutschieren.
„Wie gefällt dir der Baywatch-Job am Pool?", beginnt Sören Smalltalk mit Rob.
„Cool, danke. Bisher hatte ich fast nichts zu tun, bis auf einen Jungen zu ermahnen, der seine kleine Schwester ständig unter Wasser duckte."
„Wer weiß, was für ein ätzendes Biest sie ist." Sören schaltet auf der Schotterpiste einen Gang zurück.
„Kein Grund, um das Mädchen zu ertränken", giftet Simone, die sofort Partei für die Unbekannte ergreift.
Die Männer ersparen ihr einen weiteren Kommentar, denn sie haben ihr Ziel erreicht.
Rob und Simone bedanken sich bei Sören, der wieder Gas

gibt und mit durchdrehenden Reifen in einer Staubwolke verschwindet. Will er Simone damit imponieren?
Daniela zeigt sich hocherfreut über ihren Besuch, und als Simone ihr ihren Begleiter vorstellt, bemerkt sie ihren wohlwollenden Blick, der auf Rob ruht. Auch anderen Frauen scheint ihr Freund zu gefallen.
Als sie am Zwinger von Bodyguard auftauchen, werden sie von seinem aufgeregten Gebell begrüßt.
„Ist sein Herrchen nicht erschienen?", erkundigt sich Simone.
„Nein, schlimmer. Er will ihn nicht mehr abholen. Er hat es satt, dass der Hund ständig ausbüxt. Wir geben ihn mit seinem Einverständnis zur Adoption frei."
„Oh, nein." Simone zerfließt vor Mitleid. „So ein süßer und schlauer Kerl. Ich würde ihn am liebsten behalten."
Bisher hat Rob geschwiegen. „Kannst du ihn mal freilassen?", bittet er Daniela, die daraufhin seinen Wunsch erfüllt.
Bodyguard begrüßt einen nach dem anderen und bleibt an Rob kleben. Die beiden verstehen sich anscheinend auf Anhieb. Simones Freund gibt Bodyguard einige Befehle, die er brav befolgt.
„Wirklich ein cleveres Tier", bemerkt Rob. „Meine Mutter sehnt sich seit dem Tod von unserem Terrier nach einem neuen Hund. Der hier wäre genau richtig."
Mit aufgerissenen Augen starrt Simone ihren Freund an. „Du meinst, Bodyguard soll nach dem Urlaub mit uns nach Hause fliegen?"
„Ja, wenn meine Eltern einverstanden sind." Rob schießt ein Foto von Bodyguard mit seinem Smartphone und schickt es zusammen mit einer Nachricht an seine Mutter.
„Das wäre ja wunderbar, und ich würde mich so für Bodyguard freuen. Er hätte es verdient, ein schönes, liebevolles Zuhause zu bekommen." Daniela ist ganz aus dem Häuschen.
„Es wäre zu schön, um wahr zu sein", pflichtet Simone bei. „Ich könnte ihn immer sehen, wenn ich möchte."

„Darf ich euch auf ein Wasser oder eine Limo einladen, solange wir auf eine Antwort von Robs Eltern warten?“, bietet Daniela an.
„Gerne, wenn Bodyguard uns begleiten darf.“ Simone streichelt dem Tier über den Rücken.
In der kleinen Küche lernen Rob und Simone die Leiterin der Auffangstation kennen. Sie zeigt sich sofort über das mögliche, neue Zuhause für Bodyguard in Deutschland begeistert. „Er ist gesund und hat alle Impfungen.“
Endlich meldet sich Robs Mutter. Er spricht mit ihr eine Weile im Nebenraum, bis er mit einem Grinsen im Gesicht zurückkehrt und sich zu Bodyguard bückt. „Willkommen in unserer Familie.“
Als ob der Hund begreifen könnte, was Robs Aussage für ihn bedeutet, tanzt er schwanzwedelnd um ihn herum.
Simone bricht in ein Freudengeheul aus und fällt Rob in die Arme. „Das hast du super hingekriegt und dafür einen Wunsch bei mir frei.“
Er zwinkert mit einem Auge. „Da fällt mir bestimmt etwas ein.“
Anschließend erledigt Rob mit der Leiterin die notwendigen Formalitäten für die Hundeadoption und den Flug nach München. Sie vereinbaren, dass Simone und Rob Bodyguard einen Tag vor der Abreise abholen. Für den Transport müssen sie bis dahin einige Einkäufe tätigen.
Dieses Mal fällt Simone der Abschied von Bodyguard nicht schwer.
Damit sich der Hund weiter an Rob und Simone gewöhnt, versprechen sie, ihn jeden zweiten Tag zu besuchen und an eine Leine zu gewöhnen.
Erst im Taxi zurück zur Ferienanlage realisiert Simone, mit der Mitnahme von Bodyguard ein weiteres Problem mit ihrer Mutter zu haben. Die Wahrheit mit Rob darf nicht mehr aufgeschoben werden. Bis zum Nachmittag läuft der Countdown. Hoffentlich ist Theas Laune durch den vom Unwetter belasteten Abend mit Florian nicht im Keller, und Rob hat einen Hauch von Chance, ihr zu gefallen.

Sofort stellt sich ein flaues Gefühl in Simones Magen ein. Sie hat viel zu lange ihr Geheimnis mit sich herumgetragen, und jeder Tag wird komplizierter, an dem ihre Mutter nicht Bescheid weiß.

Simone bittet den Taxifahrer, vor dem Eingangstor der Anlage anzuhalten, damit Rob und sie nicht zusammen gesehen werden. Sie haucht ihrem Freund einen flüchtigen Kuss auf die Wange und verabschiedet sich. „Ich schleppe meine Mum heute Nachmittag zum Pool. Strenge dich bitte an und lasse deinen Charme spielen."

Rob grinst. „Ich gebe mir Mühe, Prinzessin."

KAPITEL 20

Hat Thea nur geträumt, die Nacht in den Armen von Florian verbracht zu haben? Sie erinnert sich dunkel an die Sturmfahrt mit ihm und die Verfolgung von Kapitän Sparrows Dschunke. Vermischt sie Träume mit der Realität? Vorsichtig schlägt Thea die Augen auf und blickt zur Seite, aber sie befindet sich allein in der Koje. Also doch nur eine Illusion, an der Seite von Florian geschlafen zu haben? Sie wünscht es sich, aber ihr Unterbewusstsein flüstert ihr zu, dass er ihr Gewitter-Held gewesen ist. Theas nächster Gedanke gehört Simone. Wie mag sie die Nacht überstanden haben? Ein Anruf könnte ihr Gewissheit verschaffen. Leider meldet sich nur die Mailbox. Verflixt, normalerweise trägt ihre Tochter das Smartphone immer kommunikationsbereit am Körper. Ausgerechnet jetzt hat sie es offenbar abgeschaltet. Nichtsdestotrotz spricht Thea ihrer Tochter einen Guten-Morgen-Gruß aufs Band und kündigt ihre alsbaldige Rückkehr an.
Sie möchte so schnell wie möglich die Jacht und damit Florian verlassen. Seine Körpernähe und seine beruhigende Ausstrahlung haben ihr den Verstand vernebelt.
Aber Thea hat die Rechnung ohne ihn gemacht. Als sie notgedrungen wieder mit ihrem schicken Kleid und den High Heels an Deck erscheint, sticht ihr der fürs Frühstück gedeckte Tisch ins Auge.
Florian ist gerade dabei, Orangensaft in die Gläser zu füllen, und lächelt sie an.
„Guten Morgen, Thea. Ich hoffe, du konntest einige Stunden Schlaf finden.“

„Danke, ja." Sie weiß nicht, ob Florians Opfer, sie in ihrer Koje vor dem Unwetter zu beschützen, einfach unkommentiert bleiben soll. Vorsichtig wartet Thea ab, inwieweit er sich dazu äußert.
Vergeblich. Stattdessen fragt er: „Magst du Tee oder Kaffee? Möchtest du ein Omelett?"
Irritiert schaut sich Thea um. Wo hat sich der Koch versteckt?
Offenbar errät Florian ihren Gedanken. „Der Kühlschrank ist voll, und frische Brötchen wurden eben angeliefert."
„Ich ... will zurück zu Simone."
Florians Mienenspiel wechselt von einem Lächeln zu einer Grimasse. „Deine Tochter ist erwachsen. Warum solltest du nicht vorher hier etwas essen? Ich habe mir solche Mühe gegeben."
Als Thea Florians Mimik betrachtet, spürt sie große Sympathie für ihn. Was für ein Mann, der nicht nur eine Situation wie letzte Nacht nicht ausnutzt, sondern auch noch ein Frühstück aus dem Ärmel zaubert. „Entschuldige bitte. Ich bin wirklich undankbar und gebe zu, Appetit zu haben. Die Croissants duften verführerisch."
„Ich übrigens auch", startet Florian seine Charmeoffensive und küsst Thea auf die Wange.
Tatsächlich riecht er nach einem betörenden Aftershave, das er offenbar frisch aufgetragen hat. Am liebsten würde sich Thea ihm an den Hals werfen und sich mit einem Kuss für alles bedanken. Indes traut sie sich nicht. Etwas verlegen setzt sie sich an den Tisch und teilt Florian ihre Wünsche mit: Kaffee und ein Omelett natur bitte. „Kann ich dir helfen?"
„Nein, genieße es, bedient zu werden. Ich habe schon lange keiner Frau mehr ein Frühstück zubereitet."
Was soll seine Aussage bedeuten? Hat er keine aktuelle Partnerin oder verwöhnt er sie nur nicht? Thea gesteht sich ein, sich die erste Variante zu wünschen. Allerdings würde die Tatsache, dass Florian ohne jegliche Annäherungsversuche mit ihr die Nacht in der Koje

verbracht hat, eher für eine Freundin oder gar Ehefrau sprechen. Soll sie ihn direkt fragen?

Florian nimmt ihr die Entscheidung ab. „Ich finde es schön, als ansonsten einsamer Wolf mal wieder zu zweit zu frühstücken. Meine Ex-Frau nahm morgens immer im Stehen eine Tasse schwarzen Kaffee zu sich. Sie ließ das Frühstück regelmäßig ausfallen, auch an den Wochenenden, während ich den Start in den Tag gerne damit zelebriere. Wie sieht das in deinem Leben aus?"

„Ich habe mir stets die Zeit mit Simone morgens gegönnt. Der restliche Tag mit der Praxis ist leider sehr hektisch, und Mittag- und Abendessen finden zu keiner festen Uhrzeit statt. Am Wochenende ist Simone eine Langschläferin. Da fällt ein gemeinsames Frühstück eher ins Wasser."

„Hast du denn sonst niemanden, der dir dabei Gesellschaft leistet?"

Florians direkter Vorstoß amüsiert Thea, aber sie lässt ihn zappeln. „Doch, ab und zu lade ich meine Mutter zu einem Brunch ein oder umgekehrt."

Prompt hakt Florian nach. „Das meine ich nicht. Gibt es momentan einen Mann in deinem Leben?"

Thea spürt, dass die Hinhaltetaktik nicht mehr zieht, und entscheidet sich für die Wahrheit. „Nein, ich bin Single, wie das heute heißt."

„Hätte ich das gewusst." Florian stößt einen Seufzer aus.

„Was dann? Wärst du nicht so zurückhaltend letzte Nacht gewesen?" Thea verschluckt sich an ihrer eigenen Frage. Sie wollte das gemeinsame Erlebnis im Bett nicht mehr erwähnen.

Er geht ihr jedoch nicht auf den Leim. „Ich passe mich der Situation an und deute die Signale, die eine Frau an mich aussendet. Du warst verängstigt und hast mich deshalb in deine Nähe gelassen. Das auszunutzen, hätte nicht einem Gentleman entsprochen. Wäre die Lage eine andere gewesen, hätte ich anders reagiert." Florian schmunzelt, und Thea darf seine Aussage interpretieren, wie sie will.

Soll sie auf diesen Flirt eingehen? Sie verzichtet darauf und lobt stattdessen Florians Kochkünste. Das Omelett mundet leicht und locker und ist scharf gewürzt, genau nach ihrem Geschmack.
„Was hast du heute vor?", durchbricht Florian die Stille.
„Wir haben verschiedene Dinge auf dem Programm. Simone stattet zunächst der Tierauffangstation einen Besuch ab." Anschließend erzählt Thea die Geschichte von Bodyguard.
Florian pflichtet ihr bei, dass es sich um traurige Tierschicksale handelt, die auf der Insel schwer in den Griff zu bekommen sind.
Ehe sich Thea versieht, ist eine Stunde vergangen. Jetzt heißt es wirklich, sich von Florian zu verabschieden. Sie dankt ihm für alles und wünscht ihm schöne weitere Urlaubstage.
„So leicht kommst du mir nicht davon", sagt Florian mit fester Stimme und hält Thea am Arm fest. „Du kannst mich nicht einfach stehenlassen, wie einen Straßenköter. Ich möchte dich bald wiedersehen."
Theas Magen krampft sich zusammen, denn sie will es auch. Gegen dieses Verlangen ankämpfend antwortet sie: „Das funktioniert leider nicht. Die Ferien gehören meiner Tochter und mir. Wer weiß, ob wir jemals wieder gemeinsam verreisen. Bald hat sie vielleicht einen Freund, der für solche Aktivitäten ihre Priorität genießt."
„Aber was spricht dagegen, wenn ich euch beide zu einem Törn auf dieser Jacht einlade? Ich zeige euch die traumhaftesten Buchten der Insel."
Dieses Angebot klingt allzu verlockend und fast stimmt Thea zu. „Das ist toll von dir. Bist du damit einverstanden, dass ich erst Simone frage und dir danach Bescheid sage?"
„Natürlich, Hauptsache, du gibst mir nicht sofort einen Korb. Die Hoffnung stirbt zuletzt."
Thea gelangt mithilfe von Florians Hand sicher an Land und küsst ihn flüchtig auf den Mund, bevor sie den Rückweg zum Auto antritt.

Ihre aufkeimenden Gefühle für diesen Mann verwirren sie. Auf der Fahrt zur Ferienanlage ruft sich Thea jede Einzelheit ins Gedächtnis: Das wunderbare Essen, ihr Tanz, seine wohltuende Nähe und die vertrauten Gespräche. Seine Zurückhaltung in der Nacht wirkt im Nachhinein fast unheimlich. Kann ein Mann so viel Empathie empfinden? Solch ein Exemplar ist Thea bis zu diesem Moment verborgen geblieben. Hat sie sich etwa bereits in Florian verliebt und mag es sich nicht eingestehen? Würde sie sich weiter mit ihm treffen, wenn Simone nicht mit von der Partie wäre? Sie beantwortet sich die Frage mit einem eindeutigen *Ja*. Er ist es wert, sich näher mit ihm zu beschäftigen. Hoffentlich stimmt Simone der Bootstour zu.

♥♥♥

Plötzlich hat es Thea eilig, in den Bungalow zu kommen, aber sie findet ihn leer vor. Anscheinend ist Simone von ihrem Ausflug zur Tierauffangstation noch nicht zurück. Ihre Heimkehr dauert eine gefühlte Ewigkeit.
Endlich fliegt die Haustür auf.
„Mum, bist du da?“
„Ja, ich bin im Wohnzimmer.“ Thea blickt von ihrem Reader auf, der ihr die Zeit vertrieben hat. Sofort bemerkt sie, dass Simone ziemlich aufgewühlt wirkt.
„Ist etwas passiert? Hat es mit Bodyguard zu tun?“, lautet daher ihre Sorge.
„Nein, alles im grünen Bereich. Bodyguard geht es soweit gut, sieht man einmal davon ab, dass ihn sein Herrchen nicht mehr wiederhaben will.“
„Und was wird nun aus dem armen Tier?“
„Bodyguard wird zur Adoption freigegeben.“
„Liebäugelst du damit?“ Thea schwant ein Problem.
„So gerne ich den Hund hätte, aber ich werde bei einem Studium keine Zeit für ihn haben.“

Thea ist erleichtert und setzt innerlich ein Häkchen an dieses Thema. „Vernünftig, denn ich könnte im Notfall nicht einspringen."
Abrupt lenkt Simone von Bodyguard ab. „Wie war es bei dir? Ich habe mir Sorgen wegen des Unwetters gemacht. Du hast doch immer solche Angst."
Sofort greift Thea das Stichwort auf. „Die Jacht hat ausreichende Kajüten, und deshalb sind Florian und ich an Bord geblieben. Das war die sicherste Lösung."
„Scheint ja Kohle zu haben, der Typ", lautet Simones Vermutung. „Den würde ich mir warmhalten."
„Die Jacht gehört ihm nicht. Er hat sie sich von einem Bekannten geliehen." Einen Moment zögert Thea, gibt sich dann aber einen Ruck. „Er hat uns auf einen Törn zu den schönsten Buchten Ibizas eingeladen."
„Mich auch?" Ungläubig schaut Simone Thea an.
„Ja, uns beide. Hast du Lust?" Thea hält die Luft an und wird erlöst.
„Keine schlechte Idee, aber für heute ist mein Bedarf an Ausflügen gedeckt. Ich würde lieber mit dir am Pool faulenzen."
„Und morgen?"
„Getackert, aber bitte nicht vor dem Aufstehen."
Simones Forderung entlockt Thea ein Schmunzeln. Ihr ist es egal, Hauptsache, sie sieht Florian wieder. Ohne Verzögerung schreibt sie ihm eine Nachricht:

Hallo Florian,
Simone ist begeistert, und wir nehmen deine Einladung zu dem Törn sehr gerne an. Würde es morgen am späten Vormittag passen?
Auf diesem Wege noch einmal vielen Dank für alles.
Herzlichst Thea

Es dauert keine zwei Minuten, und Florian schreibt zurück, als hätte er nur auf Theas Zeichen gewartet:

Liebe Thea,

you made my day. Deine Zusage freut mich sehr. Ich erwarte euch beide auf der Jacht. Vielleicht solltest du dieses Mal aber bequemere Schuhe anziehen.
Ich kann es kaum aushalten, bis ich dich wiedersehen darf.
Ein lieber Gruß,
Florian

Theas Herz klopft ungewollt schneller, als sie seine Zeilen wieder und wieder inhaliert. Meint er das ehrlich, oder ist sie bloß ein kurzer Zeitvertreib für ihn? Es bleibt ihr nichts anderes übrig, als sich diesbezüglich in Geduld zu üben, um es herauszufinden. Hoffentlich bemerkt Simone nicht, dass sie Gefühle für diesen Mann hegt.
Ihre Tochter holt sie aus ihren Spekulationen in die Gegenwart zurück. „Wollen wir etwas im Restaurant essen?"
„Ich habe keinen Hunger, weil es bei Florian ein üppiges Frühstück gab."
„Na, der hat ja aufgefahren. Will er dir imponieren?"
„Er ist einfach charmant", wiegelt Thea ab. „Außerdem möchte ich endlich deinem Vater den Brief schreiben, wie ich es dir versprochen habe, bevor wir zum Pool gehen."
Dieses Argument lässt Simone offenbar gelten. „Okay, mein Appetit hält sich auch in Grenzen. Ich mache uns einen Obstsalat."
„Super Idee. Davon mag ich auch etwas."
Bevor Simone in die Küche verschwindet, dreht sie sich noch einmal um. „Darf ich den Brief an Helmut nachher lesen?"
Zunächst zögert Thea. „Warum nicht? Schließlich geht es ja um dich. Ich will keine Geheimnisse mehr haben. Vielleicht hilfst du mir sogar beim Formulieren? Ich bin ziemlich unsicher, wie ich beginnen soll."
„Cool, gemeinsam sind wir stark."

♥

KAPITEL 21

Nachdem Thea und Simone zwei Stunden für den Brief an Helmut benötigt haben, wandert er in den Postkasten der Ferienanlage.

Thea verschweigt ihrer Tochter, wie erleichtert sie darüber ist, endlich gegenüber Helmut mit der Wahrheit herausgerückt zu sein. Jetzt ist er am Zug, sich zu entscheiden, ob er mit Simone Kontakt aufnehmen möchte oder nicht. Wie Thea ihn allerdings einschätzt, wird er sich melden. In welcher Stimmung er sein wird, bleibt abzuwarten. Thea schiebt die verschiedenen Möglichkeiten erst einmal in ihre hinterste Gehirnschublade. Irgendwann kommt der Zeitpunkt, wo sie sich mit ihm wegen ihrer damaligen Entscheidung auseinandersetzen muss, aber zunächst ist dieses Problem aufgeschoben.

Thea packt ihre Badesachen zusammen, um Simone zum Pool zu begleiten.

„Hast du mein blaues Bikini-Oberteil irgendwo gesehen?", schreit Simone aus ihrem Zimmer.

„Du hast es auf der Terrasse zum Trocknen auf den Ständer gehängt."

„Und mein Handtuch?"

„Das liegt auf dem Badewannenrand." Allmählich wundert sich Thea, wie zerstreut Simone ist. Nimmt sie die Geschichte mit Bodyguard derartig mit? Manchmal übertreibt ihre Tochter und steigert sich in eine Sache zu sehr hinein.

Nachdem Simone alle Utensilien in die Tasche gesteckt hat, brechen sie zur Poollandschaft auf.

Ungewöhnlich viele Familien haben sich bereits eingefunden, alles Bleichgesichter. Wahrscheinlich ist eine neue Ladung Gäste frisch eingetroffen. Sie haben dadurch Mühe, nebeneinanderstehende Liegestühle mit Schirm oder Palme als Sonnenschutz zu ergattern.

Glücklicherweise ergreift gerade ein Pärchen die Flucht, dem offenbar der Lärm der im Wasser tobenden Kinder auf die Nerven geht.

Zunächst cremt Thea ihrer Tochter den Rücken ein. Inzwischen hat sich deren Sonnenbrand verabschiedet, und ihre Haut glänzt bronzefarben. „Sei aber lieber noch vorsichtig mit dem Sonnenbaden", rät Thea. Sie kann es nicht lassen, diesbezüglich an Simone zu appellieren.

„Ich weiß, Mum. Bin ja kein kleines Kind mehr."

„Entschuldige, bitte. Alte Gewohnheit."

„Schwimmen wir eine Runde?", schlägt Simone vor.

„Ich warte eine Weile ab, bis das Becken sich ein bisschen geleert hat, sonst kann ich keine Bahnen ziehen."

„Okay, dann gehe ich auch später."

Thea bemerkt, wie hektisch Simone ihre Blicke nach links und rechts schweifen lässt, als würde sie jemanden suchen. Wahrscheinlich hofft sie auf Sörens Erscheinen, der jedoch vermutlich eher den Strand zum Kite-Surfen bevorzugt.

Kurz darauf entdecken Theas Augen einen jungen Mann am Kinderbecken, der die übliche Bademeisterkluft der Ferienanlage trägt, ein rotes T-Shirt und eine weiße kurze Hose. Er wirkt sehr athletisch, und wie es scheint, erweckt er Simones Interesse. Thea übersieht nicht, dass ihre Tochter ständig in seine Richtung schaut. Geschmack hat sie also. Schmunzelnd schließt Thea die Augen und schläft kurze Zeit später trotz des Gekreisches am Pool ein. Ihre Müdigkeit ist wohl der letzten Nacht geschuldet. Erst ein Aufschrei weckt Thea wieder auf und lässt sie senkrecht in die Höhe fahren. „Was ist los?", fragt sie erschrocken.

Simone zeigt auf das hintere Becken. „Dort muss etwas passiert sein."

Jemand brüllt: „Wir brauchen Hilfe. Ist hier ein Arzt?"

Wie von einer Wespe gestochen springt Thea auf und rennt, gefolgt von Simone, in die Richtung, von der der Aufruf kam. Inzwischen hat sich eine Traube von Menschen um den Beckenrand versammelt, sodass Thea Mühe hat, sich durchzuschlängeln. „Machen Sie bitte Platz, ich bin Ärztin“, verlangt sie mit energischer Stimme.
Sie findet den Bademeister über ein Kind gebeugt vor, das er anscheinend gerade aus dem Wasser gezogen hat, denn er ist klitschnass.
Eine Frau weint und schreit herum: „So tun sie doch etwas. Meine Tochter stirbt.“
Thea verbreitet erst einmal Ruhe und erteilt ihre Befehle. „Ich bin Ärztin, bitte treten Sie alle zurück.“ Sie wendet sich an Simone. „Rufe sofort den Notarzt, schicke jemanden eine Decke holen und kümmere dich bitte um die Mutter.“
Während Thea kaum Puls bei dem kleinen Mädchen fühlt, erklärt ihr der Bademeister, was geschehen ist. Plötzlich war die Kleine aus ihrem Schwimmreifen gerutscht und untergetaucht. Er ist sofort ins Wasser gesprungen und hat sie herausgezogen.
Thea streckt ganz vorsichtig den Kopf des Kindes nach hinten und hält das Kinn mit zwei Fingern fest. Sie entfernt zuerst die Zahnspange und beginnt mit den entsprechenden Rettungsmaßnahmen, Herzdruckmassage und Beatmung im Wechsel.
Simone packt den Unterkörper des Kindes in eine Decke und verkündet: „Der Notarzt muss jeden Moment eintreffen.“
Bange Minuten vergehen, aber zur Erleichterung von Thea atmet das Mädchen wieder normal.
Endlich trifft ein Kollege vom Rettungsdienst mit seinen Helfern ein und übernimmt die weitere Behandlung. Die Verunglückte wird in Begleitung ihrer Mutter abtransportiert, und die gaffende Menge zerstreut sich wild diskutierend.
Inzwischen wurde Bernd herbeigerufen, der sich direkt auf

Thea stürzt. „Danke, dass du dich um das Kind gekümmert hast. Wie konnte das passieren?“ Er wendet sich an Rob. „Hast du nicht achtgegeben? Wofür bezahle ich dich denn?“
Thea mischt sich ein. „Ihn trifft keinerlei Schuld. Das Mädchen ist aus seinem Schwimmreifen gerutscht. Der junge Mann hat gleich reagiert und es aus dem Wasser gezogen. Dann kam ich schon hinzu.“ Sie erntet dafür von Rob ein dankbares Lächeln. Es ist seiner ernsten Miene anzumerken, wie sehr ihm der Vorfall zusetzt.
„Ich kann das bestätigen. So hat es mir die Mutter von dem Kind auch berichtet. Sie ist diejenige, die sich Vorwürfe macht. Der Schwimmreifen ist nämlich eine Spur zu groß für ihre Tochter. Er stammt von der älteren Schwester, und sie wollte keinen Kleineren kaufen. Am falschen Ende gespart. Das wäre fast schiefgegangen“, mischt sich Simone ein.
„Okay.“ Bernd entschuldigt sich daraufhin bei Rob für seine falsche Anschuldigung. „Ich gebe heute Abend bei mir im Haus auf den Schrecken einen aus. Ihr seid alle eingeladen. Jetzt habe ich leider einen Termin.“
Bevor Thea oder einer der anderen reagieren kann, ist Bernd verschwunden. „Der Mann hat Nerven.“ Sie reicht Rob die Hand. „Wir beide waren ein super Team. Wie heißen Sie? Ich bin Thea und das ist meine Tochter Simone.“
„Rob. Vielen Dank, dass Sie geholfen haben. Obwohl ich Erste-Hilfe-Maßnahmen als Rettungsschwimmer gelernt habe, war ich überfordert.“
„Das hat man Ihnen aber gar nicht angemerkt. Am besten ziehen Sie sich Ihre nassen Klamotten aus. Simone und ich halten hier solange die Stellung.“
„Danke, ich beeile mich.“
Als Thea und Simone wieder allein sind, schnauft Thea durch. „Das war knapp. Hoffentlich trägt das Mädchen keinen bleibenden Schaden davon. Dieser Rob hat zum Glück richtig gehandelt. Toller Typ, findest du nicht?“

Merkwürdigerweise läuft Simone rot im Gesicht an. „Ja, er wirkt sympathisch."
Thea lacht. „Na, ich glaube, du untertreibst, wenn man auf deine wohlwollenden Blicke schließt, mit denen du ihn musterst."
„Ich ... muss dir etwas beichten", beginnt Simone, die nicht weiterkommt, weil Rob zurückkehrt. Er hat seine nasse Montur gegen eine knappe Badehose getauscht und sieht darin sehr sexy aus.
„Da bin ich wieder." Zu Theas Überraschung trägt er ein Tablett mit Erfrischungsgetränken und bietet sie ihr und Simone an. „Ich glaube, wir haben uns das verdient."
Thea und Simone bedanken sich, und sie stoßen auf die Rettung des Mädchens gemeinsam an.
„Mir ist die Lust auf Baden für heute vergangen, aber darf ich Sie zum Abendessen ins Restaurant einladen, und anschließend gehen wir zu Bernd?", schlägt Thea an den jungen Bademeister gerichtet vor. Täuscht sie sich oder wirft Rob ihrer Tochter gerade einen fragenden Blick zu? Seltsam.
„Gerne, um wieviel Uhr?"
„Acht?"
„Okay, ich freue mich."
Thea wendet sich an Simone. „Ich verschwinde jetzt. Willst du noch eine Weile hierbleiben?", fragt sie nicht ohne Hintergedanken. Ohne ihre Anwesenheit kann Simone besser mit diesem schnuckeligen Rob ins Gespräch kommen. Wie erwartet antwortet ihre Tochter: „Ja, ich schwimme ein paar Runden. Das Becken hat sich ziemlich geleert."
Natürlich ahnt Thea, dass der Bikini ihrer Tochter trocken bleibt.

♥♥♥

Kaum ist Thea außer Sichtweite, rückt Rob dicht an Simone heran und drückt ihre Hand. „Ich bin total fertig.

Auf diese Weise wollte ich deiner Mutter nicht das erste Mal begegnen."
„Vielleicht war das gar nicht so schlecht. Sie hat dich in einer prekären Lage kennengelernt, die du sehr gut gemeistert hast. Es war Mum anzumerken, dass sie dich schätzt, sonst hätte sie dich nicht eingeladen."
„Meinst du nicht, sie hat das längst mit uns gespannt? Mütter haben doch die entsprechenden Antennen dafür."
„Das glaube ich nicht. Sonst hätte sie mich garantiert darauf angesprochen."
„Und wie soll ich ihr heute Abend begegnen?" Rob scheint verunsichert zu sein.
„Ganz normal. Sollte sich die Gelegenheit ergeben, werde ich vor dem Essen Klartext mit meiner Mutter reden", verspricht Simone.
„Dann muss ich unbedingt vorher wissen, ob das geklappt hat. Dementsprechend werde ich mich verhalten."
„Sowieso, drücke mir die Daumen."
Mit mulmigem Gefühl kehrt Simone in den Bungalow zurück.
Thea hat sich bereits für den Abend umgezogen und geschminkt. „Na, du bist ja gar nicht nass", neckt sie. „Doch keine Lust zum Schwimmen?"
Simone schüttelt den Kopf. „Ich hatte plötzlich keinen Bock mehr."
„Verständlich, nachdem was passiert ist."
„Ich wasche mir kurz die Sonnenmilch vom Körper und ziehe mich an. Dann würde ich gerne etwas mit dir besprechen", kündigt Simone mit klopfendem Herzen an.
„Geht es um deinen Vater? Hätten wir den Brief anders formulieren sollen?"
„Nein, ich erkläre es dir später." Ohne eine weitere Reaktion abzuwarten, verschwindet Simone im Bad. Unter der heißen Brause legt sie sich für ihr Geständnis eine Strategie zurecht. Auf keinen Fall darf sie es riskieren, Theas Sympathie für Rob sofort wieder zu zerstören. Es wird ihre Mutter verletzen, dass Simone im Hinblick auf

Rob kein Vertrauen zu ihr hatte. Erst heute bei der Rettung des kleinen Mädchens ist es wieder in ihr Bewusstsein gedrungen, wie sehr sie ihre Mutter bewundert und wie stolz auf sie ist. Die Lügerei hat sie nicht verdient.
Um Zeit zu gewinnen, nimmt Simones Ankleiden mehr Raum ein als sonst. Aber mit jeder Minute Aufschub wird ihre Aufregung größer. Sie sollte es hinter sich bringen.

Thea skypt gerade mit Claudia aus der Praxis und gibt Simone per Handzeichen zu verstehen, bald fertig zu sein. Weitere Augenblicke der inneren Aufruhr vergehen, bis Thea sich von Claudia verabschiedet.
„Mit meiner Urlaubsvertretung habe ich offenbar ein goldenes Händchen gehabt. Alles läuft laut Claudia wie am Schnürchen in der Praxis."
„Cool, dann kannst du jetzt öfter verreisen."
„Mit wem denn? Mit Oma?" Thea lächelt.
„Ja, im Herbst machen wir das Wellness-Wochenende zu dritt."
„Bis dahin läuft noch viel Wasser die Isar hinunter. Hoffentlich bleibt Oma fit."
Simone nestelt an ihrem Kleid. „Bist du bereit für eine Beichte?"
„Wie das klingt. Hast du etwas verbrochen?", fragt Thea und zieht die Stirn kraus.
Direkter Angriff: „Rob, der Bademeister und ich sind ein Paar." Endlich ist es heraus, und Simones Körper versteift sich vor Anspannung, und ihre Finger verkrampfen sich.
Anders als vermutet, bricht Thea in schallendes Gelächter aus. „Funktioniert das heute so? Eine Stunde genügt, um zu wissen, dass man miteinander gehen will? Alle Achtung, du legst ein Tempo vor. Aber ich kann dich verstehen, wenn du bei dem Typen nichts anbrennen lässt. Wie soll die Fernbeziehung denn klappen?"
Theas Verhalten irritiert Simone. Will ihre Mutter sie verarschen? „Du missverstehst mich, Mum. Ich bin nicht erst seit zwei Stunden in Rob verliebt."

„Wieso, hast du ihn früher als ich hier kennengelernt?"
„Ja, wesentlich früher, nämlich vor Jahren in der Schule. Damals interessierte er mich nicht. Wir haben uns erst vor einigen Monaten gefunden, als der Abistress losging."
Theas Lachen verstummt, und sie setzt eine verwirrte Miene auf. „Warum weiß ich davon nichts? Wir reden doch sonst über alles."
„Stimmt. Ich hatte Angst, dass du Rob wegen seines Makels nicht akzeptierst."
„Makel? Was meinst du damit? Er wirkt auf mich absolut okay."
„Seine Vorfahren mütterlicherseits stammen aus Arizona, und du und Oma, ihr hasst Amis." Simone hält die Luft an und erwartet den Ausbruch eines Vulkans.
Stattdessen scheint Thea sprachlos zu sein. Sie steht vom Tisch auf, setzt sich neben Simone aufs Sofa und legt den Arm um ihre Schulter. „Deshalb hast du mir deinen Rob verschwiegen?"
Simone nickt und bleibt stumm.
„Ich weiß, dass Oma und ich mal im Affekt gesagt haben, alle Amerikaner zu verachten. Aber erstens ist das Jahre her, und zweitens bezog es sich auf meinen Vater. Natürlich meinten wir damit nicht alle anderen. Das hast du leider in den falschen Hals gekriegt."
„Das heißt, du hättest nichts gegen Rob als meinen Freund einzuwenden?" Ungläubig schaut Simone ihre Mutter an.
„Nein, warum sollte ich? Was macht er überhaupt auf Ibiza?"
„Ich kann dir gar nicht sagen, wie erleichtert ich bin." Simone umarmt ihre Mutter und sprudelt die ganze Geschichte heraus, sogar die Tatsache, dass Rob auf dem Rückflug Bodyguard mit zu seinen Eltern nehmen wird.
Glücklicherweise unterbricht Thea ihr Redebedürfnis nicht und hört geduldig zu, bis Simone endet.
„Armer Rob, was er alles für dich auf sich nimmt. Er muss dich wirklich lieben. Es tut mir total leid, dass er als Bademeister gefordert wurde."

„Vielleicht war das Schicksal, damit er dem Mädchen zusammen mit dir das Leben retten konnte."
Vertrauensvoll lehnt sich Simone an ihre Mutter. „Du bist einfach die Beste. Es war total blöd, dir zu misstrauen und dir Rob nicht von Anfang an vorzustellen."
„Wir holen alles nach. Jetzt gehen wir mit ihm essen, und ich frage Florian, ob Rob morgen mit auf den Törn kommen darf."
„Wirklich?" Simone strahlt. „Ich hole mir schnell meine Jacke." In ihrem Zimmer schreibt sie Rob die aktuelle Sachlage, damit er sich darauf einstellen kann.

♥♥♥

Das Abendessen läuft harmonisch ab. Thea und Rob unterhalten sich, als würden sie sich ewig kennen. Erst bietet Thea ihm das *Du* an, dann plaudern sie über ihre amerikanischen Verwandten und tauschen sich über Rettungsmaßnahmen aus. Fast fühlt sich Simone überflüssig.
Der anschließende Besuch bei Bernd lässt den Abend bei bester Laune ausklingen, zumal inzwischen sicher ist, dass es dem kleinen Mädchen den Umständen entsprechend besser geht. Auf jeden Fall wird es keine bleibenden Schäden von dem Unfall davontragen.
Auch Sören schaut kurz vorbei und überredet Simone und Rob, mit in die Disco zu kommen. Bernd tritt mal wieder sein Auto dafür ab.
Allein mit Thea bringt er das Thema auf Helmut. „Hast du ihm mittlerweile geschrieben?"
„Ja, mit Simone zusammen. Hoffentlich hören unsere gegenseitigen Missverständnisse von nun an auf."
Als Bernd sie irritiert anschaut, berichtet Thea ihrem ehemaligen Studienkollegen von Rob und ihrer Tochter.
„Das ist ja krass. Selbstverständlich darf er den Bademeister-Job an den Nagel hängen und ab sofort den

Urlaub mit Simone genießen. Ich werde mich um Ersatz kümmern."

„Da werden sich die beiden riesig freuen."

„Was tut man nicht alles, damit zwei Liebende nicht wie die Königskinder getrennt werden."

„Darauf stoßen wir an." Thea und Bernd plaudern bis Mitternacht, und als sie zurück im Bungalow einen Blick auf ihr Smartphone wirft, werden ihre Schmetterlinge aktiviert. Florian schreibt:

Liebe Thea,
eine einsame Nacht liegt vor mir, und ich rufe mir die letzte ins Gedächtnis zurück. Ich gebe zu, dass es nicht leicht für mich war, ein Gentleman zu sein. Du spukst ständig in meinem Kopf herum, und ich kann das Wiedersehen morgen kaum erwarten. Natürlich nehmen wir den Freund deiner Tochter auf den Törn mit. Dann haben wir mehr Zeit füreinander, wenn sich die beiden um sich selbst kümmern. Ich bin schon gespannt auf deine angekündigte Story dazu. Wie konnte Simone den jungen Mann solange vor dir verstecken?
Ich wünsche dir süße Träume. Gerne darf ich darin vorkommen.

Liebe Grüße,
Florian

Thea schmilzt dahin. Handelt es sich bei Florians Zeilen etwa um eine Liebeserklärung? Sie ist diesbezüglich völlig aus der Übung.

♥

KAPITEL 22

Wie Thea nicht anders erwartet hat, kehrt Simone erst in den frühen Morgenstunden aus der Disco zurück. Da sie ihre Schlafzimmertür einen Spalt geöffnet hat, bemerkt sie, dass ihre Tochter nicht allein ist. Vermutlich befindet sich Rob im Schlepptau, was geheime Sehnsüchte in Thea weckt. Wird sie jemals wieder Gelegenheit haben, in Florians Armen zu liegen? Tatsächlich beneidet sie ihre Tochter in diesem Moment. In Gedanken an das Wiedersehen mit Florian findet sie endlich etwas Schlaf nach diesem ereignisreichen Tag.

Mühsam dringt ein lautes Klopfen in Theas Unterbewusstsein, und sie blinzelt auf ihre Armbanduhr, die auf dem Nachttisch positioniert ist. Bereits nach zehn? Normalerweise wacht Thea auch ohne Wecker viel früher auf.

Das Hämmern an der Haustür wird intensiver. In Eile wirft sich Thea ihren Morgenmantel über und fragt zunächst durch die geschlossene Tür, wer etwas von ihr will. Das spanische Kauderwelsch versteht sie nicht, sodass sie neugierig öffnet.

Ein Mann drückt ihr einen großen Blumenstrauß in die Hand, dreht sich auf dem Absatz um und verschwindet hinter der Hecke. Thea frohlockt. Ist dieser Blumengruß von Florian? Eine Karte steckt mitten in dem Gebinde, und Thea liest sie, bevor die Rosen in eine Vase wandern.

Verehrte Frau Dr. Junger,
wir möchten uns ganz herzlich bei Ihnen für die Rettung unserer

Paula bedanken. Wer weiß, wie der Unfall ausgegangen wäre, hätten Sie nicht so schnell eingegriffen. Wir sind Ihnen unendlich dankbar. Paula geht es soweit gut, und sie wird sich laut der Ärzte im Klinikum wieder vollständig erholen. Wir wünschen Ihnen noch einen schönen Urlaub ohne derartige Zwischenfälle und verbleiben in ewiger Verbundenheit,
Paula, Walter und Elvira Schungl

Die Zeilen rühren Thea und machen ihr wieder einmal bewusst, wie sehr sie ihren Beruf liebt. Leben retten zu können, ist eine einzigartige Mission, auf die sie nie verzichten möchte.
Mit innerer Zufriedenheit kleidet sie sich an und deckt den Frühstückstisch. Mit den beiden Verliebten rechnet sie vorläufig nicht. Das wäre bestimmt reine Zeitvergeudung. Zu ihrer Verwunderung tauchen Simone und Rob eine halbe Stunde später in der Küche auf. Hat der Duft des frisch aufgebrühten Kaffees sie gelockt?
„Guten Morgen. Habt ihr gut geschlafen?“, beginnt Thea Smalltalk, um Rob das Gefühl zu geben, schon immer zur Familie zu gehören.
„Danke, kann nicht klagen“, antwortet Rob als Erster und wartet geduldig ab, bis Thea ihm einen Platz am Tisch anbietet. Wie wohl erzogen der junge Mann ist. Das imponiert Thea, denn Simone hat in der Vergangenheit schon mal Kumpels mit ins Haus gebracht, die sich einfach in der Vorratskammer, ohne zu fragen, bedienten. Diese Dreistigkeit hat Thea nicht behagt, und sie war froh, dass ihre Tochter den Umgang mit diesen Leuten nicht lange pflegte.
Simone meldet sich zu Wort: „Ich hätte ein Weilchen länger im Bett bleiben können, aber dein Florian scharrt sicher mit den Hufen.“
„Er ist nicht *mein* Florian“, betont Thea. „Trotzdem finde ich es super, dass ihr es aus den Federn geschafft habt und wir gleich abfahren können.“
„Krass, hat dir der Typ die Rosen geschickt?“, fragt

Simone und deutet auf die Vase.
„Nein, die sind von den Eltern des verunglückten Mädchens. Paula heißt die Kleine übrigens, und es geht ihr anscheinend wieder gut."
„Mega, ich bin total happy, das zu hören." Robs Stimme klingt erleichtert, und Simone stimmt zu.
„Wie war es noch bei Bernd?", erkundigt sich Simone.
„Solange war ich nicht mehr dort, aber er bietet dir, Rob, an, mit dem Bademeister-Job aufzuhören, wenn du magst. Er vermutet, dass du die Zeit lieber mit Simone verbringen möchtest, und kümmert sich um Ersatz. Heute hast du jedenfalls schon mal frei."
„Das Angebot ist cool." Rob strahlt Simone an.
Nachdem sie ihre Mägen gefüllt haben, bläst Thea zum Aufbruch.
„Ich muss schnell meine Badeklamotten aus dem Appartement holen und Bernd mitteilen, dass ich den Job cancel", äußert Rob.
„Bitte denke auch an Schlafzeug, denn Florian hat gefragt, ob wir eventuell auf der Jacht übernachten können. Wäre das okay für euch? Es gibt genügend Kajüten an Bord."
„Auf Abenteuer habe ich immer Bock, du auch?" Simone blickt zu Rob, der nickt.
„Okay, wir warten am Auto auf dich." Simone gibt ihrem Freund einen flüchtigen Kuss auf die Wange. „Beeile dich."

Eine Viertelstunde später stößt Rob zu Thea und Simone, die bereits im Wagen sitzen.
„Stellt euch vor, mir haben die Schungls als Dankeschön für die Rettung von Paula einen Gutschein für eine Fahrt auf einem Bananenboot geschenkt. Eine Begleitung darf ich zusätzlich mitnehmen. Ist das nicht krass? Wer käme denn da wohl infrage?" Rob grinst verschmitzt.
Simone drückt ihre Begeisterung aus, indem sie Rob zunächst umarmt und dann meint: „Ich flippe aus. Das wollte ich immer mal ausprobieren. Was für ein Spaß."

„Ich würde mich das heutzutage nicht mehr trauen“, gesteht Thea und startet. Die Fahrt dauert länger als sonst, da wegen des Wochenmarktes die Straßen in der Innenstadt verstopft sind. Endlich erreichen sie den Jachthafen, und der Schlagbaum zum Parkplatz öffnet sich. Anscheinend hat der Schrankenwärter Thea wiedererkannt.
Bereits von Weitem entdeckt sie Florian an Deck der Jacht. Ob sein Herz auch so rasant vor freudiger Erwartung schlägt wie ihres?
Sie holen ihre Taschen aus dem Kofferraum und begeben sich zum Schiff.
Thea stellt Rob und Simone vor, die Florian herzlich an Bord willkommen heißt. Er verabreicht Thea hingegen eine Begrüßung nach mediterraner Art, Küsschen rechts und links auf die Wange. Insgeheim würde sie sich mehr wünschen, aber in Gegenwart ihrer Tochter und Rob wäre es nicht angemessen. Um Ablenkung bemüht, erkundigt sie sich deshalb: „Ich hoffe, wir sind nicht zu spät.“
„Im Gegenteil. Der Skipper hat sich krankgemeldet, den ich zur Unterstützung bestellt hatte. Jetzt erwarte ich den Rückruf eines Ersatzmannes. So einen großen Segler habe ich noch nie allein manövriert und möchte mit so einer wertvollen Fracht nichts riskieren.“
Thea lächelt verschmitzt. „Das musst du auch nicht. Ich kenne mich mit der Segelei einigermaßen aus, und Simone kann uns helfen.“
„Im Ernst?“ Florians Gesichtsausdruck wirkt skeptisch.
„Mum kann alles“, fügt Simone hinzu. „Mir hat sie das Segeln beigebracht.“
„Also brauchen wir gar keinen fremden Skipper?“
„Nein“, erschallt es von Thea und Simone wie aus einem Mund.
„Habe ich also intuitiv eine Traum-Crew eingeladen?“ Florian zwinkert mit einem Auge. „Umso besser, dann können wir sofort ablegen. Ich rufe eben den Ersatz-Skipper an und bestelle ihn wieder ab.“ Wenig später verteilt Florian die Aufgaben und wirft den Motor an.

Rob und Simone lösen die Taue und holen nach dem Ablegen die Fender ein, während Thea Florian am Steuerstand Gesellschaft leistet, bis die Jacht den Hafen verlassen und das offene Meer unter dem Kiel erreicht hat. Danach übernimmt sie das Ruder, damit Florian die Segel setzen kann. Sie wirken wie ein bereits eingespieltes Team. Wie lange ist es her, seit Thea von solch einem Freiheitsgefühl erfasst wurde? Der sanfte Wind und das türkisfarbene Wasser im Kontrast zu dem milchig blauen Himmel vermitteln ihr neue Lust aufs Leben. Einen nicht unerheblichen Anteil daran trägt Florians Gegenwart.

Während es sich Simone und Rob auf dem Vorschiff bequem machen, bleiben Thea und Florian am Steuerstand sitzen. Seine unmittelbare Nähe flößt ihr ein wohliges Prickeln und Unbehagen gleichzeitig ein.

Nachdem Florian den Kurs im Autopiloten eingestellt hat, zieht er Thea an der Hand nach hinten in die Plicht. „Was möchtest du trinken?“, fragt er ganz Gastgeber.

„Ein Tonic Wasser wäre super.“

„Kommt sofort.“

Sogar Eiswürfel befinden sich im Glas, das Florian Thea kurz darauf in die Hand drückt.

„Auf einen schönen Törn“, stößt er mit ihr an.

„Danke, dass wir daran teilnehmen dürfen.“

Florian setzt sich neben Thea auf die Bank. Nach einer Weile bricht er das Schweigen. „Hast du meine letzte Nachricht gestern Abend erhalten?“

„Ja.“

„Und? Empfindest du genauso wie ich?“

Theas Herzschlag verfällt in den Galopp. Auf so einen direkten Vorstoß ist sie nicht vorbereitet. Gerne legt sie sich Situationen vorher im Kopf zurecht, aber mit Florians Forschheit kann sie nicht richtig umgehen.

„Ich mag dich auch“, äußert sie mit Zurückhaltung.

„Ist das alles?“

„Ich gehöre nicht zu der Sorte Frauen, die etwas überstürzen, und schon gar nicht im Urlaub. Meistens

kommt das böse Erwachen nach einem Flirt zuhause, und das möchte ich mir ersparen." Ein Stück rückt Thea automatisch von Florian ab.
„Du bist offenbar eine hoffnungslose Pessimistin. Ich bin das genaue Gegenteil. Wer nicht wagt, der nicht gewinnt, sagte meine Mutter früher immer, wenn ich als kleiner Junge vor etwas Angst hatte."
„Ich weiß, dass ich mutiger sein sollte, aber was sich einmal über Jahre eingebrannt hat, lässt sich nicht auf Knopfdruck wieder entfernen."
„Du meinst wie eine Tätowierung?"
„So ähnlich. In meinem Leben gab es bisher nur Platz für Simone, meine Mutter und die Praxis."
„Was ist mit deinem Vater? Oder bin ich zu indiskret?"
Bereitwillig erzählt Thea Florian von ihm und wie sein Verhalten ihre Einstellung zu Männern geprägt hat.
„Danke, dass du mir das anvertraust. Nun verstehe ich dich ein bisschen besser", erklärt Florian. „Eltern wissen oft gar nicht, was sie ihren Kindern antun."
„Nein, diese Erfahrung musste ich selbst gerade mit Simone machen, die eine blöd daher gesagte Meinung von mir missverstanden hat. Vielleicht gibst du mir ein wenig Zeit, dich näher kennenzulernen", lenkt Thea ein, die Florian nicht ganz vor den Kopf stoßen will.
„Von dir habe ich gerade gelernt, dass du segeln kannst. Das ist eine echte Überraschung. Ich hätte an dem Abend, als wir uns im Restaurant *Wellenbrecher* begegnet sind, eine Frau treffen sollen, die sich als Segellehrerin ausgegeben hatte."
Thea stutzt. Was hat es mit dieser Aussage auf sich? Hat Simone nicht auf der Dating-Plattform bei Theas Profil als Beruf Segellehrerin eingetragen? Was für ein seltsamer Zufall, dem es auf den Grund zu gehen gilt.
„Was für eine Frau? Eine Bekannte, die dich sitzenließ?", hakt sie nach.
„Hm ... die Sache hängt mit dem Auftrag zusammen, den ich hier auf Ibiza erledigen soll. Darf ich auf deine

Verschwiegenheit zählen?"
„Klar. Wer könnte sich aus meinem Umkreis für Interna aus deinem Job interessieren?"
„Also gut, ich erzähle dir die Geschichte. Wie du bereits weißt, teste ich unter anderem Eventmöglichkeiten für Urlauber. Vor einiger Zeit tauchte im Netz eine Dating-Agentur auf, über die man Urlaubsflirts arrangieren kann."
Thea erblasst und haucht: „*Travel & Date*".
„Du kennst sie?" Florian zieht seine Augenbrauen hoch.
„Weniger ich als Simone." Thea schwant die Enthüllung, die auf sie zukommt. „Du hast dich unter dem Decknamen *Lebenskünstler* mit *Orkan* verabredet."
„Ich glaube es nicht. Du bist *Orkan*? Und im Restaurant hast du kalte Füße gekriegt und bist vor mir geflüchtet?"
„Nicht vor dir, sondern vor *Lebenskünstler*. Ich ahnte ja nicht, dass du dahintersteckst, und wollte mir die Blöße nicht geben, von dir mit einem fremden Mann gesehen zu werden. Ich hätte ihn dir nicht einmal vorstellen können, da ich nur den Decknamen kannte."
Florian bricht in schallendes Gelächter aus. „Das ist ja zu komisch. Mir ging es ähnlich. Ich wollte es mir bei dir nicht durch ein Date mit einer anderen Frau verscherzen. Auf dem Profilbild hast du ganz anders ausgesehen. Außerdem hast du damals, als ich mit Carsten in deiner Praxis war, einen Mundschutz getragen. Deshalb habe ich dich nicht als *Orkan* identifiziert. Deine besonderen Augen haben mich allerdings sofort fasziniert. Die hätte ich auf dem Foto wiedererkennen müssen."
„Ich gebe zu, deinem Profilbild nur einen flüchtigen Blick geschenkt zu haben", kontert Thea. „Auf dem Foto versteckst du dich zudem hinter einem Vollbart. Ich habe einfach darauf vertraut, dass *Lebenskünstler* mich anspricht."
„Wie naiv wir beide waren. Aber folglich bist du draufgängerischer, als du zugibst."
„Halt, es war nicht meine Idee, mich mit einem fremden Mann hier auf der Insel zu treffen. Simone hat es heimlich eingefädelt und mich nach unserer Ankunft vor vollendete

Tatsachen gestellt. Ich habe ihr den Gefallen getan, weil sie bereits Geld an die Agentur gezahlt hatte. Liebend gerne hätte ich mich gedrückt. Heute weiß ich, warum Simone mich beschäftigen wollte, nämlich um freie Bahn für Rob zu haben."

„Das ist zu irre, um wahr zu sein. Nachdem *Orkan* nicht erschienen ist, habe ich mich bei *Travel & Date* sofort beschwert und wollte nach meiner Rückkehr in Deutschland eine schlechte Bewertung schreiben. Meinem Auftraggeber habe ich bisher nicht mitgeteilt, was für Erfahrungen ich damit gesammelt habe. Zum Glück."

„Wir sind das beste Beispiel, was Fakes im Netz bewirken können. Unsere Angaben stimmten hinten und vorne nicht. Ich bin übrigens auch zwei Jahre älter als im Profil und drei Zentimeter größer."

„Das schadet deiner Attraktivität aber nicht", kokettiert Florian und lacht.

„Danke, du siehst jedenfalls ohne Bart viel besser aus als auf dem Foto."

„Im Prinzip halte ich diese Urlaubs-Dating-Plattform für eine super Idee. Allerdings ist sie verbesserungswürdig. Nach meiner Rückkehr in Deutschland werde ich mich mal mit den Betreibern der Agentur in Verbindung setzen."

Offenbar lockt Theas und Florians Gelächter Simone und Rob ins Heck.

„Was hat euch so erheitert?", will Simone wissen und glaubt anschließend nicht, was Thea und Florian im Wechsel berichten.

Rob gibt seinen Senf dazu: „Demnach habe ich die ganze Komödie ins Rollen gebracht, sonst wäre Simone nicht auf diese verrückte Plattform geraten."

Florian schlägt Rob freundschaftlich auf den Rücken. „Dann sind wir dir ewig dankbar dafür. Das feiern wir jetzt. Wer hat Hunger?"

Er hat etwas Fingerfood vorbereitet. Es handelt sich um kleine Häppchen bestehend aus Huhn, Fleischbällchen,

Gambas und verschiedenen Wraps mit Gemüsefüllung. Dazu gibt es frischen Salat.

♥

KAPITEL 23

Nach einigen Stunden besten Segelns erreichen Thea und die Crew eine kleine Bucht an der Nordküste Ibizas.
Die Kette rasselt, und der Anker versinkt im tiefblauen Salzwasser.
Rob macht mit Simone das Schlauchboot klar, damit Thea und Florian einsteigen können. Ihr Ziel ist der legendäre Hippiestrand von Cala de Benirras.
Thea freut sich, diesem fast historischen Ort einen Besuch abzustatten.
Der fünf PS starke Außenborder tuckert im Schatten des *Fingers Gottes* dem Sandstrand entgegen. Der Fels im Meer wird so genannt, weil er wie ein mahnender Zeigefinger aus dem Wasser ragt.
Sanfte Musik klingt ihnen aus einer Bar entgegen, als sie sich dem Strand nähern. Vorbei geht es an einem turtelnden Liebespärchen, dessen Hüften das ruhige Wasser umspült. Mit der untergehenden Sonne im Hintergrund wirken die beiden wie in einer Filmszene aus einer kitschigen Lovestory.
Thea beobachtet, wie Simone Robs Hand ergreift.
Gleichzeitig fängt sie Florians verheißungsvollen Blick auf. Ist Liebe ansteckend?
Sie steigen alle aus dem Schlauchboot, und Florian hievt es mit Robs Hilfe an Land.
Der weiße Sand ist noch warm. In der Bucht duftet es nach Pinien, die auf den Hängen den malerischen Ort umschließen. Kein Wunder, dass die ersten Hippies auf der Insel diesen Platz ausgewählt haben, um hier ihrer Gesinnung zu frönen. Er ist stimmungsvoll und

romantisch. Einige braungebrannte Aussteigertypen mit Rasterlocken und nacktem Oberkörper stellen Fackeln auf. Frauen jeden Alters in langen bunten Strandkleidern haben sich zur Sonne ausgerichtet, als wollten sie die letzten Strahlen nutzen, um ihren Teint zu vertiefen. Die typische Lounge-Chillout-Musik der Bar setzt plötzlich aus, und stattdessen ertönen die ersten Trommelschläge.
Die Sonne berührt den Horizont, während Bongos sich zu den Trommeln gesellen.
Die Bar muss noch aus der Gründerzeit stammen, als im Jahr 1978 aus der einfachen Bretterbude die ersten Mojitos verkauft wurden.
Thea studiert die handgeschriebene Karte der Bar. Für wenig Geld gibt es ein randvoll eingeschenktes Glas Hierbas, den ibizenkischen Kräuterlikör, und belegte, warme Brötchen, Bocadillos genannt.
Sie nehmen auf den Holzschemeln mit Flechtwerk und an einem einfachen Tisch aus Plastik Platz und genießen mit den anderen Strandgästen den Blick auf die glutrote Sonne, die langsam im Meer versinkt.
Fast andächtig, wie an einem heiligen Ort, flüstert Florian Thea ins Ohr: „Das ist mal etwas anderes, nicht immer die großen Strandpartys und Massendiscos wie in Ibiza-Stadt oder Sant Antoni."
Nach und nach erheben sich die Besucher, als wollten sie von einem höheren Standort die Sonne länger betrachten. Eine magische Atmosphäre, hervorgerufen durch den Geruch gegrillter Sardinen, gepaart mit Räucherstäbchen und Marihuana aus glimmenden Joints, liegt in der Luft.
Der Barkeeper wendet sich ihnen zu. „Wenn ihr wollt, könnt ihr euch am Grill und dem Getränkestand bedienen. Gebt hinterher einfach das in die Kasse, was es euch wert war."
Während Rob nickt, schauen sich Thea und Florian verständnislos an.
Der Hippie hinter der Theke zeigt daraufhin in eine Ecke: „Dort grillen wir kleine Fische und Fleischspieße. Für den

Vegetarier gibt es Maiskolben mit Olivenöl beträufelt und Brot mit Käse und Oregano überbacken. Die Rotweinflaschen machen überall die Runde."
Rob scheint vom Zauber und der Magie eingefangen: „Wer das hier erlebt, versteht, was einige durchgeknallte Hippies meinen, wenn sie von der Insel schwärmen."
„Ja, dies ist ein ganz spezieller Ort", pflichtet Florian bei. „Die Hippies behaupten, dass der *Finger Gottes* die versunkene Spitze von Atlantis ist, und manche meinen sogar, unerklärliche Kraftfelder und den magnetischen Gegenpol zum Bermuda-Dreieck zu verspüren."
Rob stimmt zu. „Habe ich auch gehört. Überhaupt, viele Geschichten sind ziemlich abgedreht. Die Kommune ist den Außerirdischen sehr verbunden und glaubt, dass die Insel ein Landeplatz für Aliens aus dem Weltall ist."
Thea mischt sich ein: „E.T. lässt grüßen. Für mich ist es eine abgeschiedene Oase für Urlauber auf der Suche nach der Magie, die die Hippies und Künstler einst so fasziniert hat. Schade, dass meine Mutter diesen Moment nicht miterlebt. Sie muss Ibiza unbedingt mal einen Besuch abstatten."
Das Lichtermeer in der Bucht beginnt zu verglühen. Das Meer verschluckt die letzten Strahlen.
Thea, Florian und alle anderen applaudieren. Als wäre heute Silvester, prosten sie sich mit Simone und Rob zu, umarmen sich, während andere Liebende sich leidenschaftlich küssen.
Die Bongospieler und Trommler haben um sich einen Ring aus leuchtenden Teelichtern aufgebaut, um die nahende Nacht zu begrüßen. Ihre Bewegungen wirken übersinnlich, und der Sound ist rhythmisch betörend. Wie aus dem Nichts betritt ein Gitarrenspieler den Feuerring. Nach kurzer Absprache mit den Perkussionfreaks verkündet er den nächsten Song: *Another Brick in the Wall.*
Thea gerät nahezu aus dem Häuschen vor Begeisterung.
Tosender Applaus. Ein Trommelwirbel leitet den Song ein. Dann folgen die Gitarrenklänge. Virtuos spielt der Musiker

die Akkorde, als wären sie das Original von Pink Floyd. Bei dem ersten Paukenschlag beginnen Thea, Florian und die meisten Anwesenden mitzusingen. Es scheint, als könnten alle den Text auswendig. Der Strand ist erfüllt von einem Chor, der eine Stimmung widerspiegelt, die Sehnsüchte weckt und die Jugend nochmals zurückholt.
Thea kann sich dem Zauber des Augenblicks nicht entziehen. Ihr Körper schmiegt sich im Rhythmus der Musik an Florian. Es kommt ihr vor, als würde sie die Liebe gerade erst entdecken.
Der Himmel weitet das Farbspektrum aus. Über ihnen schimmert das dunkle Blau, das allmählich ins Schwarze übergeht, und die ersten Sterne erscheinen am Firmament. Sie fühlen sich zu der ursprünglichen und spirituellen Gemeinschaft hingezogen. Es ist, als wollten alle Menschen in Harmonie und Liebe zueinander das Leben genießen.
Thea bückt sich und malt mit dem Finger ein Herz in den Sand.
Florian scheint ihre Stimmung zu erahnen: „Hast du eine besondere Beziehung zu diesem Ort?“
„Ich nicht direkt, aber meine Mutter.“
„Warum ist sie so angetan von der Lebensweise der Hippies gewesen?“
„Zumindest ihre Schallplattensammlung deutet daraufhin, dass sie starke Sympathien für die Musik der Rolling Stones, den Beatles, den Kings, der Gruppe Who und Doors hegte. Sie hat öfter erwähnt, dass es eine Zeit des Aufbegehrens gegen das Establishment gab. Meine Mutter wurde sehr streng erzogen, und unbedingter Gehorsam dem Vater gegenüber war oberstes Gesetz. Verstöße wurden mit Prügel bestraft. Verständlich ist deshalb ihr Protest gewesen, und sie suchte einen Ausweg aus der Spießergesellschaft. Nicht das Streben nach Konsum und die Bedrohungen des Kalten Krieges sollten ihr Leben bestimmen. Sie wollte friedlicher, bescheidener und bewusster Ideen nachgehen, die anders waren als das, was

man ihr anerzogen hatte. Meine Mutter entdeckte die außergewöhnliche Bewegung, die man Hippies nannte, und ihre Eltern konnten sich darunter nicht viel vorstellen. Wie viele andere auch hielten sie diese Spezies für Nichtsnutze und Arbeitsscheue mit Rauschgiftkonsum und Sexorgien. Für ein junges Mädchen, das aufbegehren wollte, war es dagegen genau richtig. Bis zu meiner Geburt hat Marie mit dem Gedanken gespielt, auszusteigen und nach Ibiza zu gehen. Die Verantwortung für mich stoppte ihre Pläne, aber das Lebensgefühl hat sie nie verloren. Heute möchte ich einen Eindruck vom Flair der damaligen Zeit in mich aufnehmen, um meine Wurzeln und die Art und Weise meiner Erziehung besser zu verstehen. Wenn ich das hier live erlebe, gebe ich zu, dass die Sehnsüchte meiner Mutter nachvollziehbar waren, ich aber froh bin, dass sie diese nicht exzessiv ausgelebt hat. Dann wäre sicherlich aus mir keine Kinderärztin geworden."

„Und ich hätte dich nie kennengelernt", ergänzt Florian und drückt leicht ihre Hand.

Die Nacht legt sich wie ein durchsichtiges Tuch über den Strand. Einige Lagerfeuer werden angezündet.

Simone und Rob schießen die letzten Bilder mit ihrem Smartphone, um die Szenerie festzuhalten. Sie haben sich in eine Gemeinschaft anderer Jugendlicher eingefügt, mit der sie sich angeregt auszutauschen scheinen.

An Thea gewandt fragt Florian vorsichtig: „Wie möchtest du die weiteren Stunden verbringen? Sollen wir zurück an Bord?"

„Fragen wir erst einmal Simone und Rob, was sie vorhaben."

„Rob und ich möchten gerne am Strand schlafen. So eine geile Atmosphäre werden wir vielleicht nie wieder erleben", sprudelt Simone hervor und erntet von ihrem Freund Zustimmung.

Thea kann das gut nachvollziehen. Sie hätte in jungen Jahren sicher das gleiche Bedürfnis gehabt. Für sie und Florian stellt die Motorjacht die bessere Alternative dar.

Als würde Florian Thea ihre Überlegung von der Stirn ablesen, meint er: „Rob kann uns mit dem Schlauchboot zur Jacht fahren, und morgen früh kommen die beiden zurück an Bord, und wir schippern gemeinsam zurück nach Ibiza-Stadt.“
Unter einem Sternenhimmel, der das Universum in seiner gesamten Schönheit wie Millionen Glühwürmchen zum Leuchten bringt, setzen Rob und Simone Thea und Florian an der Badeleiter der Jacht ab.
Bevor Thea die Leiter erklimmt, flüstert ihre Tochter ihr ins Ohr: „Sei mutig und koste das Leben aus, Mum. Du hast nur eines.“

♥♥♥

Bald darauf winken Thea und Florian von der Plicht aus dem davonbrausenden Schlauchboot hinterher.
Wie selbstverständlich legt er den Arm um ihre Schulter und zieht sie langsam zu sich herum.
„Das war der schönste Abend, den ich seit langer Zeit erlebt habe. Ich hoffe, er hat dir genauso gefallen.“
Thea denkt an die Worte ihrer Tochter und schmiegt sich an Florian. „Ja, er war traumhaft“, haucht sie.
Er nimmt ihren Kopf in beide Hände und beginnt, Thea sanft auf den Hals zu küssen, bis seine Lippen ihren Mund erreichen. Alles um sie herum versinkt. Es zählt allein dieser Moment, den Thea für alle Ewigkeit festhalten möchte. Für diesen Mann lohnt es sich, einmal mutig zu sein und alle Skrupel über Bord zu werfen. Sie ist Simone im Nachhinein für ihre Eigenmächtigkeit dankbar. Ohne die Buchung bei *Travel & Date* wäre sie Florian wahrscheinlich nie mehr begegnet.
Es dauert nicht lange, und sie entkleiden sich gegenseitig. Florians Körperwärme umschließt und befreit sie von allen Bedenken. Nie hätte es Thea für möglich gehalten, sich einmal mit einem Mann unter freiem Himmel zu lieben. Es

ist ein einzigartiges Gefühl. Als eine Sternschnuppe vorbeihuscht, schickt sie einen Wunsch ins Universum:
Möge unsere Liebe ewig währen.

EPILOG

Die Beziehung von Thea und Florian gestaltet sich wieder zurück in München zwar kompliziert, aber prickelnd und spannend. Da sich die Kollegin als Urlaubsvertretung für die Praxis während Theas Aufenthalts auf Ibiza als wahrer Glücksgriff gezeigt hat, nutzt sie die Möglichkeit nun öfter, um Florian auf seinen Geschäftsreisen zu begleiten. Sie nehmen sich Zeit, um sich kennenzulernen und ihre frisch entflammte Liebe auszukosten.

Simone und Rob haben sich entschieden, nicht sofort zu studieren, sondern erst ein Jahr durch die Welt zu tingeln. Nachdem Simones Vater Helmut nach Theas Brief und Beichte Kontakt zu ihr aufgenommen hatte und seine Tochter gerne kennenlernen wollte, haben sie ihre Reise in Kapstadt begonnen. Mit ihren Halbbrüdern hat sich Simone auf Anhieb verstanden, und auch Helmut hat es ihr leicht gemacht, ihn zu mögen. Drei Wochen haben Simone und Rob in seinem Haus verbracht und Südafrika hautnah erlebt. Dann ging die Tour weiter nach Namibia. Regelmäßig schicken sie Postkarten von exotischen Orten, von denen Thea zum Teil nie gehört hat.

Bodyguard hat sich problemlos bei Robs Eltern eingelebt. Er ist bisher nicht ausgebüxt. Aufgrund seiner schnellen Auffassungsgabe arbeitet er ab und zu als Filmhund und macht Karriere.

Elfie und Claire von der Agentur *Travel & Date* halten nach den ersten Startschwierigkeiten an ihrem Urlaubsflirt-Konzept fest, nachdem *Orkan* und *Lebenskünstler* wider Erwarten jeweils eine super Bewertung für die Plattform ins Netz gestellt haben. Sie können sich diese zwar nicht erklären, aber sie motiviert die beiden zum Weitermachen.

REZEPT FÜR TORTILLA FÜR 4 PERSONEN

Zutaten:

300 gr. rohe Kartoffel
2-3 mittelgroße Zwiebel
4 Eier
Rapsöl, Petersilie, Salz und Pfeffer, 1 Eßlöffel Gemüsebrühe

Zubereitung:

Kartoffel schälen und in kleine Stücke schneiden. Etwa 10 Minuten in Wasser kochen.
Inzwischen die Zwiebel schälen und in der Pfanne im Öl glasig dünsten. Die gekochten Kartoffel abgießen und zu den Zwiebeln in die Pfanne geben. Alles glatt streichen.
Die Eier in einem Topf mit kleingehackter Petersilie, Salz Pfeffer und Gemüsebrühe verquirlen, gleichmäßig auf die Kartoffelmasse geben und kurz alles in der Pfanne auf der Herdplatte stocken lassen.
Dann die Pfanne bei Umluft und 100 °C in den Backofen stellen. Circa 10-15 Minuten weiter stocken lassen, bis die Eimasse auf der Oberfläche nicht mehr flüssig ist. Aus dem Ofen nehmen und abkühlen lassen. Danach die Tortilla auf eine Platte stürzen. Sie kann warm oder kalt gegessen werden.

Guten Appetit!

Weitere Romane der Autorin auf:
www.rike-stienen.de

Verzuckerte Weihnachten

Charlotte freut sich auf die erste Adventszeit auf der Alm, die sich jedoch ganz anders gestaltet als erwartet. Überraschende Besucher trudeln in ihrem Haus ein mit persönlichen Problemen im Gepäck. Vor allem Charlottes Ex-Mann Horst und Vater ihrer Tochter Amelie sorgt für Turbulenzen und droht, ihr Liebesglück mit Markus zu stören. Charlotte hat alle Hände voll zu tun, damit der Heilige Abend dennoch harmonisch wird. Ob es ihr gelingt?

Die ist der Fortsetzungsroman von „Die Liebe wohnt überall“. Er kann aber unabhängig vom ersten Band gelesen werden.

Weihnachtsküsse schmecken himmlisch

Leonies Weihnachtsfest steht unter keinem guten Stern. Es sieht danach aus, als müsste sie es ganz allein feiern. Da erscheint Merles Einladung, mit einigen jungen Leuten Weihnachten auf einer Hütte in den Tiroler Bergen zu verbringen, die Rettung. Hätte Leonie geahnt, dass Tom unter den Gästen weilt, wäre sie lieber zu Hause geblieben. Für Leonie halten die Feiertage weitere Überraschungen bereit. Abenteuerliche Erlebnisse im Schnee, Beziehungskrisen unter den Freunden und Jan, dessen Charme sie sich nicht entziehen kann, gestalten den Urlaub unvergesslich.

Ein Wintermärchen in der traumhaften Bergwelt Tirols

Countdown für die Liebe

Michelle und Julian entscheiden sich unabhängig voneinander, der Erde für immer den Rücken zu kehren und mit einem One-Way-Ticket als erste Aussiedler zusammen mit weiteren Abenteuersüchtigen auf den Mars auszuwandern. Während der harten Ausbildung zu Astronauten, wie einem Survivaltraining mitten in der Wildnis Korsikas, kreuzen sich ihre Wege. Sie verstehen sich auf Anhieb gut – zu gut, denn eine Abstinenzklausel im Mars-Vertrag verbietet die körperliche Liebe unter den Teilnehmern. Werden die beiden die Regel durchhalten oder ist die Anziehung zwischen ihnen stärker als die zum Mars?

Bühnengeflüster

Emily und Grit sind nicht nur Schauspielkolleginnen, sondern auch beste Freundinnen. Beide haben den gleichen Traum, eines Tages am Broadway zu tanzen. Dafür würden sie alles geben. Doch dann wird ihre Freundschaft plötzlich auf eine harte Probe gestellt, als sich der reiche Viktor, der ein neues Musical in New York sponsern will, für Emily interessiert. Ist sie dadurch ihrem Ziel schon ganz nahe? Grit warnt Emily vor diesem Mann, die jedoch glaubt, ihre Freundin tue dies aus purer Eifersucht. Schließlich kreuzt Marcel durch einen kuriosen Zufall Emilys Weg und macht ihr ein verlockendes Angebot. Soll sie dafür Viktor und den Broadway sausen lassen und Grit das Feld räumen?

Ein heiterer Liebesroman über wahre Frauenfreundschaft und die Suche nach Mr. Right, der nicht immer auf den ersten Blick erkennbar ist.

Liebe in Windstärke 10

Von einem Tag auf den anderen springt die Drehbuchautorin Anne für ihren Vater als Skipperin ein und übernimmt einen Segeltörn von Indien zu den Malediven. So vielfältig wie die Charaktere der Crewmitglieder präsentiert sich der Reiseweg. Nichts klappt wie geplant. Die Ausläufer eines Zyklons verlangen der bunt zusammengewürfelten Mannschaft alles ab. Bleibt bei der Schräglage im Sturm noch Platz für die Liebe? An Bord sorgt nämlich der charmante Halb-Inder Nilay für beschleunigten Puls unter den weiblichen Mitseglerinnen. Doch wer verbirgt sich hinter dem verdammt attraktiven Mann wirklich?

Ein abenteuerlicher Liebesroman über einen nicht alltäglichen Segeltörn zu den Malediven.

Limoncello und ein Hauch von Hollywood

Sophie erhält als Locationscout von einer Filmfirma den Auftrag, für eine neue Serie ein Landhaus am Gardasee zu finden. Bereits die Hinreise zeigt, dass Sophie nicht nur geschäftliche Turbulenzen erwarten. Neben dem Fernfahrer Marco, der sie aus einer prekären Situation mit der Polizei rettet, versucht auch der Butler von Simon von Staudener sich in ihr Herz zu schleichen. Er ist die Schlüsselfigur zur Erfüllung von Sophies Aufgabe. Schafft sie es nämlich nicht, das Anwesen von Simon als Filmkulisse zu gewinnen, steht die Existenz ihrer Agentur auf dem Spiel.

Ein heiterer Liebesroman mit überraschenden Wendungen vor der malerischen Kulisse des Gardasees.

Leinen los in der Liebe

Ellen darf für die Boulevard Zeitung "Dem Promi auf der Spur" den charismatischen Bestsellerautor John Harley auf seiner Rechercheneise für seinen nächsten Krimi begleiten. Sein smarter Lektor Nico ist ebenfalls mit von der Partie. Nicht nur er bringt Ellens Herz außer Takt, sondern auch Graf Leon, der die turbulente Kreuzfahrt auf dem Mittelmeer als Tourist genießt und seinen unwiderstehlichen Charme versprüht.

Eine stürmische Seereise im Mittelmeer zu den schönsten Urlaubszielen mit viel Romantik, Humor und überraschenden Wendungen.

Liebe im Jetstream

Julia ist leidenschaftliche Pilotin der Promi-Airline VIPS-on-WINGS. Eines Tages gehört der umschwärmte Fußballstar Emilio zu ihren Passagieren. Mit dieser Spezies hat sie so gar nichts am Hut. Sie fliegt ihn und ein Fototeam, das Werbeaufnahmen für eine Sportbekleidungsfirma von Emilio machen soll, nach Teneriffa. Dort erwarten Julia ungeplante Gefühlsloopings und Turbulenzen, die ihr Leben ganz schön in Schwingung bringen.

Ein turbulentes Liebesabenteuer über den Wolken.

Die Liebe wohnt überall

Charlottes Leben gerät plötzlich aus der Spur, als sie ihren Geliebten, der ausgerechnet auch der Verleger ihrer Liebesromane ist, mit einer anderen erwischt. Als wäre das nicht schon schlimm genug, verunglückt Charlottes Vater, sodass sie gezwungen ist, seine Schafe auf der Alm im Chiemgau zu hüten. Dabei kann Charlotte Schafe von Ziegen kaum unterscheiden, was dem Tierarzt Markus Heller ein Dorn im Auge ist. Wenn Charlotte gedacht hat, wenigstens auf der vermeintlich einsamen Alm in Ruhe über ihre berufliche Zukunft nachdenken zu können, so wird sie enttäuscht. Erst leistet sie Hilfe bei der Geburt eines Lämmchens, und nach und nach tauchen unerwartete Besucher und damit neue Probleme auf der Alm auf.

Ein humorvoller Liebesroman, in dem drei Generationen nach ihrem Glück suchen.

Zur Autorin:

Rike Stienen war einige Jahre als Rechtsanwältin und Mediatorin tätig, bevor sie sich ihren Traum erfüllte, eine Ausbildung zur Drehbuchautorin zu absolvieren. Seitdem entwickelt sie Stoffe für diverse Filmproduktionen, am liebsten romantische Komödien, die im Alpenvorland oder vor exotischer Kulisse spielen. Dabei ist es ihr wichtig, zwischenmenschliche Konflikte auf humorvolle Weise zu lösen. Mittlerweile sind zusätzlich einige Kurzgeschichten in Anthologien und zahlreiche Liebesromane veröffentlicht worden. Die Autorin lebt und arbeitet in der Nähe des Chiemsees und gehört verschiedenen Autorenverbänden an. Ihre Kreativität schöpft sie aus ihrem eigenen Gartenparadies.

Die Autorin freut sich auch über Ihren Besuch auf ihrer Homepage und bei Facebook unter:

www.rike-stienen.de

www.facebook.com/RikeStienenAutorin

Die im Inhalt genannten Personen und Handlungen sind frei erfunden. Sollten Ähnlichkeiten mit tatsächlich existenten Personen oder stattgefundenen Handlungen entstanden sein, oder sollte ein solcher Eindruck erweckt werden, so ist dies von der Autorin auf keinen Fall gewollt oder beabsichtigt.